Yasmina Khadra
Wovon die Wölfe träumen

Yasmina Khadra

Wovon die Wölfe träumen

Roman

*Aus dem Französischen
von Regina Keil-Sagawe*

Aufbau-Verlag

Die Originalausgabe ist unter dem Titel
»À quoi rêvent les loups«
1999 bei den Éditions Julliard in Paris erschienen

ISBN 3-351-02938-1

1. Auflage 2002
© Aufbau-Verlag GmbH, Berlin 2002
À quoi rêvent les loups © Éditions Julliard, Paris, 1999
Die Übersetzung wurde mit Mitteln des Auswärtigen Amtes
unterstützt durch die Gesellschaft zur Förderung der Literatur
aus Afrika, Asien und Lateinamerika e.V.
Einbandgestaltung vis à vis, Wulf Winckelmann
Druck und Binden Clausen & Bosse, Leck
Printed in Germany

www.aufbau-verlag.de

Meinen Kindern
und allen Kindern dieser Erde
gewidmet

Wohlstand
Leicht wandelt er sich in Armut
Glücklich, wer es versteht
In der Armut
Leicht zu wandeln

Sugawara no Michizane

Warum ist er mir nicht in den Arm gefallen, der Erzengel Gabriel, als ich mich daranmachte, dem fieberheißen Baby die Kehle durchzuschneiden? Wo ich doch mit aller Kraft glaubte, daß meine Klinge es nie wagen würde, diesem zerbrechlichen Hals zu nahe zu kommen, der kaum stärker als das Handgelenk eines Dreijährigen war. An jenem Abend schien der Regen den gesamten Erdball verschlingen zu wollen. Der Himmel war in Aufruhr. Lange wartete ich, daß der Donner meine Hand von ihrem Kurs abbringen, ein Blitz mich erlösen würde aus der Umnachtung, in der ich befangen war, ich, der ich überzeugt war, auf die Welt gekommen zu sein, um zu gefallen und zu verführen, der ich davon träumte, die Herzen allein durch mein Talent zu gewinnen.

Es ist sechs Uhr früh, und der Tag wagt sich nicht in die Straßen vor. Seit sich Algier von seinen Heiligen losgesagt hat, wartet die Sonne lieber draußen auf dem Meer, bis die Nacht ihr letztes Schafott abgebaut hat.

Die Polizisten haben aufgehört zu schießen. Ich sehe einen, der auf einer Dachterrasse hinter einer Waschstube in Deckung liegt. Er beobachtet uns durch sein Zielfernrohr, den Finger am Abzug. Unten, in dem belagerten Viertel, gibt es außer einem gepanzerten Fahrzeug und zwei Autos mit gesplitterten Scheiben keinerlei Hinweis auf menschliches Leben.

Das Gebäude wurde in den ersten Gefechtsstunden

geräumt, in apokalyptischer Panik. Trotz der Ermahnungen, Ruhe zu bewahren, hallten die Treppenhäuser bei jeder Salve vom Geschrei der Frauen und Kinder wider. Ali hat es erwischt, als er gerade nachsehen wollte, was draußen auf dem Treppenabsatz los war. Der Türspion explodierte ihm mitten ins Gesicht. Er fiel hintenüber, ein Auge weggepustet, der Hinterkopf abgerissen. Danach legte sich tiefes Schweigen über die verödeten Korridore. Sie haben den Strom und das Gas gekappt, dann die Wasserleitungen, um uns auszuhungern. Wir haben ein paar Ablenkungsmanöver unternommen, umsonst. Ein Offizier hat uns aufgefordert, die Waffen niederzulegen und uns zu ergeben. Ich habe ihn als elenden Gottlosen beschimpft und ein ganzes Magazin auf ihn abgefeuert. »Ganz wie ihr wollt!« hat der Offizier geschrien, mit unglaublicher Verachtung in der Stimme.

Es ist aus. Die Propheten haben uns im Stich gelassen. Wir sitzen in der Falle. Die Welt um uns her geht aus den Fugen, als ob es ihr diebische Freude machte, uns durch die Finger zu rinnen, zu entgleiten, sich aufzulösen wie Rauchkringel.

Von der Wohnung, in der sich meine Gruppe verschanzt hat, ist nicht mehr viel übrig. Die Fenster sind zerborsten, die Wände unter dem Anprall der Kugeln zerbröckelt. Rafik rührt sich nicht mehr. Er liegt mit leerem Blick und grotesk verrenktem Hals in einer Blutlache. Doujana starrt auf die von einer Granate zerfetzte Decke. Hadala ist im Vorraum zu Tode gekommen, er liegt mit dem Gesicht an seinem Schuh, die Finger am Boden verkrampft. Sein jüngerer Bruder ist um drei Uhr morgens gefallen. Nur Abou Tourab atmet noch, er hat sich unter der Spüle in der Küche verkrochen, mit der Pumpgun auf den Knien.

Er zwinkert mir kläglich zu.

»Ich habe dir doch gleich gesagt, daß das keine gute Idee war.«

Sein Blick weitet sich vor Schmerz. Seine Brust krampft sich zusammen. Er muß aus tiefster Tiefe Luft holen, um schlucken zu können. Unendlich mühsam streckt er ein Bein vor bis zum Stuhl und verlagert sein Gewicht auf die Seite, um mir voll ins Gesicht zu blicken.

»Wenn du dich nur sehen könntest!« keucht er. »Siehst aus wie ein Schornsteinfeger, der im Kamin steckengeblieben ist.«

»Schon dich mal lieber!« rate ich ihm.

Ein nervöses kleines Lachen durchzuckt ihn.

»Hast recht, wir haben eine lange Reise vor uns.«

Ein Speichelfaden kriecht ihm über die Unterlippe, zittriger Schleim, bis hinab in den Bart. Mit der Rechten zieht er sein blutbeflecktes Hemd beiseite, eine gewaltige Wunde wird sichtbar, sie hat ihm die ganze Seite aufgerissen.

»Meine Gedärme liegen frei, und ich spüre nichts.«

Draußen läßt das Vorrücken eines Panzers die Mauern erbeben.

»Jetzt fahren sie schweres Geschütz auf.«

»Habe ich mir fast gedacht ... Glaubst du, es wird sich noch mal jemand an uns erinnern?«

Seine milchigen Augäpfel flackern kurz auf. Er beißt die Zähne zusammen und knurrt:

»Und ob! Man wird uns nie vergessen. Unsere Namen werden in Schulbüchern und auf Denkmälern stehen, und Pfadfinder werden in den Wäldern Hymnen auf uns singen. An Feiertagen wird man Kränze an unserem Grab niederlegen. Und die edlen Märtyrer, was treiben die derweil ...? Die grasen friedvoll in den ewigen Lustgärten.«

Mein mißbilligender Blick amüsiert ihn. Er kennt meinen Abscheu vor jeder Art von Gotteslästerung. Im allgemeinen achtet man sehr darauf, was man in meiner Gegenwart sagt. Es ist das erste Mal, daß Abou Tourab, der getreueste meiner Männer, es wagt, mich an meiner empfindlichsten Stelle zu reizen. Er wischt sich die Nase an der Schulter ab, dann richtet er wieder bohrend seinen Blick auf mich, einen Blick schon aus dem Jenseits. Seine Stimme dringt als dumpfer, trotziger Hauch an mein Ohr:

»Da oben, da müssen wir nur mit den Fingern schnippen, und schon werden unsere Wünsche erhört. Unseren Harem bestücken wir mit den *huris*[*], die scharenweise den Garten Eden bevölkern, und am Abend, wenn die Engel ihre Schalmeien einpacken, sammeln wir körbeweise die Sonnen im Garten des Herrn ein.«

Die Eliteschützen der Spezialeinheit schwärmen über die umliegenden Dachterrassen aus, ungreifbar wie Schatten, in geschmeidigen, gezielten Panthersprüngen beziehen sie ihre Posten.

»Geh nicht zu nahe ans Fenster, *emir*[**]. Du könntest dir einen Schnupfen holen.«

In der Ferne heulen Sirenen auf, sie dringen allmählich ins Viertel ein und überfluten unseren Zufluchtsort.

---

[*] (arab.) Paradiesjungfrau
[**] (arab.) so nennen sich in Algerien die Anführer der Islamistengruppen.

Abou Tourab zieht eine Braue hoch und beginnt, mit dem Finger leise den Takt zu klopfen.

»Letzte Symphonie ... Sieh an, plötzlich finde ich für alles die passenden Worte. *Letzte Symphonie* ... Hätte man mir alles Geld der Welt gegeben, solch einen Titel hätte ich bei ruhigem Nachdenken nie gefunden. Ich wußte gar nicht, daß die Nähe des Todes so inspirierend sein kann.«

»Lenk mich nicht ab.«

»Ich habe meine Berufung verfehlt ...«

»Du sollst die Klappe halten.«

Er lacht, verstummt für zwei Minuten und beginnt dann, während seine Hand die Waffe umklammert, zu rezitieren:

»›Habe ich Unrecht getan, so bedaure ich doch nichts. Habe ich Glück genossen, dann ohne mein Verdienst. Die Geschichte wird nie älter als mein Gedächtnis sein, die Ewigkeit so trügerisch wie mein Schlaf ...‹ Verdammt! Der war nicht von Pappe, der Sid Ali, ein echter Poet ... Unglaublich, wie unvorhersehbar die Leute sind. Ich hatte ihn für leicht vertrottelt gehalten, eine Art Waschlappen, und in der Stunde der Wahrheit legt er plötzlich einen Mut an den Tag, daß einem die Luft wegbleibt. Erinnerst du dich? Er hat es abgelehnt, sich hinzuknien. Hat noch nicht mal mit der Wimper gezuckt, als ich ihm die Knarre an die Schläfe gehalten habe. ›Mach schon‹, hat er nur gesagt, ›ich bin bereit.‹ Sein Kopf ist zerplatzt, als wär's ein riesiges Geschwür, doch sein verdammtes Lächeln, das ist um keinen Millimeter verrutscht.«

Nein, daran erinnere ich mich nicht. Ich war nicht dabei. Aber vergessen habe ich es dennoch nicht.

Wie soll man vergessen, wenn man seine Tage damit zubringt, sein Gedächtnis zu verhüllen, und seine Nächte, es wieder freizulegen ... nur um im Morgengrauen immer wieder neu die Spuren der Erinnerung zu verwischen, Tag für Tag, Nacht für Nacht, ohne Unterlaß ...

So was nennt man wohl Besessenheit, und man meint, das Wort allein reiche schon aus, um über den Abgrund hinwegzukommen.

Doch was weiß man in Wahrheit von der Besessenheit? Ich habe meinen ersten Mann am Mittwoch, dem 12. Januar 1994, getötet, morgens um 7 Uhr 35. Er war Anwalt. Er kam aus dem Haus und war auf dem Weg zu seinem Auto. Seine sechsjährige Tochter lief vor ihm her, sie hatte blaue Schleifen in den Zöpfen und einen Ranzen auf dem Rücken. Sie kam an mir vorbei, ohne mich zu sehen. Der Anwalt lächelte ihr zu, aber in seinem Blick lag etwas Tragisches. Wie ein gehetztes Tier. Er fuhr zusammen, als er mich sah, wie ich da in einer Toreinfahrt auf ihn lauerte. Ich weiß nicht, warum er seinen Weg fortsetzte, als sei nichts. Vielleicht dachte er, er habe, wenn er so tat, als würde er die Bedrohung nicht sehen, eine Chance, sie abzuwenden. Ich zog meinen Revolver und lief ihm nach. Er blieb stehen und sah mich offen an. Im Bruchteil einer Sekunde wich ihm alles Blut aus dem Gesicht, und seine Züge wurden ausdruckslos. Einen Moment fürchtete ich, ich hätte mich in der Person geirrt. »Khodja?« fragte ich ihn.

»Ja«, antwortete er mit tonloser Stimme. Seine Naivität – oder Selbstsicherheit – verwirrte mich. Ich hatte alle Mühe, den Arm zu heben. Mein Finger verkrampfte sich auf dem Abzug. »Worauf wartest du noch?« rief Sofiane mir zu, »knall diesen Hurensohn endlich ab!« Das Mädchen schien nicht richtig zu begreifen. Oder weigerte sich, sein Unglück an sich heranzulassen. »Das darf nicht wahr sein«, nervte Sofiane weiter, »du wirst doch jetzt nicht schlappmachen. Das ist doch bloß ein mieses Aas.« Der Boden unter meinen Füßen begann zu schwanken. Mir war speiübel, die Übelkeit überschwemmte mich, verknotete meine Eingeweide, ließ mich erstarren. Der Anwalt glaubte in meinem Zögern die Chance seines Lebens zu erkennen. Hätte er sich weiter ruhig verhalten, hätte ich wohl kaum die Kraft gefunden, es zu tun. Jeder einzelne Schuß ging mir durch Mark und Bein. Ich wußte nicht mehr, wie ich mit dem Schießen aufhören sollte, ich nahm weder die Detonationen wahr, noch hörte ich die Schreie des Mädchens. Wie ein Meteorit habe ich die Schallmauer durchbrochen und den *point of no return* Lichtjahre hinter mir gelassen: Ich war mit Leib und Seele in eine Parallelwelt eingetaucht, aus der es keine Rückkehr geben würde.

Abou Tourab beginnt zu husten. Ein Krampf schüttelt ihn, wirft ihn nach hinten, er klammert sich an seinen Gewehrkolben, streckt stöhnend die Beine aus. Sein Urin spritzt durch seine Hose und breitet sich auf dem Boden aus.

»Das hat gerade noch gefehlt! Jetzt mache ich mir auch noch in die Hose. Die *taghout*[*] müssen ja denken, daß ich ein Angsthase bin. Was, zum Teufel, treiben bloß meine Schutzengel? Reicht ihnen wohl nicht, mich krepieren zu sehen.«

---

[*] (arab.) Diktator; Bezeichnung, die die Islamisten für alle Staatsdiener verwenden, bis hinab zum kleinsten Polizisten.

»Verdammt, hältst du jetzt endlich den Mund!«

Er verstummt.

Der Panzer kommt über den Platz geholpert, die Kanone auf unser Versteck gerichtet. »Zum letzten Mal, gebt endlich auf!« dröhnt es aus dem Lautsprecher.

»Verdammt!« ächzt Abou Tourab. »In Afghanistan ging das aber anders zu. Immer, wenn die Mudschaheddin in der Falle saßen, brachen plötzlich irgendwelche Sandstürme los, um ihnen den Rückzug zu decken, unerklärliche Pannen ließen die feindlichen Tanks festsitzen, und Scharen von Vögeln griffen die sowjetischen Helikopter an ... Warum nur haben wir im eigenen Land kein Recht auf Wunder?«

Er hält sich den Gewehrlauf an die Schläfe. Sein Lächeln dehnt sich, grotesk und pathetisch zugleich. Ich sehe ihn an wie im Traum, ich versuche nicht einmal, ihn aufzuhalten.

»Ich gehe voran, Chef. Man kann nie wissen ...«

Der Schuß reißt ihm die Schädeldecke weg, wirbelt Fleisch und Blut durch die Luft und löst auf der Straße eine mächtige Salve aus.

I
Die Hügel über Algier

Seit ich des Suchens müde ward,
Erlernte ich das Finden.
Seit mir ein Wind hielt Widerpart,
Segl' ich mit allen Winden.

Nietzsche
Mein Glück

1

»Ihre Unterlagen sprechen für Sie, Monsieur Walid«, bemerkte der Leiter der Agentur schließlich. »Ich hoffe, Sie werden uns nicht enttäuschen. Die Glaubwürdigkeit unseres Unternehmens steht und fällt mit unserem guten Ruf.«

Mit penibel sauberen Fingern blätterte er leise raschelnd die Seiten um. Er hielt einen Moment bei meinem Foto inne, griff eine Bemerkung vom unteren Rand des kartonierten Blattes auf.

»Sie haben neun Monate lang als Fahrer beim staatlichen Fremdenverkehrsbüro gearbeitet ... Warum haben Sie aufgehört?«

»Man hatte mir eine kleine Rolle in einem Film angeboten. Ich dachte, ich könnte vielleicht Karriere im Kino machen.«

»Wie viele Filme?«

»Nur einer.«

Sein rötlicher Schnauzer verzog sich zur Grimasse. Er warf sich in seinen Sessel zurück und sagte:

»Es reicht zwar nicht, aber eventuell hilft es Ihnen doch weiter. Unsere Agentur kann Ihnen vielleicht die Chance Ihres Lebens bieten. Sie werden gut bezahlt und bekommen Gelegenheit, die Aufmerksamkeit von Personen auf sich zu ziehen, die Ihnen unter Umständen Zugang zu Filmkreisen verschaffen können.«

Erneut krallte sich sein grüner Blick an mir fest.

»Hübsche Visage«, bemerkte er anerkennend. »Und

nichts hilft dem Schicksal besser auf die Sprünge als ein angenehmes Gesicht ... Sie sprechen fließend Französisch?«

»Ich schlage mich so durch.«

»Vermeiden Sie künftig diese Art von Antwort, Monsieur Walid. Seien Sie klar und deutlich und vor allem knapp. Die Leute, für die Sie arbeiten werden, hassen alles Ungefähre.«

»Okay.«

»Diese Art Antwort ist ebenso fehl am Platz. Künftig wird sich Ihr Wortschatz auf eine Wendung reduzieren: ›Sehr wohl, Monsieur.‹ Chauffeur für eine der angesehensten Familien von Algier zu sein ist kein Zuckerschlecken. Man erwartet von Ihnen korrektes Verhalten, Aufmerksamkeit, Ergebenheit und ständige Verfügbarkeit. Habe ich mich klar genug ausgedrückt?«

»Sehr wohl, Monsieur.«

»Freue mich zu sehen, daß Sie lernfähig sind.«

Mit Schwung schlug er meine Mappe wieder zu.

»Mein Fahrer wird Sie zu Ihren neuen Arbeitgebern bringen. Sie können gehen.«

In dem Augenblick, als der Wagen anfuhr, hatte ich den Eindruck, daß sich eine Wende in meinem Leben vollzog. Ich fühlte mich leicht und entspannt. Schon ließen wir die schäbigen Straßen der Stadt hinter uns, die großen Boulevards taten sich vor mir auf: Ich kam mir vor wie Moses am Roten Meer. Ähnliches hatte ich nie erlebt. Dabei war es mir schon öfter passiert, daß ich dachte, gleich hole ich den Mond vom Himmel. Doch diesmal war meine Intuition so stark, das hatte nichts mehr mit Euphorie zu tun. Ich wußte es einfach, dieser

Märzmorgen ließ sich gut an für mich. Als Dahmane mir vorgeschlagen hatte, als Chauffeur für eine der reichsten Familien des Landes zu arbeiten, hatte ich spontan abgelehnt. Ich hatte Mühe, mir vorzustellen, wie ich hinter dem Lenkrad Däumchen drehend auf *Madame* wartete, bis ihre Aerobic-Stunde um wäre, oder mich in stoischer Langeweile vor dem Portal des Gymnasiums erging, hinter dem die Spößlinge von *Monsieur* eine Ewigkeit lang herumtrödelten. Ich hatte Besseres verdient, fand ich. Seit dieser kleinen Filmrolle, die ich einem Regisseur zu verdanken hatte, bei dem die Stars nicht Schlange standen, hatte ich pausenlos von Starruhm geträumt. Die meiste Zeit verbrachte ich damit, mir auszumalen, wie mir alle zujubelten, wenn ich an jeder Straßenecke ein Autogramm gab und im Coupé durch die Gegend fuhr, mit einem Lächeln weiter als der Horizont, mit Augen so groß wie mein Durst nach Erfolg. Ich war bei Donner und Blitz zur Welt gekommen, an einem Tag, da der Sturm alle Pfützen aufpeitschte, und ich wuchs heran, ohne je Zweifel an meinen verrücktesten Hoffnungen zu hegen, fest überzeugt, daß ich früher oder später aus den Kulissen heraustreten und im Rampenlicht stehen würde. Ich würde als neuer Stern am Kinohimmel aufgehen. Auch in der Schule hatte ich nur dieses eine im Kopf. Zwischen Nachsitzen und Disziplinarstrafen schwebte ich munter in den Wolken, ebenso unbekümmert um den Ärger meiner Lehrer wie um die wachsende Verlegenheit meiner Eltern. Ich war der Versager aus der letzten Reihe, nasebohrend und augenrollend, und fühlte mich nur dann in meinem Element, wenn ich mich hinter meiner Passion verschanzen konnte. Mein Ranzen quoll über vor Kinorevuen, aus meinen Heften fielen Zettel mit den Adressen der Stars und Zeitungsberichte über ihr Liebesleben und ihre neuesten Pläne. In einem Land, in dem bedeutende Wissenschaftler freiwillig Imbißbuden betrieben, um über die Runden zu kommen, lockte mich die Aussicht auf Diplome überhaupt nicht. Künstler wollte ich werden. Die Wände meiner Bude waren mit lebensgroßen Postern tapeziert. James Dean, Omar Sharif, Alain Delon, Claudia Cardinale umgaben mich und taten alles, um mir die familiäre Misere vom Leib zu halten: fünf unversorgte Schwestern, eine Mutter, die sich mit aufreizender Demut in ihr Schicksal als Arbeitstier fügte, und ein Vater, der ein jähzorniger, kleinkarierter alter Mann war, dem nichts Besseres einfiel als zu schimpfen und uns zu verfluchen, sobald sein leidgeprüfter Blick an uns hängenblieb. Ich untersagte mir, ihm ähnlich zu werden, sein Erbe wollte ich nicht antreten: Armut und Resignation gegenüber Zuständen, die man lieber ändern sollte. Ich hatte kein Geld in der Tasche, doch ich hatte Stil, und Talent im Überfluß. In Bab El-Oued*, in der Kasbah, in Soustara und bis hin zu den Toren von Bachjarah – wo immer ich mich sehen ließ, kam ich mir wie ein entstehender Mythos vor. Ich brauchte mich nur auf der Straße zu zeigen, schon brachte mein azurblauer Augenaufschlag alles zum Leuchten. Die Mädchen auf den Balkonen verzehrten sich danach, einen Blick auf meine Silhouette zu erhaschen, die jungen Möchtegerns im Viertel imitierten meine Lässigkeit, um

---

* (arab.) Tor zum Fluß; sehr volkstümlicher Stadtteil von Algier, unterhalb der Kasbah gelegen, Keimzelle der sozialen Unruhen und der islamistischen Bewegung.

den richtigen Hüftschwung hinzubekommen. Nichts schien meiner stillen Verführungskraft widerstehen zu können.

Der Fahrer holte mich unsanft aus meinen Träumen. »Bringst du mir ein Stück mit?«

»Wie bitte?«

»Ob du mir ein Stück mitbringst.«

»Ein Stück wovon?«

»Vom Mond. Ich versuche schon die ganze Zeit, zu dir durchzukommen, ist aber unmöglich, dich von deiner Wolke runterzuholen.«

»Entschuldige.«

Er stellte das Radio leiser. Seine grobe, behaarte Hand plumpste auf mein Knie.

»Mach dir keine Sorgen, mein Junge. Es wird schon klappen ... Ist es das erste Mal, daß du in besseren Kreisen arbeitest?«

»Ja.«

»Verstehe.«

Er überholte einen Laster und gab noch einmal Gas. Der Wind wirbelte ein paar einsame Haarsträhnen auf, die sich mühten, seine Glatze zu verdecken. Er war stämmig, mit einem Schmerbauch bis auf die Knie, und irgendwie wirkte er, als fühle er sich in seinem verschlissenen Anzug nicht so recht wohl. Ein Bauer im Sonntagsstaat, dem die zerknitterte Krawatte einen zusätzlichen Hauch Pathos verlieh.

»Am Anfang schwimmt man eher«, vertraute er mir an. »Aber irgendwann kriegt man festen Boden unter die Füße und tastet sich vorwärts. Die Reichen sind nicht wirklich so schlimm, wie man sagt. Es kommt schon vor, daß ihr Vermögen sie manchmal abheben läßt, aber den Kopf, den behalten sie immer fest auf den Schultern.«

Er deutete auf ein elfenbeinernes Kästchen auf dem Armaturenbrett.

»Sind amerikanische Zigaretten drin. Gehören dem Chef, aber der nimmt's nicht so genau.«

»Vielen Dank. Ich versuche gerade, mir das Rauchen abzugewöhnen.«

Er nickte und verringerte das Tempo, bog in einen Zubringer ein und gelangte auf die Umgehungsstraße. Vor uns, weit vom Schmutz und Gesudel des Alltags entfernt, begann der Olymp von Algier seine Pracht zu entfalten wie eine Odaliske, die sich zu Füßen ihres Sultans entkleidet.

»Ich heiße Bouamrane. In der Agentur nennen sie mich Adel. Klingt angeblich nicht so bäurisch.«

»Nafa Walid.«

»Also, Nafa, hör zu, wenn du dich auf ihr Spiel einläßt, dann bringst du es weit bei dieser Bande von Snobs. In weniger als drei Jahren kannst du deine eigene Gesellschaft gründen. Unser Direktor hat selbst als Mädchen für alles bei hochgestellten Leuten angefangen. Heute steht er seinen ehemaligen Herrschaften in nichts nach. Er fährt einen Mercedes, hat ein gutgepolstertes Bankkonto und eine Villa gleich da drüben hinter dem Hügel. Einmal die Woche geht er ins Büro. Den Rest der Zeit kutschiert er durch die Weltgeschichte und tätschelt seinen Taschenrechner.«

»Warum spielst du nicht auch dieses Spiel, wenn du ihm eines Tages in nichts nachstehen willst.«

Er blies die Backen auf und schüttelte resigniert den

Kopf. »Ist nicht dasselbe. Ich bin vierzig, mit sieben Kindern geschlagen und vom Pech verfolgt. Rein optisch hat die Natur mich nicht gerade verwöhnt. Und die Optik ist so wichtig für die Kontakte. Wenn du nicht auf den ersten Blick gefällst, holst du das nie wieder rein ... Es gibt eben Leute, die sind so beschaffen«, fügte er nahezu philosophisch hinzu. »Hat keinen Sinn, sich gegen sein Schicksal aufzulehnen. Wer höher furzen will, als ihm der Hintern hängt, fällt am Ende nur auf die Nase ...«

Der Wagen entzog sich nach und nach dem Gewimmel der Elendsviertel, schwang sich auf die Autobahn, umrundete einen Hügel und landete in einem kleinen Stück vom Paradies: tadellose Straßen und Gehwege, so breit wie Esplanaden und von stolzen Palmen gesäumt. Die Straßen waren menschenleer, frei von den Horden rotznäsiger Bengel, welche die Plage der übervölkerten Stadtteile sind. Nicht einmal einen Lebensmittelladen gab es, oder auch nur einen Kiosk. Schweigsame Villen hinter hohen Hecken wandten uns den Rücken zu, als ob sie Wert darauf legten, sich vom Rest der Welt abzusondern und verschont zu bleiben vom Krebsschaden eines Landes, das unablässig weiter zerfiel.

»Herzlich willkommen in Beverly Hills«, flüsterte der Fahrer mir zu.

Die Residenz der Familie Raja lag vor mir wie ein Feentraum, blendendweiß im Sonnenlicht, mit einem Swimmingpool aus blauem Marmor und steingepflasterten Innenhöfen, die man von der Straße aus einsehen konnte, und mitten in diesem Garten Eden erhob sich, einer Gottheit gleich, die über soviel Schönheit wacht, ein Palast wie aus Tausendundeiner Nacht.

Der Fahrer setzte mich vor einem schmiedeeisernen Tor ab. Schlagartig verschwand seine Biederkeit, und der Anflug eines bitteren Lächelns erschien um seine Mundwinkel. Er blickte auf den Reichtum der anderen, der ihn umzingelte, kriegerisch, uneinnehmbar, und der so schwer auf ihm zu lasten schien, daß seine Schultern sich krümmten. Sein Blick trübte sich, und in seinen Augen stand plötzlich kalte Feindseligkeit. Einen Moment lang dachte ich schon, er verübele es mir, daß ich nicht mit ihm zurückkehren konnte in den Krakeel und den Gestank der einfachen Viertel.

»Wenn du mal einen Ersatzmann brauchst, du weißt ja, wo du mich finden kannst«, sagte er ohne große Überzeugung.

Ich nickte bloß.

Der Wagen verschwand rasch um die nächste Kurve. Hinter mir begannen zwei furchterregende Dobermänner sich die Kehle aus dem Hals zu bellen.

Der Hausverwalter gab mir weder die Hand noch bot er mir einen Sitzplatz an. Er empfing mich kühl in seinem Büro, in das kaum Licht durch die schweren Vorhänge vor der Fenstertür drang. Er mochte um die Sechzig sein, stand kerzengerade mitten im Raum, blickte gefühllos, bewegte sich gespreizt. Er schien mir von vornherein klarmachen zu wollen, daß er mir haushoch überlegen sei und ich nur ein subalterner Dienstbote.

»Doch wohl keine angeborene Mißbildung?« meinte er, auf meine lässige Pose anspielend.

»Ich ...«

»Etwas mehr Haltung, wenn ich bitten darf!« Er unterbrach mich schroff. »Sie stehen hier nicht vor einem Schalterbeamten.«

Sein fachmännischer, teilnahmsloser Blick checkte mich zügig durch, stellte meinen Gedanken bis auf den Grund meiner Augen nach, mißbilligte meine blankgeputzten Schuhe, meine nagelneue Krawatte und mein Jackett, das ich am Vorabend in einem Edel-Second-Hand-Shop erstanden hatte.

»Sind Sie telefonisch zu erreichen?«

»Seit zehn Jahren schmieren wir schon die Pfeifen von der Post, damit sie uns einen Anschluß legen ...«

»Mir reicht die Kurzversion.«

»Nein.«

»Hinterlassen Sie Ihre Anschrift bei meiner Sekretärin.«

»In Kurzversion?«

Meine Coolheit ließ ihn kalt. Er hatte mich schon fast wieder vergessen.

»Dienstantritt Dienstag früh, Punkt sechs. Sie bekommen ein Zimmer in Pavillon 2 zugewiesen. Meine Sekretärin wird Ihnen eine Auflistung aller häuslichen Pflichten machen, die Ihnen obliegen.«

Er drückte auf einen Knopf, und schon war die Dame aus dem Erdgeschoß zur Stelle, um mich hinauszubegleiten.

»Ist das hier ein Internat?« Ich konnte mir die Frage nicht verkneifen, aber ich stellte sie erst, als wir am anderen Ende des Ganges angelangt waren.

Sie lächelte.

»Achten Sie nicht auf ihn. Monsieur Fayçal ist in Ordnung, auch wenn er sich gern ein bißchen zu wichtig nimmt. Seien Sie zuversichtlich. Es wird Ihnen bei uns gefallen. Die Rajas sind charmante und großzügige Leute.«

Sie führte mich in ihr kleines Büro, bot mir einen Platz auf dem Sofa an und notierte sich als erstes meine Anschrift. Sie war eine gepflegte Erscheinung, einfühlsam und so zuvorkommend, daß mir die Entscheidung, mir einen Tag wie diesen nicht von einer arroganten Hofschranze verderben zu lassen, nicht schwerfiel.

»Was meint er mit dem Zimmer in Pavillon 2?«

»Sie müssen da nicht einziehen. Es geht nur darum, daß man weiß, wo Sie zu erreichen sind, wenn man Ihre Dienste braucht. Meiner Meinung nach wäre es ganz praktisch, wenn Sie sich dort einrichten würden. Es kann vorkommen, daß man Sie noch spät in der Nacht zur Arbeit ruft. Und es erspart Ihnen außerdem, sich zu den unmöglichsten Zeiten nach einem Transportmittel für den Heimweg umsehen zu müssen.«

Ich nickte.

»Wie darf ich dich nennen?«

»Wir duzen uns hier nicht, Monsieur Walid«, entgegnete sie klar und bestimmt, doch so verlegen lächelnd, daß es mich nicht brüskierte.

»Sehr wohl, Madame.«

»Es tut mir wirklich leid. Wir sind gehalten, den Anweisungen unserer Arbeitgeber strikt Folge zu leisten.«

»Schon gut ... Was ist denn eigentlich aus dem vorherigen Chauffeur geworden?« fragte ich, eher, um das Mißverständnis zu überspielen, denn aus wirklichem Interesse.

»Ich glaube, er hatte einen Unfall.«

»Welcher Art?«

»Ich weiß es nicht genau. Kommen Sie, Monsieur Walid, ich zeige Ihnen jetzt Ihr Zimmer.«

Wir verließen das Haus durch den Dienstbotenausgang und liefen stumm um die steingepflasterten Innenhöfe, die Veranda und den Swimmingpool herum, als ob dieser Teil des Anwesens uns nichts anginge. Pavillon 2 lag hinter einer Einfassung aus Bougainvilleen versteckt, in einem älteren, niedrigen Gebäudekomplex, der dem Personal vorbehalten war. Mein Zimmer ganz am Ende des Ganges erschien mir nahezu kokett mit seinem efeuumrankten Fenster und dem Blick auf den prachtvollen Garten. Es hatte Tapeten, Teppichboden und blaue Bettwäsche. Außerdem gab es eine Kommode, einen Kleiderschrank und einen Schaukelstuhl gegenüber dem Fernseher, und dieser Komfort verstärkte das Gefühl, das ich schon seit dem Morgen empfand, als der Wagen der Agentur mich aus der häßlichen Welt der Kneipen und Kaschemmen herausgeführt hatte.

»Es ist sehr ruhig hier«, bemerkte die junge Frau.

Wem sagte sie das ...

Dahmane hatte mich ins »Lebanon« bestellt, eine Snackbar, wo früher Intellektuelle und Künstler verkehrten und heute Heerscharen verkrachter Existenzen mit suspekt zerstochenen Armen und einem höllischen Kater herumhingen. Einst war es beliebter Treffpunkt von Schauspielern und Schriftstellern gewesen, wo man gemeinsam den Niedergang der Kultur beklagte, den Schwachsinn der Zensur und das allerorten um sich greifende Mittelmaß, was alles dazu führte, daß in den Buchläden mittlerweile Spinnen hausten. Man konnte sich zu einem Drehbuchautor an den Tisch setzen oder zu einem mundtot gemachten Dichter und ihnen stundenlang zuhören, wie sie ihrem Zorn über eine Raubtiergesellschaft Luft machten, die sich nicht stärker um den Niedergang ihrer Elite bekümmerte als um die Risse, die klammheimlich ihre Fundamente zerfraßen. Das Bier schmeckte nach Pferdepisse, aber der Ort ließ einen wenigstens das eigene Mißgeschick vergessen, so unerträglich war das Unglück des Nachbarn. Es gab noch anderen, Gründe, warum ich ins »Lebanon« ging. Zum einen, weil die Cafés in Bab El-Oued allesamt trist waren, zum anderen, weil ich, da die Leute vom Film andernorts auch nicht besser bedient wurden, insgeheim hoffte, hier irgendwann einmal einen zu fassen zu kriegen, der mir jene Rolle geben würde, mit der ich alles ändern könnte. Doch seit Junkies und Transvestiten hier die Luft verpesteten, wagte sich kaum jemand vom Film mehr hierher. Ab und zu brachen zwei Betrunkene eine Schlägerei vom Zaun, und manchmal stolperte man in der Toilette über eine übel zugerichtete Leiche. Aber die Polizei mochte das Etablissement noch so oft schließen, das »Lebanon« schaffte es immer wieder, seine Pforten zu öffnen, wie der Richter, der immer aufs neue seine Akten aufschlägt. Der eine Fall war noch nicht abgeschlossen, da machte schon der nächste von sich reden. Ich habe mich mehr als einmal gefragt, was mich an diesem dubiosen Loch eigentlich so faszinierte, in dem es vor Koksern, Lesben und halbstarken Ganoven nur so wimmelte. Vielleicht war es gerade diese nebulöse Atmosphäre, die alle Utopien in greifbare Nähe rückte, denn jeder Gast fabulierte ungezügelt drauflos. Ich saß still in meiner Ecke und studierte fasziniert diese Ansammlung von Randfiguren, die mir in Kleidung und Habitus ein breites Spektrum ungewöhnlicher Charaktere boten – für einen angehenden Schauspieler höchst instruktiv.

Dahmane wartete schon auf mich. Er saß am Fenster, Nase im Taschentuch, hochroter Kopf, gebeutelt von einem mächtigen Schnupfen. Kraftlos rutschte er zur Seite, um mir auf der ausgesessenen Bank Platz zu machen, und legte gleich los:

»Ich hoffe, du hast dich nicht allzu dämlich angestellt.«

»Diesmal nicht.«

Er seufzte erleichtert auf und entspannte sich.

»Das hätte ich auch nicht verkraftet.«

»Ich auch nicht.«

Ich war mit Dahmane befreundet, seit ich denken konnte. Wir waren in derselben Gasse im hintersten Winkel der Kasbah auf die Welt gekommen, hatten uns den Hosenboden auf denselben Gehwegen abgewetzt und uns den Zorn der Lehrer mit derselben Wonne zugezogen, denn wir galten beide als Teufelsbraten. Dann war sein Vater bei einem Unfall ums Leben gekommen und Dahmane zur Vernunft. Mit dreizehn Jahren zum Familienoberhaupt geworden, versprach er seiner Mutter, sie nie mehr zu enttäuschen. Während ich weiter auf meiner rosaroten Wolke träumte, schuftete er wie ein Besessener, um seine Familie zu versorgen, und machte nebenher ein phantastisches Abitur. Nach einer Ausbildung an der Hotelfachschule von Tizi-Ouzou hatte er in mehreren Ferienanlagen gearbeitet und jede Menge Kontakte zur Bourgeoisie von Algier bekommen. Mittlerweile war er der Besitzer des »Varan Roi«, eines schicken Nachtclubs an der Küstenstraße, und hatte sich in der Rue

Didouche Mourad eine herrliche Wohnung gekauft. Ihm hatte ich all die Jobs zu verdanken, die ich mir nie zu erhalten verstand, einschließlich der Rolle in Rachid Derrags Schmachtfetzen »Les Enfants de l'aube«[*].

Seine Hand legte sich mit festem Griff auf meine.

»Nafa, mein Freund, das Glück ist ein launischer Gefährte. Sieh zu, daß es nicht an dir vorübereilt. Es kommt nur selten zurück.« Seine Finger taten mir weh. »Hörst du mir zu?«

»Ich glaube, diesmal könnte was draus werden.«

»Was, du glaubst nur?«

Endlich konnte ich meine schmerzende Hand aus seiner Umklammerung befreien.

»Klingt so, als ob du nicht eben begeistert wärst«, nervte er mich.

»Man kann nicht alles auf einmal haben«, entgegnete ich leicht resigniert.

»Was meinst du damit?«

»Du hast doch wohl nicht erwartet, daß ich vor Freude einen Luftsprung mache, nur weil ich jetzt Hausangestellter bei reichen Leuten bin. Stell dir mal vor, ich, Nafa Walid, ein Chauffeur!«

»Und wer, bitte schön, ist Nafa Walid?« Er regte sich auf. »Jemand, der die armseligen Ersparnisse seiner Mutter anknabbert, um sich ein Paar Pseudo-Marken-Sneakers leisten zu können: So einer ist das! Es bringt dir gar nichts, mit Seidenkrawatte und knurrendem Magen vor den anderen eine Show abzuziehen. Nicht jedem Dorfdeppen liegt der elegante Bluff.«

»Ich bin kein Dorfdepp.«

[*] (frz.) Die Kinder der Morgenröte

»Das mußt du erst einmal beweisen. Wieviel Geld hast du in der Tasche? Los, zeig schon her. Ich wette, du hast noch nicht mal genug für ein Taxi. Ich weiß nicht, ob es meine Grippe ist oder deine Unbekümmertheit, die mich nervt, aber du gehst mir langsam auf den Geist. Die Zeit läuft dir davon, und du, du tust nichts. Man hat kein Recht zu schmollen, Nafa, wenn man ein Niemand ist. Wenn du in der Gesellschaft nach oben willst, dann spring auf die erste Stufe, die sich bietet.«

»Ich sag dir doch, ich werd's versuchen.«

Er steckte die Nase ins Taschentuch und schneuzte sich geräuschvoll. Sein fiebriger Blick suchte meinen, dann legte er von neuem los:

»Ich kenne jede Menge Leute, die haben mal ganz unten angefangen. Heute holt sie keiner mehr ein. Alle diese hohen Tiere, die dich vor Neid erblassen lassen, waren vor nicht mal zehn Jahren Habenichtse. Willst du es auch mal so weit bringen, sag, willst du?«

»Ja, ich will!« Ich schrie es fast heraus.

»Na also, das wäre dann schon mal der erste Schritt.«

Wozu weiterreden? Dahmane begriff nicht, daß es Leute gibt, die aufrecht zur Welt kommen, mit einer Allergie gegen jede Abhängigkeit, Leute, die zerbrechen, wenn man sie zwingt, sich zu beugen. Er verstand nicht, daß das, was er Faulheit nannte, in den Augen anderer Selbstachtung war, ein Sicherheitsabstand gegenüber allem Gewöhnlichen. Ich war keiner von denen, die auf der faulen Haut liegen und dabei im Überfluß leben wollen. Ich hatte noch nie den Ehrgeiz besessen, das große Los zu ziehen oder einen einflußreichen Posten in der Verwaltung zu ergattern. Ich wollte Schauspieler sein, bis auf mein Totenbett, ich wollte mir einen Ruhm aufbauen, der noch größer wäre als alles, was ich mir in meiner Maßlosigkeit vorgestellt hatte, ich wollte die Privilegien der Götter genießen. Wozu sonst hatte die Natur mich mit Schönheit und Talent gesegnet wie ein junger Gott?

Um mich zu besänftigen, nahm Dahmane mich zum Abendessen mit in ein Restaurant in Riad El-Feth. Den ganzen Abend über bombardierte er mich mit wohlmeinenden Ratschlägen, zitierte mir löbliche Beispiele anderer Leute. Immer, wenn ich zu explodieren drohte, spendierte er mir ein Bier. Gegen Mitternacht war ich sturzbesoffen. Unmöglich, mich in diesem Zustand zu Hause blicken zu lassen. Da hatte mein Vater so seine Prinzipien, und ich wollte es nicht zum Eklat kommen lassen. Dahmane ließ mich bei sich übernachten und brachte mich im Morgengrauen heim. Sobald mein Vater mich sah, legte er los:

»Ich warne dich, ich gebe keinen Pfennig dafür aus. Ich habe nicht darum gebeten. Das Ding kann mir gestohlen bleiben.«

Er wich zur Seite und zeigte mit anklagendem Finger auf ein Telefon, das auf einer Kommode in der Diele thronte. Minutenlang verschlug es mir die Sprache. Da hatte ich jahrelang Antrag um Antrag gestellt, einen Schalterbeamten nach dem anderen bestochen, massenweise Erinnerungsschreiben und Beschwerdebriefe verfaßt, damit sie uns endlich einen Anschluß legten – nichts! Und dann muß ich nur meine Anschrift bei der Sekretärin von Familie Raja hinterlegen, und am selben Tag noch bekommen wir das Telefon ...

»Siehst du!« rief Dahmane aus. »Die Segnungen des Reichtums lassen nicht auf sich warten!«

Er hatte recht.

Wenn Geld nicht glücklich macht, so ist es nicht seine Schuld!

2

Ich trat meinen Dienst bei den Rajas Dienstag früh Punkt sechs an. Monsieur Fayçal hatte demonstrativ auf die Uhr geschaut und dann sichtlich zufrieden genickt. Er führte mich in eine riesige Garage, in der fünf dicke, nagelneue Limousinen standen, gab mir Instruktionen zu jedem einzelnen Fahrzeug und machte mich dann mit den Grundregeln des Chauffeurberufs vertraut.

»Dem Boß nie direkt in die Augen sehen, ihm nie die Hand entgegenstrecken!« betonte er.

Er zeigte mir, wo ich zu stehen hatte, wie man den Wagenschlag öffnete, wie man ihn wieder schloß.

»Mit Gefühl«, erklärte er. »Ohne Türenknallen. Man geht vorne, niemals hinten um den Wagen herum. Sobald Sie am Steuer sitzen, schauen Sie nur noch geradeaus. Wenn man Sie anspricht, drehen Sie sich nicht um. Ein Blick in den Rückspiegel genügt. Nicht mehr als zwei Blicke pro Fahrt.«

Er führte mich durch das ganze Anwesen, zeigte mir die Wege, auf denen ich gehen durfte, meinen »Rundgang«, wie er es nannte, und die anderen, die tabu für mich waren.

»Nicht nötig, am Swimmingpool vorbeizugehen, um auf die Straße zu gelangen. Da hinten, unter der Mimose, ist eine Pforte in der Mauer.«

Gegen neun schickte er mich in ein Bekleidungsgeschäft. Ich bekam ein halbes Dutzend ganz gleicher, untadeliger Anzüge zugeteilt,, drei Paar italienische Schuhe, einen

Stapel Unterwäsche sowie Oberhemden, schwarze Krawatten und Sonnenbrillen. Am nächsten Morgen war ich am Steuer eines blitzenden Peugeot unterwegs und fuhr Briefe an ein Dutzend Honoratioren aus. Um die wichtigsten Strecken kennenzulernen. Fünf Tage später hätte ich mit geschlossenen Augen meinen Weg gefunden, ohne erst kreuz und quer durch die Straßen zu irren. In der High Society gilt Pünktlichkeit als Tugend: Es gibt kein schlimmeres Vergehen, als einen Geldsack warten zu lassen.

Die Rajas waren auf Geschäftsreise, und Monsieur Fayçal wollte mich vor ihrer Rückkehr in alles einführen. Er hielt jeden Morgen ein Briefing mit mir ab, ließ mich Namen und Anschriften herbeten, überprüfte mit der Stoppuhr die Dauer meiner Fahrten, änderte meine Fahrtrouten und tobte beim geringsten Versehen. Wenn er seine Krise kriegte, krümmte sich sein Rücken, und sein Gesicht lief puterrot an, so daß man meinen konnte, er stünde kurz vorm Schlaganfall. Solange das andauerte, verkroch ich mich hinter einer untadeligen Beflissenheit. Abends war ich wie ausgelaugt von diesem Marathon, und wenn ich in Pavillon 2 ankam, hatte ich das Gefühl, gleich zerspringt mir der Kopf. Allein in meinem Zimmer, dachte ich, ich drehe durch. Schlaflos lag ich auf dem Bett, die Hände im Nacken verschränkt, und starrte zur Decke. Ich versuchte mich abzulenken, indem ich mich über das Kind amüsierte, das ich einmal war, über seine Abenteuer als Klassenletzter, seine kleinen großen Geheimnisse. Doch es brachte nichts. Etwas in mir spielte nicht mit. Schon jetzt sehnte ich mich nach den Geräuschen meiner Straße zurück, nach der Armut und Wärme der Meinen. Um diese Zeit saß ich sonst in der

Kasbah auf einer Caféterrassse in der Abendluft, oder ich schaute bei Sid Ali, dem Dichter, vorbei, sah ihm zu, wie er sich seinen Joint reinzog und zwischen zwei Zügen seine Verse rezitierte. Die Stille, die Leere, die Kälte, die hier herrschten, sie erschwerten mir das Atmen. Ich trocknete innerlich aus, während der Schweiß meiner Einsamkeit in meiner geballten Faust zusammenfloß. Meine »Box« war wie ein steriler Kokon, aus dem nie ein Schmetterling schlüpfen würde.

Das Personal aß um neunzehn Uhr in einer Nische gegenüber den beiden Küchen zu Abend. Drei Männer und zwei Frauen, die an einem großen Eichentisch saßen und einander nicht mehr beachteten als ein paar Wasserspeier. Der Gärtner war ein alter Schrumpelgreis, ein Knochenbündel in einem abgetragenen Overall, mit schneeweißem Haupt und hundemüdem Blick; er brauchte länger, einen Löffel Suppe in seinen zahnlosen Mund zu bekommen, als ein Schielender, um einen Faden einzufädeln. Er hielt sich abseits, geisterhaft über seinen Teller gebeugt, und verbreitete dumpfe Feindseligkeit. Die beiden Putzfrauen hockten in ihrer Ecke beieinander, mit welkem Gesicht und eingefallenem Kinn, sichtlich verstimmt durch die männliche Anwesenheit. Die zwei anderen Dienstboten schienen ob meiner Neugier erbost und schlangen hastig ihren Anteil hinunter, um sich schnellstmöglich verdrücken zu können.

Ein Neuer erregt anfangs immer Mißtrauen. Ich dachte, mit der Zeit würde ich ihnen schon ein Lächeln oder ein Zwinkern entlocken. Doch nach einer Woche war der Empfang noch immer genauso eisig, die Ablehnung total. Ich konnte, soviel ich wollte, »Hallo«,

»Guten Abend«, »Wie geht's?« hersagen, nicht der flüchtigste Blick, nicht das leiseste Brummen, höchstens daß mal ein Stuhl knarrte oder eine Gabel kurz zu klappern aufhörte: Ausdruck der allgemeinen Verlegenheit, die ich mit meinem Ungestüm auslöste. Ich verzog mich ans andere Ende des Tisches. Man bediente mich hastig, in beredtem Schweigen, und manchmal räumten sie ab, noch ehe ich fertig war. In Windeseile hatten sich alle Tischgenossen in Luft aufgelöst, und ich blieb allein zwischen beiden Küchen zurück, mit einem Gefühl des Ausgeschlossenseins, das sich im Laufe des Abends zu einer unergründlichen Depression auswuchs.

Sid Ali, der Barde der Kasbah, hatte mir einmal gesagt, Algerien sei der größte Archipel der Welt, mit mehr als 28 Millionen Inseln. Er hatte vergessen hinzuzufügen, daß das Meer der Mißverständnisse, das uns voneinander trennt, auch das dunkelste und weiteste des ganzen Planeten ist.

Am achten Tag, als ich gerade ernsthaft darüber nachdachte, ob ich nicht alles hinwerfen und in das Gassengewirr meiner Kasbah zurückkehren sollte, platzte plötzlich ein Mann in mein Zimmer. »Bist du der Neue?«

Ohne mir Zeit zum Aufstehen zu lassen, schnappte er sich die Mineralwasserflasche, die auf meinem Nachttisch stand, und trank sie in einem Zug leer. Ein großer Kerl, dunkelhäutig und kantig, mit zwei Armen wie Herkules und einem robusten Gesicht voller Beulen. Er zerquetschte die Flasche zwischen seinen Fingern, warf sie in den Papierkorb und wischte sich die Lippen am Handgelenk ab. Er musterte mich eindringlich. »Ich suche seit einer Viertelstunde nach dir.«

»Ich war mit den anderen beim Abendessen.«

»Mit diesen Vogelscheuchen? Spinnst du? Das ist doch kein Ort für dich, mein Junge. Es gibt eine Snackbar, in der Rue Fakhar 61. Heißt ›Fouquet's‹. Gehört Junior. Ab sofort wirst du da essen.«

»Das wußte ich ja nicht.« Ich war erleichtert.

»Jetzt weißt du es.« Er streckte mir unvermittelt die Hand entgegen: »Ich bin Hamid. Ich arbeite für den Sohn vom Boß. Laß uns gehen. Ich kriege graue Haare, wenn ich nur fünf Minuten hier bin.«

Wir gingen durch die Pforte unter der Mimose auf die Straße hinaus. Es war schon Nacht geworden, die Dunkelheit sog die letzten Reste von der Hitze des Tages auf. Am Himmel ließ ein dickbäuchiger Mond die Sternhaufen Revue passieren. Hamid lud mich in einen riesigen Mercedes, setzte sich ans Steuer und brauste durch menschenleere Straßen davon.

»Dein Gesicht kommt mir irgendwie bekannt vor«, bemerkte ich, als das Schweigen sich unangenehm in die Länge zog.

Er entblößte sein Gebiß und grinste mich an. »Goldmedaille bei den Mittelmeerspielen, Vizechampion beim Militär, Vizechampion von Afrika, zweimal Champion der arabischen Welt, zweimal Teilnehmer bei den Olympischen Spielen …«

Ich schlug mir mit der flachen Hand gegen die Stirn. »Hamid Sallal, der Boxer!«

»Du hättest mich fast enttäuscht.«

»Wolltest du nicht Berufsboxer werden?«

»Schon, aber die Verbandsfunktionäre waren zu habgierig. Ich hab denen gesagt, daß ich nicht teile. Da haben sie mich fallenlassen. Ich war zwei Jahre in Marseille. Habe meine ersten Kämpfe alle vor Ablauf der regulären Zeit gewonnen. Und plötzlich finde ich mich als Tellerwäscher in einem Bistro wieder.«

»Wieso?«

»Der Verband hat ein paar dubiose Bestimmungen hervorgekramt und meine Verträge gelöst. Ich bin nach Algerien zurück, um neue Energien zu tanken. Da haben sie den ganzen Staff gegen mich aufgehetzt und mich zuletzt aus der Nationalmannschaft gefeuert.«

»Warum das?«

»Sie wollten mich ausbeuten, ich war das gefundene Fressen für sie. Für mich die Hiebe, für sie die Knete. So geht's zu im Verband. Bilal le Rouget, Rachid Yanes, Le Gaucher, die hatten alle das Zeug zum Weltmeister. Weil sie sich weigerten, krumme Dinger mit der Boxmafia zu drehen, hat man sie kaputtgemacht. Bilal hat sich während eines Trainingsaufenthalts in Kanada abgesetzt, Rachid ist heute Mechaniker in Boufarik. Nur Le Gaucher hat es geschafft, sich einen kleinen Boxstall in der Nähe von Rélizane aufzubauen. Morgens trainiert er Jugendliche, abends besäuft er sich. Algerien, mein Junge, ist nichts für Rassepferde. Hier überleben nur ausgemachte Esel und abgehalfterte Gäule ... Hey! Wenn ich dich nerve, mußt du mich bremsen. In puncto Tratsch bin ich das unschlagbare Klatschmaul in allen Klassen.«

»Du nervst mich überhaupt nicht. Eine Woche lang drehe ich mich schon im Kreis.«

»Mag sein, ist aber kein Grund, daß ich's ausnutze. Wenn ich zuviel gequatscht habe, steckt Junior mir einen

Chip zwischen die Zähne, es gibt einen Kurzen, und ich bin still.«

Ehe ich etwas erwidern konnte, fuhr er fort: »Ich habe mich überall herumgetrieben, habe die allerletzten Jobs gemacht. Sogar mal ein paar Monate lang auf einem Fischkutter angeheuert. Eines Abends, als ich mich gerade vollaufen ließ, um mein Unglück zu ersäufen, bot mir der Inhaber des Nachtclubs an, als Rausschmeißer bei ihm einzusteigen. Der Laden hatte einen üblen Ruf. Der reinste Zirkus. Wegen nichts und wieder nichts schlitzten sie dir die Kehle auf. Ich habe im Handumdrehen für Ruhe gesorgt. Nicht, weil ich so brutal zugeschlagen hätte. Das brauchte ich gar nicht. Die Gäste hatten einfach Achtung vor einem Champion. Die einzigen in Algerien, die deinen Ruhm nicht mit Füßen treten, das sind die kleinen Leute. Nur die erkennen deine Verdienste an. Die Offiziellen, die beglückwünschen dich heute, und morgen haben sie dich schon vergessen. Die haben schließlich noch anderes zu tun. Alles Misthaufen ... In dem Nachtclub habe ich dann Junior getroffen. Er war auf der Suche nach einem Leibwächter. Er sagte: ›Zeig mir mal deine Fäuste.‹ Da habe ich ihm meine Fäuste gezeigt. Er: ›Die sind aus Bronze. Jetzt mach sie mal auf.‹ Da habe ich sie aufgemacht. Und Junior: ›Ich sehe nur Luft.‹ Dann hat er mir seine Fäuste gezeigt. Ich: ›Niedlich, aber aus Porzellan.‹ Junior hat gelacht und sie aufgemacht. War Geld drin ... Ich bin Boxer. Nach all den Kopfnüssen, die ich so eingesteckt habe, bin ich manchmal etwas schwer von Begriff. Aber das, das habe ich gleich geschnallt. Seitdem arbeite ich für Junior.«

Wir kamen vor einem Schweizer Chalet an, das aus einem frischgepflanzten tropischen Urwald ragte. Der Wagen knirschte über den Kies und stoppte vor einem Panoramafenster. In einem Schaukelstuhl am Rand eines Swimmingpools saß ein Mann im Kimono, eine gespenstisch qualmende Zigarre im Mund und Majestät im Blick.

»Das ist Junior«, informierte mich Hamid.

Ich zupfte meinen Anzug zurecht und nahm am Fuß der Marmortreppe Haltung an. Junior musterte mich kritisch. Wenn er seine rundlichen, flaumbesetzten Beine bewegte, öffnete sich sein Hausmantel über einer granatroten Unterhose. Mit seinem purpurnen Teint und seinem üppigen Wanst stank er Meilen gegen den Wind nach Geld. Er mußte so zwischen fünfundzwanzig und dreißig sein, schien sich aber für alt genug zu halten, um sich als Patriarch in Szene zu setzen.

»Laß dich mal aus der Nähe ansehen«, befahl er. Ich stieg die vier Stufen, die mich von ihm trennten, hinauf und blieb in angemessenem Abstand stehen, getreu den Instruktionen von Monsieur Fayçal. Junior legte seine Zigarre in einem seerosenförmigen Aschenbecher ab und betrachtete mich mit hängenden Lippen. Dann schnipste er mir achtlos eine Visitenkarte zu, auf deren Rückseite ein Lageplan gezeichnet war.

»Du wirst eine Dame zu mir bringen. Sie erwartet dich in Fouka Marine. Weißt du wenigstens, wo das ist?«

»Sechzig oder achtzig Kilometer von hier.«

»Hier geht's um Timing! Dein Armaturenbrett, das ist das Zifferblatt deiner Uhr. Hab ich mich verständlich ausgedrückt?«

»Sehr wohl, Monsieur.«

»Die Strecke ist auf der Visitenkarte eingezeichnet. Ich wünsche, daß du vor 22 Uhr zurück bist. Du hast bereits drei Minuten Verspätung.«

Hamid hob die Karte vom Boden auf, steckte sie mir in die Tasche und schob mich in den Mercedes.

»Die Zeit läuft.«

Ich ließ den Motor aufheulen.

»Wo sind die Fahrzeugpapiere?«

»Ein Wagen, der den Rajas gehört, braucht keine Papiere. Los, gib Gas ...«

Ich habe eine Stunde bis Fouka gebraucht, das Gaspedal bis zum Anschlag durchgedrückt. Ich wollte nicht meine erste Dienstfahrt verpatzen. Die Visitenkarte leitete mich zu einer Villa am Ortsausgang. Ich hatte noch gar nicht richtig angehalten, da tauchte eine Frau aus dem Dunkel auf und glitt verstohlen auf den Rücksitz.

»Du solltest die Scheinwerfer ausmachen, du Idiot!« zischte sie.

»Ich bin neu, Madame.«

»Das ist keine Entschuldigung.«

Ihr bleiches Gesicht verzog sich im Rückspiegel.

»Fahr endlich los!« schrie sie mich auf französisch an.

Ihr rüder Ton verunsicherte mich. Ich verhaspelte mich, stieß beim Anfahren gegen den Bordstein. Der Aufprall schleuderte die Dame gegen die Wagentür.

»Du Esel!« fluchte sie. »Geh doch in dein Dorf zu deinem Fuhrwerk zurück.«

»Ich bin in Algier geboren!« entgegnete ich, aggressiv genug, um ihr klarzumachen, daß ich sie gleich mitsamt ihrer Karre sitzenlassen und zu Fuß nach Hause gehen würde.

Sie beruhigte sich, merkte, daß sie etwas verloren hatte, suchte die ganze Sitzbank ab, wühlte schimpfend in ihrer Tasche und sank schließlich verdrossen in die Polster zurück. Wenig später knipste sie das Deckenlicht an, tastete noch einmal den Boden ab und kramte wieder in ihrer Tasche herum.

»Kann ich Ihnen behilflich sein, Madame?« Ich schlug einen versöhnlichen Tonfall an.

»O ja, indem Sie sich um Ihren eigenen Mist kümmern!«

Unsere Blicke kreuzten sich im Rückspiegel.

»Willst du vielleicht ein Foto von mir?« schnauzte sie mich an.

Ich wandte mich ab.

Ihr Atem ging stoßweise, er brannte die ganze restliche Fahrt über in meinem Nacken.

Hamid wartete am Eingang der Residenz auf uns. Sobald er den Mercedes erkannte, eilte er herbei und riß den Schlag auf, noch ehe der Wagen zum Stehen gekommen war. Die Dame rutschte auf dem Rücksitz herum. Ihre Laune war ätzend. Erst als sie ausstieg, sah ich, daß sie unter ihrem Pelzmantel splitternackt war. Junior kam zu uns heraus, umschlang sie ungeniert und küßte sie auf die Lippen.

»Hast du dein Lächeln auf deiner Puderdose liegenlassen, Liebling?«

»Ich hatte ein kleines Geschenk für dich, aber ich kann es einfach nicht mehr finden.«

»Ach so! Ich dachte schon, du wärst nicht begeistert, mich wiederzusehen!«

Er schob sie vor sich her, klatschte ihr schallend auf

den Po. »Das kriegen wir schon geregelt, mein Schatz. Auf meine Art, versteht sich.«

Sie zogen die Glastür hinter sich zu.

»Du weißt, wer das ist?« Hamids Stimme klang fiebrig.

»Keine Ahnung.«

»Du hast noch nie etwas von Notre-Dame de Chenoua gehört?«

»Nicht, daß ich wüßte.«

»Das ist sie: Leïla Soccar, Tochter eines Diplomaten. Sie brächte es fertig, selbst einer Statue noch den Kopf zu verdrehen. Man erzählt sich, daß ein Emir aus dem Orient all seine Titel und Erbansprüche in den Wind geschlagen hat, nur weil sie es so wollte.«

»Und natürlich soll ich diese Geschichten glauben.«

»Ich jedenfalls glaube sie. Bis heute würde ihr jeder Mann aus der Oberschicht mit Wonne die Zehen lecken. Sie ist vierzig und noch immer die begehrteste Muschi der High Society. Als Junior ihr zum ersten Mal begegnet ist, hätte er sich fast die Kleider vom Leib gerissen. Dabei wartet an jeder Straßenecke ein Harem auf ihn. Aber Leïla ist sein ganzer Stolz, sein größter Triumph. Trotz ihres Altersunterschieds blickt ganz Algier mit neidischen Augen auf die beiden.«

Ich versuchte, seinen Redeschwall zu stoppen: »Ich bin todmüde. Kann ich jetzt gehen?«

»Von wegen, mein Junge. Du wirst sie in einem Stündchen wieder heimchauffieren. Ihr Mann kommt im Morgengrauen nach Hause zurück, da muß sie dasein und ihm ein Küßchen geben.«

»Ihr Mann kommt im Morgengrauen nach Hause zurück ...?«

»Tja ... manche Phantasien leben allein vom Risiko, das man ihretwegen eingeht. Du hast noch nichts von der Welt gesehen ...«

Ich habe die Dame gegen drei Uhr früh zurückgebracht. Während der ganzen Fahrt sprachen wir kein Wort. Sie streckte sich auf der Rückbank aus und schaute unverwandt aufs Deckenlicht, zündete sich eine Zigarette an und lauschte der Musik aus dem Autoradio. Als wir vor ihrem Haus ankamen, wartete sie, bis ich ihr den Wagenschlag öffnete und ging, ohne mich anzusehen, an mir vorbei. Als ich losfahren wollte, fiel mein Blick auf ein Kästchen, das zwischen den Polstern des Rücksitzes klemmte. Ich lief ihr nach, um es ihr zu geben.

»Das haben Sie vergessen, Madame.«

Ihr überirdischer Blick ignorierte den Gegenstand in meinen Händen und tauchte statt dessen in meine Augen ein, um meine Gedanken zu ergründen. Ich spürte, wie er immer tiefer in mich glitt, strömende Lava, die mein Innerstes überschwemmte und meine Seele aufwühlte. Sehnsüchtig streiften ihre Finger meine Wange und lösten eine Welle kleiner Schauer in mir aus. Dann hatte sie sich wieder im Griff.

»Ich vergesse nie etwas, Kleiner.«

Als sie merkte, daß ich sie nicht verstand, fügte sie hinzu: »Sie können sie behalten.«

Und schloß sachte die Tür zwischen uns.

Als ich wieder im Wagen war, öffnete ich das Kästchen und fand darin eine prachtvolle Rolex mit Goldarmband.

Nafa, mein Junge, sagte ich zu mir, keine Ahnung, ob die Stufen, die du erklimmst, auf ein Podest oder aufs Schafott führen. Aber eines ist klar: Es geht aufwärts ...!

3

Die Rajas waren schon vor zwei Wochen von ihrer Reise zurückgekehrt. Hamid hatte sie vom Flughafen abgeholt, ich selbst hatte sie nicht einmal zu Gesicht bekommen. Monsieur Fayçal hatte sorgsam das kleine Tor verriegelt, das meinen »Rundgang« vom Innenhof trennte, in dem der Swimmingpool lag. Ich drehte von früh bis spät Däumchen in meinem Zimmer, besah mir meine Fingernägel und blätterte immer wieder dieselben Zeitschriften durch. Außer ein paar kleineren Besorgungsfahrten, die der Hausverwalter mich zumeist in eigener Sache machen ließ, schienen mich meine Arbeitgeber überhaupt nicht wahrzunehmen. Monsieur Raja war beständig außer Haus. Und von Madame kannte ich nur die Stimme, eine kreischende Stimme, die das Dienstvolk erschreckte und den ganzen Palast in Aufruhr versetzte.

Junior hatte in der Zwischenzeit zweimal einen Auftrag für mich. Der erste führte mich nach Tizi-Ouzou, um der Witwe eines Industriellen ein Geschenk zu überbringen. Der zweite bestand darin, eine Prostituierte nach Oran zurückzufahren. Vierhundertdreißig Kilometer nichts als Gewitter, unwegbare Chausseen und Riesenstaus. Ich rief Junior an und bat ihn um die Erlaubnis, die Nacht in einem Hotel verbringen zu dürfen. Nach einem heißen Bad und ein paar Stunden Schlaf wäre ich wieder auf den Beinen. »Kommt nicht in Frage!« hat es vom anderen Ende der Leitung gebellt. »Ich brauche den Wagen morgen früh, gleich nach Tagesanbruch.« Also habe ich nur schnell ein Sandwich in einer Garküche verdrückt und mich gleich wieder auf den Heimweg gemacht. Es war schon dunkel, es goß noch immer in Strömen, und die Blitze blendeten mich. Diese zusätzlichen vierhundertdreißig Kilometer hätten mich fast das Leben gekostet. Ich schlief am Steuer ein und wachte in einem Acker auf.

»Das bezahlst du besser aus eigener Tasche!« riet mir Hamid, als er den eingedrückten Stoßdämpfer des Mercedes sah. »Du bist noch keinen Monat bei uns, es empfiehlt sich nicht, den Unfall zu melden. An deiner Stelle würde ich mich schnell nach einer guten Werkstatt umsehen.«

»Und wo ist Junior? Ich dachte, er braucht den Wagen dringend!«

»Der ist eine Stunde nach deinem Anruf nach Paris geflogen.«

»Warum um alles in der Welt hat er mich dann so schnell zurückkommen lassen, bei so einem Sauwetter?«

»Das, mein Junge, entzieht sich meiner Kenntnis. Die Wege des Herrn sind unergründlich.«

Ich mußte Dahmane bitten, die Kosten für die Reparatur zu übernehmen. Nach diesem Mißgeschick begann ich wieder zu rauchen. Wie ein Schlot. Ohne es überhaupt zu bemerken. Meine Tage waren eine Last, meine Nächte ein Frust. Im »Fouquet's« ertappte ich mich dabei, wie ich trotz der schönen Stimmung ständig aufs Telefon schielte. Monsieur Fayçal wollte über all meine Bewegungen im Bilde sein. Wo immer ich war, ich mußte ihm meinen Aufenthaltsort hinterlassen. Oft rief er mich zu den unmöglichsten Zeiten an, nur um zu kontrollieren, ob ich auch nicht betrunken war oder mich anderweitig gehenließ. Wenn ich dann atemlos angerast kam, fiel ihm garantiert irgendein Vorwurf ein, der ihm als Vorwand für seine Nachstellungen diente, bevor er mich in Ungnaden entließ und mir meine seltenen Ruhepausen verdarb.

Und dann tauchte Sonia auf, die einzige Tochter der Rajas. Eine giftige Kreatur, schön wie die Illusion und, wie sich bald herausstellen sollte, genauso trügerisch. Ich habe sie am Flughafen abgeholt und war sofort ihrem Charme verfallen. Sie wirkte so zart inmitten all ihres Gepäcks, um den Kopf höchst kunstvoll ein Tuch geschlungen, die Beine in hinreißenden Leggings. Sie war groß, schlank und weizenblond: ein Strauß Ähren, der sich dem Sommer entgegenstreckt. Sie bedachte mich mit einem langen Blick, während ich ihre Pakete im Kofferraum verstaute. Monsieur Fayçals Theorien zum Trotz setzte sie sich auf den Beifahrersitz und ließ mein Profil nicht mehr aus den Augen.

»Sind Sie der Neue?«

«Ja, Mademoiselle.«

Mein »Mademoiselle« schien sie zu amüsieren. Plötzlich verdunkelte sich ihr heller Blick.

»Was ist das für eine Geschichte mit der FIS? Stimmt es, daß die Fundamentalisten bei uns jetzt schon in den Rathäusern sitzen?«

»Es stimmt, Mademoiselle.«

»Und die Mädchen, tragen die jetzt alle den *hijab*?«

»Noch nicht, Mademoiselle.«

»Was meinen Sie, werden die irgendwann die Macht im Staat übernehmen?«

»Schon möglich, Mademoiselle.«

»In Europa spricht man von nichts anderem mehr. Ich frage mich, ob es richtig war, zurückzukommen.«

Sie lehnte sich in die Polster und warf angewidert ihre Haare zurück. »Es ging mir sehr gut in Genf ... Kennen Sie Genf?«

»Nein, Mademoiselle.«

»Sie waren noch nie in Europa?«

»Nur in Frankreich. Das war zu der Zeit, als man noch an Devisen herankam.«

»Haben Sie drüben Familie?«

»Nein, Mademoiselle.«

Dann, im Glauben, die Gelegenheit sei günstig, fügte ich hinzu:

»Ich wollte immer zum Kino.«

Sie musterte mich drei unendliche Sekunden lang. »Stimmt, Sie haben das richtige Profil dafür.«

»Vielen Dank, Mademoiselle.«

Dann verstummte sie. Zu meinem großen Bedauern. Ich hoffte, sie würde das Thema aufgreifen, mir sagen, sie wolle sehen, was sie für mich tun könne, oder daß sie vielleicht Kontakte zur Filmbranche hätte, irgend etwas in der Art. Aber nichts. Sie schaltete das Radio ein und verschanzte sich hinter einer Mauer aus Schweigen.

Vom nächsten Morgen an hielt sie mich auf Trab. Ich habe sie zu ihrem Golfclub gefahren und den ganzen Vormittag in der glühenden Sonne auf sie gewartet. Mittags habe ich sie dann nach Bachjarah kutschiert. Wieder wurden meine Hände am Steuer schweißnaß. Gegen fünfzehn Uhr kehrte sie in den Club zurück und vergaß bis tief in die Nacht die Zeit. Ich hatte seit dem Frühstück nichts mehr gegessen und mußte mich mit einem Sandwich begnügen, das ich noch nicht einmal aufessen konnte.

Sieben Tage und sieben Nächte habe ich mich hinter dem Steuer verzehrt, nervös eine Schachtel Zigaretten nach der anderen zerknüllt, ohne mich vom Auto entfernen zu können, denn Sonia hatte einen Horror davor, einem Bediensteten nachlaufen zu müssen. Eines Abends hätte sie mich fast gelyncht, weil ich mich in eine Snackbar auf der gegenüberliegenden Straßenseite geflüchtet hatte.

»Ja, sonst noch was?« tobte sie los, während die Gaffer sich um uns scharten. »Vielleicht wünschen Monsieur, daß ich ihm sein Essen auch noch ans Bett bringe? Es steht dir nicht zu, den Wagen ohne meine Genehmigung zu verlassen. Ich erwarte, dich da vorzufinden, wo ich dich zurückgelassen habe. Wenn dir das nicht paßt, dann geh doch wieder in dein Loch zurück!«

»Sehr wohl, Mademoiselle.«

»Na so was ...«, brummte ein Zuschauer, angewidert von meiner Unterwürfigkeit.

Nie hätte ich gedacht, daß ich jemanden derartig hassen könnte. Stumm öffnete ich die Wagentür, stumm ließ ich sie hinter ihr ins Schloß fallen, mit einem gedämpften »Klick«. Ich hatte Mühe, mir meinen Weg durch die empörte Menge zu bahnen, dann fuhr ich auf die Anhöhe über Algier. Ich parkte den Wagen an einer einsamen Stelle unter einem Johannisbrotbaum. Sonia runzelte die Stirn. »Wo sind wir denn hier?«

Ich drehte mich zu ihr um. Was sie in meinen Augen las, ließ sie zusammenzucken. Gelassen legte ich ihr die

Hand auf die Schulter, zog sie mit einem Ruck an mich heran.

»Hören Sie, Mademoiselle. Ich bin zwar nur ein gewöhnlicher Chauffeur, und Sie können mich feuern, wann immer es Ihnen beliebt, aber eines sollten Sie darüber nicht vergessen: Ich bin ein Mensch, und ich habe meine Selbstachtung. Das reicht vielleicht nicht aus, um Ihre Vorurteile zu zerstreuen, aber es ist alles, was ich habe. Wenn ich das verlieren sollte, kann ich auch gleich mein Leben verlieren.«

Sie schluckte heftig, nachdem ich sie wieder losgelassen hatte.

Ich meinte, damit wäre mein Job erledigt. Und mein Freund Dahmane wäre bis ans Ende seiner Tage sauer auf mich. Aber ich hatte mich getäuscht. Am nächsten Morgen übergab eine der Putzfrauen mir ein Päckchen. Darin ein Kettchen aus massivem Gold und ein parfümduftender Zettel, auf dem stand: »Wenn du mir vergibst, trag sie um den Hals ...« Sonia würde mich nie wieder anbrüllen, aber sie würde mich auch weiterhin ausbeuten, derart unnachgiebig, daß ihr Kettchen schwerer auf meinem Nacken lag als ein eisernes Joch.

Monsieur Fayçal bestellte mich spät in der Nacht zu sich. Stocksteif stand er hinter seinem viktorianischen Schreibtisch und betupfte sich nervös das Gesicht. Seine Blässe und seine schweißnasse Stirn ließen mich das Schlimmste befürchten. Er lockerte seine Fliege und zog die Brauen hoch, als ob ihm der Grund für meine Anwesenheit schon wieder entfallen sei. Dann faßte er sich, rieb sich Kinn und Nacken trocken und versuchte sich zu konzentrieren. »Madame möchte ausfahren«, verkündete er.

»Ich warne Sie: Sie hat einen Abscheu vor holprigen Wegen. Meiden Sie alle Schlaglöcher und unebenen Straßen. Fahren Sie sehr aufmerksam. Keine Raserei, keine unvorsichtigen Manöver.«

In einem Atemzug warf er mir alle Instruktionen an den Kopf, bevor ihm die Luft ausging. Als ob sein Schicksal von meiner Geschicklichkeit als Chauffeur abhinge. Es war nicht zu übersehen, Madame Raja jagte ihm einen heiligen Schrecken ein. Als ob sie ihn für jeden häuslichen Zwischenfall höchstpersönlich zur Verantwortung zöge.

»Nafa«, fügte er hinzu, während er schon auf den Gang hinauseilte, »ich kann es nicht oft genug wiederholen: Fahren Sie umsichtig und aufmerksam.«

»Versprochen.«

Madame Raja dürfte in ihrer Jugend mehr als einen Anwärter betört haben. Ihre feinen Züge wirkten noch immer sehr edel. Doch sie war erst fünfundfünfzig und schon eine Ruine, ein vom Blitz getroffenes Bauwerk. Die Zeit hatte sie genau in dem Moment eingeholt, als sie am wenigsten damit gerechnet hatte. Und jetzt wußte sie nicht, wie sie sie fortan noch narren konnte. Mumiengleich thronte sie in ihrem abendroten Sari auf der Rückbank, eine sterbende Göttin an der Schwelle zum Sarkophag. Ihre großen Augen schauten noch immer den Sternschnuppen hinterher, doch ihr von Krankheit gezeichnetes Gesicht hatte den Glauben an Wunder verloren. Es fiel still in sich zusammen, samt seinem Charme von einst, wie eine Legende aus uralten Zeiten, die heute nicht mehr verfängt, seinem geisterhaften Charme, verbittert und zur Vernunft gekommen durch die Ohnmacht der Reichen, die mit all ihrem Vermögen die Zeit nicht aufhalten können, allen Liftings, allen Luxuscremes zum Trotz.

Sie hatte kein Sterbenswort gesagt, seit sie in den Wagen gestiegen war. Nicht einmal, als ein Schlagloch voller Wasser meiner Aufmerksamkeit entgangen war. Sie hatte nur den Faltenwurf ihres Schleiers geordnet und weiter still auf die Lichter der Stadt geschaut, wie ein Kind vor dem Aquarium.

Wir fuhren durch ein schlafendes Wohnviertel. Es war weit nach Mitternacht, und nicht ein Schatten war unterwegs. Von Zeit zu Zeit gab Madame Raja die Richtung vor, fast flüsternd – »nach rechts«, »nach links«, »geradeaus« –, bis sie mich schließlich bat zu halten. Vor einem Häuschen, dessen Fenster noch erleuchtet waren.

»Kommen Sie mit.«

Sie stieg ohne meine Hilfe aus und läutete. Eine junge Frau machte uns auf und verschwand, kaum hatte sie die Besucherin erkannt. Wir kamen in ein behagliches Wohnzimmer. Sofas mit Brokatdeckchen, Lampenschirme aus Porzellan und funkelndes Silbergeschirr. Ein Mann saß entspannt auf einem weichen Sofa, die Pfeife griffbereit neben sich. Seine Glatze glänzte im Licht des Kristallüsters. Er fuhr zusammen, als er uns hereinkommen sah, eher verärgert denn überrascht, stand auf, griff nach seiner Jacke und ging wortlos auf die Straße hinaus. Madame Raja untersagte es sich, der jungen Frau ins Gesicht zu sehen. Sie gab sich würdevoll. Sie war nur leicht zur Seite gewichen, um den Mann vorbeizulassen, als flöße er ihr Abscheu ein.

Die junge Frau lehnte sich gegen die Wand, führte eine lange Zigarette an ihre blutleeren Lippen und blies den Rauch mit ungehaltener Miene an die Decke.

Der Herr stieg in den Wagen ein. Madame Raja nahm neben ihm Platz, kalt und hoheitsvoll, und wies mich an, wieder nach Hause zu fahren. Ein ressentimentgeladenes Schweigen machte sich auf der Rückbank breit, derart übermächtig, daß es das Brummen des Motors übertönte. Der Mann stieß einen Seufzer aus und drehte sich zum Fenster hin. Die Straßenlaternen warfen ein flackerndes Licht auf sein Gesicht. Madame Raja schaute starr geradeaus, mit zusammengekniffenen Lippen und undurchdringlichem Blick. Ich erriet, daß sie mit sich kämpfte, um Haltung zu bewahren. Nach einigen Kilometern gab sie auf und hieb mit der Faust aufs Polster. »Wie weit willst du es noch treiben, Salah?« keuchte sie. »Daß du mich mit dem Heer deiner Sekretärinnen betrügst, verstehe ich ja noch. Aber mit meiner eigenen Schwester ...«

Monsieur Raja reagierte nicht. Er schaute beharrlich weiter aus dem Fenster, auf das Märtyrerdenkmal oben auf dem Hügel.

Fünf Monate bei den Rajas, und schon waren all meine Kinderträume zerstoben – verpufft am Horizont meiner fruchtlosen Bemühungen. Ich war Berühmtheiten begegnet, hatte Journalisten befördert, Industrielle und Aladine, die ihre Wunderlampe vor mir verschlossen hielten, und nicht einer von ihnen hatte gespürt, was ich wie eine nervöse Schwangerschaft in mir trug, in der Hoffnung, eines Tages ein Sternbild zu gebären. Selbst meine ungeheure Beflissenheit wurde ignoriert, höchstens daß mich mal einer auf die Zerbrechlichkeit eines Gepäckstücks hinwies oder mich wegen ein paar elender Minuten Verspätung abkanzelte. Mein *Profil* dagegen ließ sie allesamt kalt, mein olympisches Lächeln, meine Statur hatten auf ihre Arroganz keine größere Wirkung als ein geweihter Ort auf einen Vandalen. Ich war nichts weiter als ein Fuhrmann, ein ganz gewöhnlicher Lastenträger, der besser daran täte, sich weniger zu schinden, als sich abzumühen, sich bei einer unausstehlichen Oberschicht anzubiedern. Durch zahllose Enttäuschungen klug geworden, kokettierte ich zuletzt vor mir selbst mit meiner Position als Paria, ohne mich in trügerischen Illusionen zu wiegen. Sonias Launen und den Torheiten ihres Bruders stand ich machtlos gegenüber, und so fügte ich mich mit Langmut in ihre Tyrannei. In der vergangenen Woche hatte Junior mich um zwei Uhr früh aus dem Bett gescheucht, eine Flasche Whisky für ihn aufzutreiben. Er befand sich in seinem zweiten Wohnsitz und zog sich mit seiner jüngsten Flamme, die kichernd auf dem Sofa an ihm klebte, einen Porno rein. Sämtliche Lokale der Stadt hatten schon geschlossen, aber ich konnte unmöglich mit leeren Händen zurückkommen. Junior hätte das als Affront aufgefaßt und mir nie verziehen, daß ich ihn vor seiner Augenblicksgeliebten »bloßgestellt« hätte. So fuhr ich bis nach Sidi Fredj. Als ich zurückkam, waren Junior und seine Königin der Nacht schon ausgeflogen, um andernorts einen draufzumachen, und ich stand mit meiner Flasche da, ausgepowert, stolpernd vor Wut und Müdigkeit, und noch im Schlaf verfluchte ich mich für meine Willfährigkeit.

Daran, daß ich mich nicht traute, ihnen den Job vor die Füße zu schmeißen, erkannte ich, aus welch dünnem Stoff meine Selbstachtung war. Vor die Wahl gestellt, ihnen den

Job oder mich selbst vor die Füße zu werfen, habe ich mich fürs Kriechen entschieden. Einfach so. Masochismus? Vielleicht. In dem Stadium der Unterwürfigkeit, in dem ich inzwischen angelangt war, war ich der Meinung, daß jeder bekommt, was er verdient. Wer war ich denn schon? Nafa Walid, Sohn eines pensionierten Eisenbahners, im Klartext eines Mannes, der sich selber keinen Stolz erlauben konnte. Ihnen den Job vor die Füße werfen? Und dann? Wieder nach Bab El-Oued zurückkehren und den Gestank der kaputten Kanalisation einatmen, von früh bis spät durch die verwinkelten Gassen der Kasbah laufen, den Gymnasiastinnen von Soustara nachstellen, um schließlich nachts hinter geschlossenen Fensterläden mit meinem schalen Schicksal zu hadern? Zu spät. Es gibt einen Rausch, gegen den kein Exorzist ankann, und wer sich einmal hat verzaubern lassen, der kommt nicht mehr los. So ist es mir ergangen. Jetzt, da ich das Paradies der anderen von fern gesehen hatte, tat ich alles, etwas von seinen Rändern zu erhaschen, gab mich hier mit einem Krümel, dort mit einem Spritzer zufrieden, überzeugt, daß der Duft des Reichtums, auch wenn er mir nur um die Nase strich, alle vertrauten Gerüche der Kasbah aufwog.

»Jetzt redest du schon mit der Wand!« Überraschend war Hamid aufgetaucht.

«Ich diskutiere mit meinem Schutzengel.«

»Ich sehe aber gar nicht sein Hörrohr!«

Er lachte schallend los, entzückt von seiner eigenen Schlagfertigkeit, nahm meine Jacke vom Garderobenhaken und warf sie mir zu.

»Ich brauche dich, mein Junge.«

»Da mußt du erst Fayçal fragen.«

»Nicht nötig. Junior ist in Sétif, Sonia am Strand, und Madame liegt leidend zu Bett. Es dauert ohnehin nicht lange.«

Eine Stunde später langten wir vor Dar Er-Rahma an, einem Altersheim, das allerdings mehr wie ein Hospiz aussah. Die Heimleiterin, eine lebhafte kleine Frau mit straffem Dutt und unschlüssigem Mund, empfing uns in ihrem Büro. Sie wirkte verärgert und warf Hamid einen vernichtenden Blick zu.

»Sie sollten dringend Ihrem schlechten Gedächtnis nachhelfen!« schimpfte sie.

Dann holte sie tief Luft und fuhr fort:

»Na schön, jetzt sind Sie ja da. Immerhin etwas. Kommen Sie mit.«

Sie führte uns durch einen Platanenhof voll alter Leute, manche saßen auf Bänken, andere hockten in kleinen Gruppen auf den Stufen trister Schlafsäle.

»Es bleibt uns nichts anderes übrig, als sie zusammenzupferchen«, beklagte sich die Heimleiterin. »Es fehlt uns an Betten und Schlafräumen. Die Subventionen verschwinden spurlos auf dem Weg zu uns, und die Wohltätigkeitsverbände sind immer weniger gewillt, etwas zu spenden. Die Sterbequote ist dieses Jahr beängstigend hoch.«

Plötzlich machte sie kehrt und ging auf eine einsame alte Frau zu.

»Bleib da nicht sitzen, Mimouna. Die Sonne brennt heute morgen viel zu sehr.«

»Ich habe mich eben erst hingesetzt.«

»Schwindle mich nicht an, meine Liebe. Mein Büro ist direkt gegenüber. Ich beobachte dich schon eine Weile. Bitte geh hinüber zu den anderen.«

Die alte Frau nickte zustimmend, aber es sah nicht so aus, als ob sie gehorchen wollte. Sie zog den Kopf zwischen die Schultern und machte sich ganz klein.

»Das ist die älteste Heimbewohnerin«, klärte die Leiterin uns im Weitergehen auf. »Ihre Freundin ist letzte Woche an einem Hitzschlag gestorben. Jetzt versucht sie ihr auf dieselbe Weise zu folgen.«

Wir kamen bei einer ausgemergelten Achtzigjährigen an, die im Schatten eines Strauchs kauerte. Hamid stellte seinen Korb mit Früchten ab, hüstelte in die Faust und sagte sanft:

»*Hajja**...«

Die alte Frau fuhr zusammen. Ihre weißen Augen irrten suchend umher. Sie streckte zitternd ihre Hand aus, die Hamid behutsam ergriff.

»Mein Kind...?«

»Ich bin's nur, Hajja, Hamid.«

Sie lächelte. Ihr faltiges Gesichtchen wurde noch schrumpliger. Die Ärmste war blind und eingemummelt in ein abgetragenes, aber sauberes Kleid. Ich konnte mir nicht erklären, wieso es mir vor lauter Mitleid und Bestürzung einen Stich ins Herz gab. Mir war, als ob das Heim sich verdunkelte und die Bäume sich plötzlich abkehrten von uns.

»Er ist nicht gekommen...?«

»Nein, Hajja.«

»Ist nicht schlimm. Ich hoffe, es geht ihm gut.«

»Er ist gesund und munter.«

---

* (arab.) im engeren Sinn Ehrentitel für Muslime, welche die *Haddsch*, die Pilgerfahrt nach Mekka, absolviert haben; hier wie generell: höfliche Anrede für alte Leute, *Haj* für Männer, *Hajja* für Frauen.

»Er engagiert sich immer sehr. Das liegt in seiner Natur. Schon als er klein war, ging er immer als letzter zu Bett. Er fehlt mir schon, aber ich verstehe ihn. Er arbeitet so lange, bis er umfällt.«

Ihr meckerndes Stimmchen verfing sich im Gesträuch wie ein Gespinst, das der Wind forttträgt. Ihre Hand tastete nach Hamids Gesicht, fand es, liebkoste es.

»Da ist jemand bei dir?«
»Ja, ein junger Mann. Er heißt Nafa. Er ist sehr nett.«
»Besucht er hier eine Verwandte?«
»Er begleitet mich. Er wollte dir guten Tag sagen.«
»Er scheint ja wirklich sehr nett zu sein.«

Ich küßte sie auf den Scheitel. Sie genoß es, griff nach meinem Handgelenk, hielt es fest.

»Hamid, mein Junge, die Menschen der Nacht haben kein Zeitgefühl. Ob sie schlafen oder wachen, das macht für sie kaum einen Unterschied. Ihre Blindheit ist ihr Exil. Das einzige Licht, das sie noch erreicht, kommt aus den Herzen der anderen ... Verstehst du das?«

»Ich verstehe es, Hajja.«

»Wenn ich noch immer am Leben hänge, dann nur, um noch einmal den Geruch meines Kindes zu spüren. Mein Sohn, er ist mein einziger Ankerpunkt auf dieser Insel ... Aber nein«, korrigierte sie sich sogleich, »beunruhigt ihn nicht. Es geht mir gut. Ich sehne mich nur so sehr danach, noch einmal seine Stimme zu hören, seinen Atem an meinem Gesicht zu spüren. Ich habe ja nur noch ihn. Ich würde mich dann weniger einsam fühlen, es wäre mir weniger kalt in meinem Grab, wenn ich mit der Gewißheit ginge, es geht ihm gut. Im Schlaf verspüre ich manchmal Tritte im Bauch, genau wie die, die er mir gab, als ich ihn in mir trug. Ich wache dann schweißgebadet auf und sage mir, meinem Kind geht es schlecht, es ist ihm ein Unglück zugestoßen ...«

»Sei ganz beruhigt, es geht ihm wirklich gut, Hajja.«

»Ich glaube dir ja. Warum solltest du mich auch anlügen. Aber eine Mutter ist wie ein Kind, ihr Herz kommt erst zur Ruhe, wenn sie anfassen kann. Mehrere Male haben sie schon den Arzt an mein Bett geholt. Er hat gesagt, es ginge zu Ende mit mir. Mein Geist ist schon fort, nur mein Fleisch weigert sich, ihm zu folgen. Mein Herz hat noch keine Ruhe gefunden, verstehst du? Eine einzige Minute seiner Zeit würde ausreichen, mich glücklich zu machen. Dann könnte ich ohne Bedauern gehen.«

Sie wandte sich ab, um ihre Tränen zu verbergen. Hamid küßte sie auf die Schulter, ehe er sich, die alte Frau lange im Blick behaltend, entfernte. Schweigend erreichten wir unseren Wagen, er verstimmt, ich an einer Zigarette ziehend, die nicht brennen wollte.

»Wer ist diese Frau?« fragte ich ihn, als wir schon weit vom Heim entfernt waren.

»Das, lieber Nafa, war die Mama deines Arbeitgebers, die Mutter des allgewaltigen Salah Raja. Seit Jahren siecht sie dort vor sich hin, und nicht ein einziges Mal hat er es für nötig befunden, sie zu besuchen. Es ist auch nicht er, der mich schickt.«

4

Bevor eine Disco daraus wurde, war »Le Fennec« ein Heim für Körperbehinderte, das hoch oben auf einem Felsvorsprung vor sich hin döste und sich kaum für die Lehmhütten, die an den Hängen des Hügels schwitzten, zu interessieren schien. Näher am Himmel als an diesem Ghetto erbaut, war es ganz dem lieben Gott zugewandt, wie es da auf seinem Katafalk thronte, im Schatten uralter Gebäude, die kaum je ein quietschender Rollstuhl aus ihrer Ruhe riß. Wer immer des Weges kam, bekreuzigte sich verstohlen und flehte seine Heiligen an, ihn vor solchem Ort zu bewahren. Doch schon bald hatte die Stadt sich das Gelände ringsum einverleibt. Betonfluten begruben die kleinen Wäldchen unter sich, gigantische Bulldozer erledigten den Rest. An Stelle der kärglichen Gemüsegärten, die die Anwohner gehegt hatten, schossen prächtige Villen wie Pilze aus dem Boden. Im Handumdrehen hatten gleißende Avenuen den alten Ziegenpfad erreicht, der auf die Hütten zulief und, stolz auf seinen neuen Belag, am Wasserturm eine Kehrtwende machte, dem neuen Viertel mit seinen blinkenden Neonschildern, seinen lockenden Schaufensterauslagen, seinen lärmenden Diskotheken entgegen. So mancher schielte begehrlich auf das alte Behindertenheim. Unter dem Vorwand, es zu renovieren, wurden seine Insassen umquartiert. Während der Ereignisse vom Oktober 1988 fing es dann auf nie geklärte Weise Feuer und ging infolge des Rückzugs philanthropischer und kommunaler

Unternehmen für einen Appel und ein Ei an einen Potentaten über. So kam es, daß die Passanten eines Nachts nicht ohne Erleichterung auf der Giebelfront des Gebäudes jene acht Leuchtbuchstaben entdeckten, die triumphierend in den Himmel strahlten. Es war die Geburtsstunde des elitärsten Privatclubs der Hauptstadt, einer gigantischen Diskothek, in der ausschließlich die Tschitschi, die Jeunesse dorée von Algier, verkehrte.

Im Gegensatz zum Golfclub, wo ich auf dem Parkplatz auf Sonia warten mußte, gab's im »Fennec« eine kleine Bar fürs Personal, gleich gegenüber der Garderobe. Dort konnten sich die Chauffeure bei einem Hamburger und ein paar Erfrischungsgetränken entspannen.

Ich saß auf einem Barhocker und knabberte an meiner Ration, ohne die Schwingtür aus den Augen zu lassen, hinter der die Tanzfläche lag; immer, wenn sie sich öffnete, drang ein Schwall wilder Musik hindurch, sah man buntflackernde Lichter und in Trance sich bewegende Tänzer. Seit ich Platz genommen hatte, wurde ich unablässig von einem Mann beobachtet. Immer, wenn ich mich umdrehte, stieß ich auf seinen finsteren Blick, der nicht zu seinem Lächeln zu passen schien. Er mußte um die Fünfzig sein, hatte graues Haar und einen Bauch, über dem sich ein Wollpullover spannte. Endlich verließ er seinen Tisch und setzte sich zu mir.

»Du erinnerst dich wohl nicht mehr an mich?«

Ich betrachtete ihn einen Augenblick.

»Sollte ich das ...?«

»Natürlich mußt du nicht, aber es hätte mich gefreut. Du bist doch der Typ aus dem Fernsehfilm?«

Als er merkte, daß mir sein Gesicht noch immer nichts sagte, kam er mir zu Hilfe:
»Ich bin der Musiker von Sid Ali, dem Dichter ...«
Ich versuchte, mich zu erinnern, umsonst.
»Wir haben doch zusammen gefeiert!« beharrte er. »Bei Haj Ghaouti in Souk El-Djemâa, auf der Hochzeit seines Sohnes. Du warst mit deinem Freund Dahmane da.«
»Stimmt, an den Abend erinnere ich mich.«
»Siehst du, und der Typ mit der Mandoline, das war ich. Sid Ali hat damals gesagt, wenn mein Instrument eine Kristallkugel wäre, könnte ich unter meinen Fingerspitzen Huris hervorlocken.«
»Tut mir leid, ich kann mich nicht erinnern.«
Er zuckte die Achseln. »Ist auch egal. Ich wollte nur ein wenig plaudern. Drei Stunden hocke ich schon hier und langweile mich zu Tode ... Bist du schon lange bei den Rajas? Ich habe gesehen, wie du ihre Tochter vorgefahren hast.«
»Seit einem halben Jahr, wieso?«
»Ich habe deinen Vorgänger gekannt. Man sieht ihn gar nicht mehr.«
»Er hatte einen Unfall.«
»Hoffentlich nichts Schlimmes?«
»Keine Ahnung.«
Er hielt mir seine Hand hin. »Yahia, Chauffeur bei den Bensoltanes.«
»Ich denke, du bist Musiker?«
»Und ich dachte, du wärst Schauspieler ... Mein traditionelles Orchester interessiert keinen Menschen. Die Leute wollen alle nur noch Raï-Musik. Die Zeiten ändern sich, und der Geschmack auch.«

Er holte eine Münze aus seiner Tasche hervor, ließ sie über den Tresen rollen, fing sie auf, spielte mit ihr. Schloß die Faust, pustete hinein, öffnete sie: keine Münze mehr da. Er tat bestürzt, suchte ringsum alles ab, ließ jäh seinen Arm gegen mein Handgelenk schnellen, schnipste kurz, und schon blitzte die Münze zwischen seinem Daumen und seinem Zeigefinger auf.

»Bist du etwa auch Zauberer?«

Er lächelte.

»Dann und wann. Wie spät ist es eigentlich?«

Als ich auf mein Handgelenk schaute, stellte ich fest, daß da keine Uhr mehr war.

»Mist, ich habe meine Uhr verloren.«

»Sieh mal in deiner rechten Jackentasche nach.«

Tatsächlich, da war sie.

»Beeindruckend!« Ich war baff.

»Alter Taschenspielertrick. Nur sind die Taschenspieler heute in Ungnade gefallen. Es gibt nichts, was ich nicht mit meinen Händen tun könnte. Ich habe alle Instrumente gespielt, habe Bronze- und Holzskulpturen geschaffen, jede Menge handwerkliche Dinge gemacht, aber im Land der Räuber und Halsabschneider ernährt Talent allein seinen Mann nicht. Es hilft ihm nur, sein Los besser zu ertragen. Und da ich auch was essen muß, greife ich zum Lenkrad.«

Ein Anflug von Traurigkeit verdüsterte sein Gesicht. Er betrachtete seine Münze, lächelte sarkastisch und ließ das Geldstück unbemerkt verschwinden.

»Ja, das Talent ...«, seufzte er und schob den Kiefer vor. »Die Seele einer Nation sind ihre Künstler; ihre Dichter sind ihr Gewissen und ihre Champions ihre Kraft. Oder sollte ich mich täuschen ...?«

Seine Augen flackerten, versteckten sich hinter einer Kaffeetasse, und er verzog verdrossen das Gesicht. Vorsichtig schüttelte er den linken Jackenärmel, und die Münze kullerte auf den Tresen.

Seine Lippen kräuselten sich. »Subversiv – allein das ist Talent heute noch bei uns. Quelle aller Scherereien, Traumtänzerei, Torheit. Talent stört, und erregt Mitleid. Jeder Marktschreier genießt heutzutage größeren Respekt als ein Künstler. Manchmal schäme ich mich schon, wenn ich nach meiner Mandoline greife. Ich sage mir, wer weiß, vielleicht ist Musik nur ein Beruf für Idioten, was Perverses, was für Schwuchteln. Man läßt sich unterhalten von ihr, aber man nimmt sie nicht ernst. Hast du gesehen, wie wir behandelt werden? Man verbringt mehr Zeit damit, in die Hände zu klatschen, um im Hammam den Masseur herbeizurufen, als um einem Künstler zu applaudieren ... Man grinst höhnisch, wenn du vorüberkommst, macht anzügliche Witze und freut sich, wenn sie ins Schwarze treffen. Du dachtest, du wärst ein Star. Armer Idiot! In Wahrheit lacht das ganze Viertel über dich. Selbst der letzte Lastenträger vom Souk macht sich lustig über dich. Und die Kinder, die von den Erwachsenen aufgehetzt sind, rennen dir grölend hinterher, während du davonläufst, um dich in einem Hausflur zu verstecken, als wärst du ein Aussätziger.«

Ich spürte, wie die Wut aus ihm heraussprudelte. Der Schmerz, ein impulsiver Schmerz, der ihm dicht unter der Haut saß, verzerrte seine Züge. Das machte mich verlegen. Ich ahnte, daß alle seine Kunststückchen nur die Kehrseite seiner eigenen Verlegenheit waren, daß er das quälende Bedürfnis, sich einem Fremden gegenüber so weit zu öffnen, nicht hatte unterdrücken können. Er sah mich rätselhaft lächelnd an, und es war, als wolle er sich hinter seinem Lächeln verschanzen.

Nach einem Schweigen, das ihm nicht zu behagen schien, fuhr er sich mit der Zunge über die Lippen und räusperte sich.

»Ich glaube, unsere Gesellschaft verträgt sich nicht mit der Kunst. Das ist jedenfalls das Gefühl, das ich beim Spielen habe. Die Leute sehen dir unbeteiligt zu. Du bist da, um sie zu unterhalten, mehr nicht. In solchen Momenten stelle ich mir vor, wie ich meine Mandoline nehme und sie auf einem dieser Schädel zerschlage, egal auf welchem, hinein in die Menge, denn sie sind doch alle gleich. Überleg doch mal! Man degradiert einen Künstler erst zum Clown und hat ihn am Ende der Vorstellung schon wieder vergessen ...«

Sein Atem ging schwer. Weiße Schaumbläschen bildeten sich in seinen Mundwinkeln.

Er schüttelte betrübt den Kopf. »Aber die Wahrheit liegt woanders, wenn du es genau wissen willst. Nicht das Volk ist undankbar oder unkultiviert. Es ist das System, das alles tut, um das Volk von allem Edlen und Höheren fernzuhalten. Es bringt ihm bei, sich nur im Mittelmaß zu erkennen.«

Seine Faust schlug auf den Tresen. Er sah mich haßerfüllt an und murmelte: »Und darum sage ich dir eins: Es lebe die Islamische Heilsfront, *kho*[*]. Es lebe die FIS ...!«

---

[*] (arab.) Kurzform zu *(ya) khouja* – (O) Bruder –, einer im Maghreb weitverbreiteten Floskel, in dieser Kurzform typisch für die Einwohner Algiers, speziell die Bewohner der Kasbah und Bab El-Oueds.

Ich zuckte die Achseln. Das empörte ihn. Seine Faust ballte sich und löste sich dann wieder.

»Die Islamisten jedenfalls könnten es schaffen, uns aufzurütteln, uns für große Projekte zu begeistern. Ich will aus meinem verdammten Leben doch was machen. Nützlich sein. Mithelfen, etwas aufzubauen. Nicht unbedingt etwas Grandioses, aber doch etwas Ernsthaftes, gemeinsam mit anderen, mit Leuten, die stolz auf ihren bescheidenen Beitrag sind, und solchen, die diesen Enthusiasmus zu würdigen wissen. Einer Sache dienen, ohne das Gefühl zu haben, daß man vor anderen im Staub kriechen muß. Bewegung in den Laden bringen, verdammt! Statt die Arme zu verschränken und im Abseits zu warten, bis man vor Untätigkeit Schimmel ansetzt. Verstehst du das? *Etwas tun* ... Die *FLN*[*], die erlaubt dir zwar alles, aber sie ig-no-riert dich total! Und selbst wenn unter den Klängen deiner Gitarre Huris erstehen würden: Denen ist das egal. Du könntest das Feuer von tausend Genies in dir tragen – sie lassen dich doch in deiner Ecke verflakern, inmitten allgemeiner Gleichgültigkeit. Der schlimmste Feind des Talents ist die Gleichgültigkeit. Da mag die FIS Konzertveranstaltungen noch so sehr mit nächtlicher Ruhestörung gleichsetzen und verbieten, ich bin überzeugt, das Lob des Propheten ließen sie mich ungestört singen, mit allem Respekt. Ich warte auf eine Wende, auf den Beweis, daß es vorangeht. In welche Richtung, ist mir egal. Bloß kein Stillstand! Erbarmen! Kein Stillstand. Den ertrag ich

---

[*] (frz.) *Front de Libération Nationale*, die »Nationale Befreiungsfront« Algeriens, aus der nach der Unabhängigkeit (1962) das über Jahrzehnte hinweg alleinherrschende Einparteienregime hervorgegangen ist.

nicht mehr. Und deshalb sage ich: Es lebe die FIS, kho! Ich würde mir freiwillig einen Vollbart wachsen lassen, und wenn ich drüber stolpern müßte, ich würde mir täglich die ödesten Predigten anhören, denn in der Moschee, da hast du wenigstens das Gefühl, die interessieren sich für dich, die kümmern sich um deine Zukunft, die reden mit dir, für die existierst du. Die FLN gibt dir dieses Gefühl nicht. Deren System ist völlig verrottet, ist allergisch gegen alles, was nicht nach Kleptokratie riecht. Kunst, Bildung, Geist, das ist für die FLN nichts anderes als ein bösartiges Geschwür, das sie mit der chemotherapeutischen Keule bekämpft. Ich weigere mich, wie etwas Pathologisches behandelt zu werden. Ich bin Künstler, jemand, der Schönes und Edles erschafft, kho! Ich will frei atmen, mich entfalten können. Ist das zuviel verlangt? Warum muß ich meine Zeit damit zubringen, einen Dahmane El Harrachi zu beweinen, der an Exil und Verbitterung zugrunde ging? Warum muß ich mir, wenn ich den Gedichten eines Mahboub Bati lausche, immerzu sagen, das ist der größte Wortkünstler der Welt, der im größten Schweigen versunken ist? Mich fragen, ob Sid Ali verrückt ist, wenn er noch immer an die Magie des Wortes glaubt, während er sich mit Joints und gepantschtem Wein nach und nach zugrunde richtet?«

Wütend zog er die Brauen zusammen. Er trommelte mit dem Finger auf den Tresen, er schrie beinahe:

»Ich verlange, daß man mir meine Würde zurückgibt, kho, meine Würde und die meiner Vorbilder, meiner Freunde!«

Dann verstummte er schlagartig. Er wandte seinen brennenden Blick von mir ab und stieß einen langen

Seufzer aus. Ich verstand. Er verübelte es sich, so vorbehaltlos sein Herz ausgeschüttet zu haben, sich dem Erstbesten, der ihm über den Weg lief, rückhaltlos anvertraut zu haben. Aber ich fühlte auch, daß er ungeheuer erleichtert war, als hätte er schon lange auf eine solche Gelegenheit gewartet.

Er tippte mit der Fingerspitze die Münze an. Sie vibrierte, stellte sich senkrecht und rollte davon.

Er schüttelte den Kopf, seine Schultern sackten herab, er schrumpfte förmlich zusammen unter meinem Blick.

»Entschuldige. Ich fürchte, ich habe mich gehenlassen.«
»Auch eine Art, ›Bewegung in den Laden zu bringen‹!«
»Ich bin kein Islamist.«
Ich lächelte.
»Sondern Künstler, ich weiß.«
»Du glaubst wohl, ich spinne?« Mit einem Mal wurde er mißtrauisch. »Ehrlich, das denkst du doch. Du sagst dir, was ist in diesen Typen gefahren? Wieso macht er mich an, obwohl ich gar nichts von ihm will …? Ist mir schon klar, kho. Ich bin ja nicht blöd. Aber ich kann nicht anders. Das Problem mit den Wänden ist, daß sie zwar Ohren haben, aber keine eigene Meinung. Auf Dauer macht dich das mürbe. Du mußt einfach mal loswerden, was du nicht verdauen kannst … Ich merke, wie ich sonst langsam durchdrehe.«

»Wir leben ja auch in einem irren Land.«
Er sah mich besorgt an. »Du glaubst wohl nicht an die Reden der Islamisten.«
»Ich bin neutral.«
»Wie soll das gehen, neutral zu sein? Man kann nicht neutral sein, wenn man an einer Wegkreuzung steht. Man

ist gezwungen, sich für die eine oder die andere Richtung zu entscheiden, das eine oder andere Ziel zu wählen.«

»Man hat nie die Wahl.«

»Falsch. Man ist verantwortlich für sein Schicksal.«

»In Algerien gibt es kein Schicksal mehr. Wir sind alle miteinander am Ende.«

»Mach die Augen auf! Das versuchen sie dir doch nur einzureden: den Verzicht. Sie versuchen dir die Flügel zu stutzen. Algerien ist ein Dornröschen, das eine Bande von Eunuchen vor jedem Prinzen zu bewahren sucht, der es vielleicht aus seiner Lethargie reißen könnte. Und warum? Um ihre eigene Impotenz zu kaschieren. So hat Sid Ali es ausgedrückt. Und Dichterwort ist wahr.«

»Mag sein ...« Langsam reichte es mir.

Ein Paar schritt steif an uns vorüber, geradezu gestelzt, es überschwemmte die Bar mit einer Woge sündhaft teuren Parfums und warf auf das Fußvolk, das vor Demut erstarrte, den vernichtenden Schatten seiner Grandezza. Der Barkeeper hielt in der Bewegung inne, das Garderobenmädchen schlug sich mit seltsam schuldbewußter Hand auf den Mund. Das Paar merkte von alldem nichts. Die Dame trug die Nase so hoch, als hätte sie sich das Genick verknackst. Ihre durchscheinende Haut stand in scharfem Gegensatz zu ihrer nachtblauen, edelsteinbesetzten Seidenrobe, und ihre Augen, zwei geheimnisvolle Juwelen, blickten weit in die Ferne, als ob es kompromittierend wäre, sie durch den Raum schweifen zu lassen. Sie war nicht hübscher als eine Muräne in Lauerstellung, aber ihr Kollier war aus Perlen und ihr Diamant echt. Dicht auf dem Fuße folgte ihr der Herr, geradezu martialisch in seinem schimmernden Smoking. Es schien ihn sichtlich zu schaudern, daß er an uns vorbeimußte, um an die frische Luft zu gelangen. Schon sprang ein alter Mann, der in einer Mauernische döste, stühlepolternd auf und eilte ihnen als untertäniger Kundschafter voraus.

Mein Gesprächspartner verfolgte das Pärchen mit finsterem Blick und schmalen Lippen.

»Die *aristocrottes*!« knurrte er ... Weißt du, wer das ist?«

»Nein.«

»Die Faraïnas, die Textilbarone. Scheint, daß sie kein WC bei sich zu Hause haben. Ich habe ja schon allerhand hartleibige Typen gesehen, aber solche wie die, die gibt's nicht mal im englischen Königshaus. Der da auf allen vieren vor ihnen hergeflitzt ist, ist seit Urzeiten ihr Chauffeur. Sie wissen bis heute nicht, wie er heißt. Sie halten sich für Götter.«

»So ist das nun mal im Leben!«

»Man merkt, daß du sie nicht kennst. Kein Jota Menschlichkeit, sage ich dir. Wo andere das Herz haben, haben die eine Pumpe aus Gußeisen. Soviel Mitgefühl wie ein Geldautomat. Selbst der eigenen Familie gegenüber. Ihr Sohn hat sich mit fünfzehn umgebracht. In der Garage erhängt ... Wenn ihr eigenes Kind sie nicht ertragen hat, ich bitte dich, wer dann?«

»Ihr Chauffeur.«

Meine Antwort bremste jäh seinen Redefluß. Er überlegte eine Weile, kam ins Schwimmen, verstand schließlich, worauf ich hinauswollte, und lachte los. »Du bist ja 'ne Nummer!«

»Vom Fahrgestell.«

Er lachte wieder, doch der Schatten auf seinem Gesicht, der blieb.

Dann wurde er ernst, und seine Hand begann erneut mit der Münze zu spielen:

»Es lebe die FIS. Bei den Islamisten sind wir wenigstens alle gleich.«

»Relativ gleich ...«

»Relativ – mag sein. Aber immerhin gibt es dann für alle nur noch einen Gott.«

Die Tür öffnete sich quengelnd, und heraus kam eine aschfahle Sonia. Ihr keuchender, leicht näselnder Atem schlug mir entgegen. Mit einer Kopfbewegung scheuchte sie mich hoch. Hinter ihr tauchte ein junger Mann auf, mager, groß, Mittelscheitel, und betupfte sich die Stirn mit einem Taschentuch. Er schien ziemlich verwirrt und wußte sich nicht zu helfen. Er faßte Sonia beim Ellenbogen. Sie schnellte herum und verpaßte ihm eine schallende Ohrfeige. Verdutzt hob er den Arm, erstarrte aber wider alle Erwartung mitten in der Bewegung, legte die Hand schließlich auf seine geschundene Wange und stöhnte:

»Ich wußte doch gar nicht, daß sie da ist, Liebling.«

Sonias Nasenflügel bebten dramatisch.

»Mistkerl!«

Er versuchte sie am Handgelenk zu fassen, sah sie flehend an.

Sie wich zurück.

»Rühr mich nicht an!«

Ich rutschte von meinem Barhocker und baute mich mit schlagbereiten Fäusten vor dem Individuum auf.

»Mademoiselle wünscht, daß Sie sie in Ruhe lassen.«

Er schob mich zur Seite und rannte Sonia hinterher. Ich setzte ihm nach, hielt ihn an der Schulter fest. Mein Griff war ihm zuwider. Fast wäre er vor Ekel gestorben.

»Weißt du, wie teuer dieses Hemd ist? Dir ist wohl nicht klar, was du da mit deiner dreckigen Pfote anstellst? Du wischst sie gerade am Hemd von Amar Bey ab, du elender Wicht!«

Um seinen Worten mehr Nachdruck zu verleihen, packte er mich an der Gurgel und schob mich gegen die Mauer.

»Gib dich damit zufrieden, die Autos deiner Herrschaft zu putzen, du Kreatur. Dafür wirst du doch bezahlt, oder nicht? Und misch dich gefälligst nicht in ernsthafte Angelegenheiten ein. Das hier betrifft nur mich und meine Verlobte!«

Sonia stand im Hof und tobte. Sie riß sich den Ring vom Finger und schleuderte ihn ihm ins Gesicht.

»Da hast du deinen Plunder wieder, du Hund! Ich will dich nie mehr wiedersehen!«

Amar Bey schielte auf die Stelle, wo der Ring hingefallen war, aber er hob ihn nicht auf.

»Ich schwör dir, es ist nichts zwischen ihr und mir.«
»Hau bloß ab!«
»Meine Güte! Ich kann ihr doch schließlich nicht verbieten, den Club zu besuchen!«

Sonia weigerte sich, ihn anzuhören.

Sie stieg ins Auto und brüllte mir zu:

»Bring mich von diesem Emporkömmling weg!«

Ich ließ den Motor an. Der Verlobte klammerte sich an den Türgriff und klopfte verzweifelt gegen die Scheibe.

»Fahr los, du Idiot ...«

Ich fuhr im Rückwärtsgang an, dabei hätte ich den Unvorsichtigen fast umgeworfen, und rollte auf das Portal zu. Der junge Mann verfolgte uns, eine Hand noch immer am Griff, mit der anderen schlug er auf die Karrosserie ein.

»Das ist doch Schwachsinn, Sonia! Überleg doch mal. Das Ganze ist völlig absurd. Wir werden uns doch nicht wegen so einer Nichtigkeit streiten. Ich habe sie ja noch nicht mal angeschaut!«

Ich mußte beschleunigen, um ihn abzuhängen. Er setzte noch zu einem wilden Sprint an, dann sah ich, wie er langsamer wurde, stolperte, zuletzt stehenblieb und einem Strauch einen Fußtritt verpaßte.

»So ein Mistkerl! So ein Mistkerl!« tobte Sonia noch immer. »Dieser kleine Emporkömmling. Und das mir, der Tochter von Salah Raja! Wegen einem Flittchen von ganz unten, dem Bastard einer Wahrsagerin ...! Dem werden noch die Ohren klingen, das kannst du mir glauben. Dem werde ich's zeigen. Keiner wird mehr was mit ihm zu tun haben wollen. Ich mach ihn fertig, sag ich dir. Mir hat er es zu verdanken, daß man ihn überall empfängt. Ich allein habe ihn zu dem gemacht, was er ist. Vorher, da war er ein Nichts, nichts und niemand. Wenn er meint, er hätte es schon geschafft, dann hat er sich aber geschnitten ... Rechts abbiegen!«

»Fahren wir nicht nach Hause?«

»Jetzt nerv du mich nicht auch noch! Wenn ich sage ›rechts abbiegen‹, dann biegst du rechts ab, kapiert?«

»Sehr wohl, Mademoiselle.«

»So ein Mistkerl! So ein Mistkerl!«

Ihre Fäuste trommelten wütend auf die Rückenlehne vom Vordersitz. »Das wird er mir büßen, der Dreckskerl ... Nimm da links die Abzweigung.«

Wir waren auf einer Nebenstraße. Es gab kaum noch

Häuser, vor uns breitete sich die offene Landschaft aus, Obstgärten, Felder, schlummernde Hügel. In der Ferne jaulte hin und wieder ein Hund.

»Such uns ein stilles Plätzchen und komm, komm und räch mich an diesem Mistkerl …« Plötzlich hatte sie die Stimme eines kleinen Mädchens.

Und dann begann sie sich auszuziehen.

5

Die Gehwege lagen wie ausgestorben da, ohne das gewohnte quirlende Leben. Die Caféterrassen blickten ungesellig, und selbst die Straßen zogen sich verstört durch all das Grau. Adieu ihr Strände, adieu süßes Leben, adieu schöner Schein ... Algier ohne Sonne ist eine traurige Angelegenheit.

Traurig war auch Madame Raja, als sie aus der Praxis ihres Arztes kam. Fröstelnd stand sie in ihrem türkisfarbenen Kleid oben auf dem Treppenabsatz und schaute zum Himmel.

Ich stieg aus, um ihr zu Hilfe zu eilen, doch sie wies freundlich meinen Arm zurück.

»Fahren Sie mich zum Strand.«

Der Tag neigte sich. Noch nicht achtzehn Uhr, und schon wurde es dunkel über Algier.

Auf dem Rücksitz saß wie ein Häufchen Elend Madame Raja und las ein ums andere Mal den Laborbericht, den der Arzt ihr ausgehändigt hatte. Nach jeder Seite seufzte sie tief auf. Dann steckte sie die Papiere plötzlich in ihre Handtasche und ließ den Verschluß vernehmlich zuschnappen. Sie versank für längere Zeit in Gedanken, dann entspannte sie sich und lockerte ihren Griff.

»Wie alt sind Sie, Monsieur Walid?«

Ihre Stimme klang brüchig.

»Sechsundzwanzig, Madame.«

Sie nickte und wandte sich den schäbigen Häusern zu, die hinter der Scheibe vorüberzogen.

Wir fuhren um die Elendsviertel herum, um zur Küste zu kommen. Auf den Straßen herrschte Chaos. Ein Laster lag quer über dem Fahrdamm und versprudelte seine ganze Ladung Mineralwasser.

»Erzählen Sie mir ein bißchen von Ihrer Familie!«

»Mein Vater ist Rentner, Madame. Er war einmal bei der Eisenbahn. Wir leben seit vielen Generationen in der Kasbah.«

»Wie viele Kinder sind Sie zu Hause?«

»Sechs, fünf davon sind Mädchen.«

»Sind Sie der Älteste?«

»Der Drittälteste.«

Sie schneuzte sich verstohlen. Ihre dunkle Brille verbarg die Tränen, die das Beben ihres Kinns verriet. Es wollte mir einfach nicht in den Kopf, daß eine Dame ihres Standes weinen konnte, noch dazu vor einem Bediensteten, sie, die jede Falte ihres Gewandes kontrollierte, die ihre leiseste Gefühlsregung verbarg.

Sie erriet meine Verlegenheit und tat so, als ob sie sich für die vorüberziehende Landschaft interessierte.

Die Gendarmen räumten einen Teil der Fahrbahn frei. Einer zeigte mir, wo ich passieren konnte, und gab mir das Zeichen weiterzufahren.

»Erzählen Sie mir von Ihrer Mutter.«

Ich merkte, daß ich fast nichts über meine Mutter zu sagen wußte.

»Ist sie alt?«

»Sie hat sechs Kinder, kann weder lesen noch schreiben und versinkt in Hausarbeit. Da hat sie keine Zeit, die Jahre zu zählen.«

»Und wie ist Ihr Zuhause, wie leben Sie dort?«

»Es ist ein ziemlich altes Gebäude mit nur drei Räumen. Wir sitzen aufeinander.«

»Sie sitzen aufeinander ...«, wiederholte sie träumerisch und verstummte.

Wir kamen an einen menschenleeren Strand. Das Meer war dunkel, die Wellen schlugen in epileptischen Zukkungen krachend gegen die Felsen.

Ich stellte den Motor aus.

Madame Raja wurde immer kleiner in ihrem Schal.

»Wie heißt sie?«

»Wer, Madame?«

»Ihre Mama.«

»Wardia.«

»Haben Sie sie lieb?«

»Aber natürlich.«

Meine Antwort kam so spontan, daß es sie verwirrte. Ihr wurde klar, wie unmöglich ihre Frage war. Sie seufzte tief auf und rang ihre milchigen Hände.

»Sie sind noch jung, sehr jung ... In Ihrem Alter gab ich einem Heiratskandidaten nach dem anderen einen Korb. Ich war nicht der Typ Mädchen, das von früh bis spät am Fenster steht und sehnsuchtsvoll nach dem Märchenprinzen Ausschau hält, bis es bei Sonnenuntergang schon jeden Schatten mit seiner Silhouette verwechselt. Ich dachte, ich sei unsterblich.«

Ich wußte nicht, ob sie zu sich selbst sprach oder irgendeine Reaktion von mir erwartete.

»Kümmern Sie sich um Ihre Eltern. Manchmal bricht schon ein Nichts den Eltern das Herz. Anständige Kinder, die gibt es noch, ich will es nicht leugnen. Mir liegt nur daran, daß Sie wissen, daß eine Mutter, so unangenehm sie einem erscheinen mag, heilig ist. Wer sie kränkt oder vergißt, ist verflucht. Der Himmel wendet sich für immer von ihm ab.«

Ihre Hand berührte meine Schulter.

»Habe ich mich verständlich ausgedrückt?«

»Ja, Madame.«

»Ich will es hoffen.«

Sie öffnete den Wagenschlag. Der Wind peitschte ihr ins Gesicht. Die Luft war kalt und feucht von der Gischt. Die Gerüche des Mittelmeers betäubten uns fast.

»Ich erinnere mich nicht mehr, wann ich zum ersten Mal im Meer gebadet habe. Früher wurde, sobald ich im Wasser war, Alarm gegeben. Die Rettungsschwimmer waren es leid, mich jedesmal im Kampf gegen Wind und Wellen herausholen zu müssen. Meine Mutter machte den ganzen Strand verrückt, mein Vater aber war stolz auf meinen Mut. Er nannte mich seine geliebte kleine Sirene.«

Ein Lächeln irrlichterte um ihre Lippen. Ihre Augen waren eine einzige schmerzliche Erinnerung.

»Wir waren die beste Familie der Welt. Mein Vermögen hat mir zahlreiche Freuden beschert, aber mein Glück, das verdanke ich der Liebe meiner Eltern ... Geld, Monsieur Walid, bedeutet Zugeständnisse. Es ist nichts als Blendwerk!«

»Ja, Madame.«

»Das ist nicht nur so dahingesagt.«

»Ich verstehe, Madame.«

»Ich bezweifle, daß Sie das verstehen, mein Junge.«

Sie stieg aus, lief zur nächsten Düne, setzte sich und sah aufs Meer hinaus. Es wurde Nacht. Der Himmel grollte. Ein Blitz zerriß die Wolken, und dicke Regentropfen zerplatzten auf meiner Windschutzscheibe. Madame Raja zog lediglich ihren Schal fester um die Schultern und rührte sich nicht mehr. Lange verharrte sie so, reglos, den Blick unverwandt geradeaus gerichtet.

»He, steh auf! Beeil dich, fahr den Wagen vor!«

Hamid war völlig aufgelöst. Er riß mir die Decken vom Leib und schleuderte sie zu Boden. Seine Finger hätten mir fast den Knöchel zerquetscht, als er versuchte, mich aus dem Bett zu ziehen. Barfuß und in Unterhosen wirbelte er durchs Zimmer, stürzte sich auf meinen Kleiderschrank, riß einen Anzug heraus und warf ihn mir zu.

»Schnell, zieh dich an! Wir dürfen nicht eine Minute verlieren!«

Schon raste er wieder auf den Gang hinaus.

Schlaftrunken rappelte ich mich hoch. Es war zwei Uhr morgens. Ohne mir irgendwelche Fragen zu stellen, versuchte ich zu mir zu kommen und schlüpfte in meine Klamotten. Zehn Minuten später war ich bei Hamid, der vor der Pforte unterm Mimosenstrauch wartete. Er sprang auf den Beifahrersitz und befahl mir, Gas zu geben.

»Darf man wissen, was los ist?«

»Junior hat Trouble.«

»Ist es so schlimm?«

»Er hat nichts gesagt, aber seiner Stimme nach muß es ziemlich unangenehm sein. Ist nicht seine Art, die Nerven zu verlieren.«

Es donnerte und krachte pausenlos. Der Regen ergoß sich sintflutartig über die Stadt. Die Straße zischte wütend unter den Reifen auf, Schlammfontänen spritzten hoch.

Juniors Residenz lag in völliger Dunkelheit, was Hamid noch mehr beunruhigte. Wir betraten die Diele. Es war beängstigend still.

»Junior!« rief Hamid.

Ein Blitz erhellte flüchtig die Halle, endlich fand ich den Lichtschalter. Das Wohnzimmer war leer, aber in aufgeräumtem Zustand. Hamid kontrollierte alle Räume im Erdgeschoß, ohne das geringste zu finden, kam zurück und machte mir ein Zeichen, ihm in den ersten Stock zu folgen. Wir nahmen die Wendeltreppe. Blutrotes Licht drang gedämpft vom Ende des Ganges zu uns her. Junior saß im Kimono zusammengesunken in einem Sessel, das Gesicht in den Händen vergraben, und wimmerte vor sich hin.

Ein nacktes Mädchen lag auf dem Bett, ein Arm hing seitlich herab. Sie hatte die Augen weit aufgerissen und starrte an die Decke. Wie ein böses Omen ergoß sich ihr schwarzes Haar ringsum über das cremefarbene Laken.

»Es ist alles deine Schuld!« quiekte Junior. »Wo hast du nur diesen beschissenen Stoff her?«

»Vom selben Händler wie immer«, antwortete Hamid und ging zu dem Mädchen.

Er faßte sie am Handgelenk, schluckte schwer und ließ ihren Arm wieder sinken. Erst, als ich sah, wie schlaff er herunterfiel, wurde mir das ganze Drama klar. Dieses Mädchen, fast noch in der Knospe ihrer Jugend, würde nie wieder aufwachen. Auf ihrem aufgedunsenen Gesicht lag ein Ausdruck, der nicht trog. Sie war tot.

»Ich habe alles versucht, sie zurückzuholen!« brauste

Junior plötzlich auf. Er sprang hoch und stürzte sich auf Hamid. »Das ist alles nur deine Schuld, du Trottel, du Esel, du Idiot! Du hast dich linken lassen!«

»Unmöglich! Ich hab's getestet. Ich habe das Zeug doch früher auch genommen. Du weißt, mir kann man nichts vormachen. Ich schwör's dir, das war Spitzenqualität.«

»Und warum ist sie mir dann unter den Händen krepiert? Sieh dir doch mal ihre Arme an. Alles voller Einstiche. Die hing doch schon an der Nadel. Wieso hat ihr Herz denn diesmal versagt?«

»Overdose?«

»Kann nicht sein. Ich habe ihr zweimal kleinere Mengen verpaßt. Die haben dir den letzten Mist angedreht, ist völlig klar.«

Hamid schob Junior behutsam von sich weg. Mit erhobenen Händen beschwor er ihn, die Ruhe zu bewahren.

»Es war ein Unfall. Es bringt nichts, sich jetzt zu streiten. Laß uns cool bleiben und nachdenken.«

»Ich habe noch anderes zu tun. Das ist jetzt nicht mehr mein Problem. Du hast dich linken lassen, nicht ich. Dieses Kind ist wegen deines Leichtsinns krepiert, hast du verstanden? Ich packe jetzt meinen Koffer und verschwinde. Und wenn ich zurückkomme, will ich hier alles piccobello vorfinden. Was mich betrifft, so ist hier nie das geringste passiert.«

»Beruhige dich, Boß.«

»Ich bin die Ruhe selbst. Schaff mir diesen Schrott vom Halse, und zwar sofort. Ich bin schon nicht mehr da, kapiert?«

Er stürzte zu seiner Garderobe hin, zog sich hastig an und verließ ohne einen Blick für die Leiche den Raum.

Ich war fix und fertig. Die Starre dieses Körpers entsetzte mich. Meine Kehle war wie ausgedörrt, der Adamsapfel drückte mich. Ich klammerte mich an irgend etwas, um nicht zu Boden zu sinken. Ein Zittern ergriff meine Waden, lief meine Beine hoch, erfaßte meine Eingeweide, dann drehte sich mir alles. Ich wankte auf den Gang hinaus, tastete mich zum Bad, steckte den Kopf ins Klo und übergab mich.

Hamid trat hinter mich.

»Immer fällt alles auf mich zurück.«

Er war eher verärgert als besorgt. Von seiner Kaltblütigkeit wurde mir schon wieder übel. Ich hielt den Kopf unter den Hahn und ließ mir eiskaltes Wasser über die Schläfen laufen, mein Puls raste.

»Davon geht die Welt nicht unter, Nafa. War ein dummer Unfall. Aber das kriegen wir schon wieder hin.«

Er packte mich am Kragen und zog mich hoch.

»Schon gut, sag ich dir. Es gibt Schlimmeres.«

»Was du nicht sagst!«

»Ich habe schon ganz anderes gesehen.«

»Ich nicht ... ich kündige.«

»Du wirst mich doch jetzt nicht hängenlassen.«

»Ich habe nichts gesehen, ich weiß von nichts. Ich habe heute abend keinen Fuß in dieses Haus gesetzt.«

Ich trocknete mir das Gesicht mit einem Handtuch ab. Meine Hände zitterten.

Hamid verschränkte die Arme über der Brust, lehnte sich kalt lächelnd an die Wand, schaute mich ausdruckslos an und wartete, bis ich wieder bei Kräften war. Dann sagte er:

»Wir werden folgendes tun ...«

»*Wir* ...?«

«Ich verlange doch nicht, daß du mir den Mond vom Himmel holst, verdammt noch mal. Du brauchst mich nur aus der Stadt herauszufahren.«

»Kommt nicht in Frage. Spinnst du, oder was? Wenn es ein Unfall ist, wie du sagst, warum holst du dann nicht die Polizei?«

Er sprang mich an, als hätte ihm jemand einen Elektroschock verpaßt. Ich spürte, wie sich meine Wirbel unter der Wucht seines Gewichts stauchten.

»Nie wieder dieses Wort, Nafa. Die Rajas kennen noch nicht einmal seine Bedeutung. Nicht das menschliche Drama ist ihre Sorge, sondern ein möglicher Skandal. Also paß auf, was du sagst. Ich darf dich erinnern, daß du genauso in der Scheiße steckst wie ich. Was glaubst du, wo du bist, du Wurm? Wenn man zu einer Familie hoher Würdenträger gehört, hat man, welchen Platz auch immer man einnimmt, die Verpflichtung, diese Familie vor allem zu bewahren, was ihrer Reputation schaden könnte. Wenn du das noch nicht begriffen hast, dann weißt du es jetzt. Also reg dich ab! *Wir* werden folgendes tun, ob es dir paßt oder nicht: *Wir* werden die Leiche aus der Stadt herausschaffen. Und zwar sofort.«

Seine Finger schnürten mir den Hals zu. Ich dachte, jetzt bringt er mich um. Ich war überfordert von der Wendung, die die Dinge nahmen, unfähig, meine Gedanken zu sortieren, und gab in der Hoffnung, Zeit zu gewinnen und wieder zu mir zu kommen, schließlich nach.

Der Wolkenbruch war noch heftiger geworden, doch ich bewegte mich noch immer wie in Trance. Hamid warf die Leiche in den Kofferraum. Fast wäre mir das Herz zersprungen, als er den Deckel zuschlug. Als ich anfahren wollte, stellte ich fest, daß meine Beine mir nicht gehorchten.

»Du Weichei!« schrie Hamid. »Laß mich ans Steuer!«

Nach ein paar Kilometern versetzte mir der Anblick einer Polizeisperre den nächsten Schock. Ich tastete nach dem Türgriff, um rauszuspringen. Hamids Hand hielt mich zurück.

Der Polizist ließ uns an den Rand fahren, leuchtete dem Fahrer mit der Taschenlampe ins Gesicht, dann mir. In diesem Moment fing mein Bauch Feuer.

»Was ist mit deinem Freund?«

»Er ist krank. Vermutlich eine Magenverstimmung.«

Der Lichtkegel leuchtete den Rücksitz aus.

»Und wohin seid ihr unterwegs?«

»Nach Hause. Wir kommen von einer langen Reise zurück, wir sind hundemüde. Wir arbeiten für Salah Raja.«

Der Polizist nickte und trat zur Seite; von seinem Kinn tropfte das Regenwasser.

Ungehindert gelangten wir aus der Stadt heraus. Eine Stunde später waren wir im Wald von Baïnem. Hamid hatte Mühe, den Wagen auf der glitschigen Piste mit den tiefen Fahrrinnen in der Gewalt zu behalten. Die Bäume wurden vom Sturm gepeitscht und führten frenetische Tänze auf, die Zweige schlugen in wilder Hysterie auf den Mercedes ein.

Wir hielten vor einem Erdhügel an. Hamid holte die Leiche aus dem Kofferraum und schlitterte auf ein Dikkicht zu. Ich folgt ihm, ohne zu begreifen. Es war, als ob eine verbrecherische Macht mich dem Alptraum in die Arme triebe.

Hamid ließ den leblosen Körper zu Boden fallen.

»Willst du sie hier begraben?«

»Dann hätte ich wohl eine Schaufel dabei.«

Er stöberte im Unterholz herum, suchte etwas, kam mit einem großen Stein zurück, holte aus und schlug zu, zerschmetterte das Gesicht des Mädchens mit solcher Wucht, daß mir ein Fetzen Fleisch auf die Wange spritzte. Es traf mich so unvorbereitet, daß ich mich krümmte und draufloskotzte.

Hamid schlug und schlug, ich spürte Blut und Knochensplitter im Gesicht. Jeder Schlag zertrümmerte etwas in mir und drückte mich tiefer zu Boden. Ich konnte den Blick nicht vom Gesicht des Mädchens wenden, wie es immer mehr zu Brei wurde. Mir schlotterten die Knie, der Urin lief mir die Schenkel herunter. Dann war ich am Ende, fiel vornüber, mit dem Gesicht in mein Erbrochenes, und begann zu schreien, zu schreien ...

»So, das wäre geschafft.« Hamid richtete sich wieder auf. »Jetzt würde ihre eigene Mutter sie nicht mehr identifizieren können.«

In einem letzten Aufbäumen meiner Kräfte rannte ich blindlings los in die Dunkelheit.

Am Grunde eines Grabens holte Hamid mich ein. Ich war gegen einen Baumstamm gestoßen und blutete am Knie.

»Wirklich, du enttäuschst mich, Nafa. Nicht zu fassen. Wenn du dich nur sehen könntest. Die letzte Nutte würde nicht so tief sinken.«

Er kauerte sich vor mich hin und suchte meinen Blick.

«Es war ein Unfall, ein bedauerlicher Unfall. Du hast nichts zu befürchten. Das Mädchen war eine Ausreißerin. Sie ist noch nicht mal hier aus der Gegend. Jetzt ist es vorbei. Das Schlimmste ist überstanden.«

»Ich will nach Hause!«

»Genau.«

»*Zu mir* nach Hause, in die Kasbah.«

»Einverstanden, ist doch kein Problem! Ich liefere dich vor deiner Haustür ab, und morgen, da nehme ich dich ins ›Sun Center‹ mit, da kannst du die hübschesten Mädels von ganz Algier bumsen.«

»Ich gehe nirgendwo mehr mit dir hin. Unsere Wege trennen sich hier. Ich will nie wieder was mit euch zu tun haben, weder mit dir noch mit den Rajas …«

Er packte mich rabiat bei den Haaren, verdrehte mir höhnisch grinsend den Hals. Ein Blitz beleuchtete für eine Sekunde sein Gesicht: Es war das Antlitz des Teufels.

»Ich habe einen Horror vor Leuten, die undankbar sind, Nafa. Ich kann alles ab, nur das nicht. Es ist kein Jahr her, da hast du dich noch durch Bab El-Oued gebettelt, mit nichts im Magen, nichts im Hirn. Dann bist du zu uns gekommen. Und lebst seitdem so üppig wie die Reichen selbst. Du kennst die exklusivsten Clubs, weißt, was angesagt ist, hast am Geld geschnuppert. Vorher warst du ein armer Hund, der noch nicht mal gerade stehen konnte, hast du das vergessen? Und heute, da trägst du Hemden für 5000 Dirham, deine Füße stecken in Marken-Sneakers, und deinen Lohn, den hast du seit Urzeiten nicht angerührt, weil du auch noch gratis verköstigt wirst. Und mit einemmal, nur weil eine kleine, fünfzehnjährige Nutte sich für eine Erwachsene gehalten hat, verleugnest du die Deinen und denkst nur noch daran, wie du türmen kannst. So läuft das nicht, Nafa. Das ist nicht gerecht, das wäre zu einfach. Aber es war vorhersehbar. Und ist nicht zu ändern. Ich bin enttäuscht, das schon, mehr aber auch nicht. Du willst dich verdrücken? Bitte sehr. Aber nur unter einer Bedingung, mein Junge. Ich verlange nicht, daß du alles zurückzahlst, das wäre Unsinn. Ich fordere nur, daß du für immer deine Klappe hältst. Was du heute nacht erlebt hast, das mußt du aus deinem Gedächtnis löschen – genauso, wie du deine Wohltäter heute schon vergessen hast. Ich schwör dir beim Leben meiner Mutter: Wenn du dich an diese Geschichte auch nur im entferntesten erinnern sollest, dann werde ich dich zu finden wissen, wo immer du dich versteckst, und ich werde dir die Fresse polieren, bis dir die Zähne einzeln zum Arsch rauskommen. Einverstanden?«

Seine Faust krachte auf meine Stirn nieder.

»Einverstanden?«

Er hob mich mit der einen Hand hoch und verpaßte mir mit der anderen einen Uppercut, daß mir Hören und Sehen verging.

»Dein Vorgänger hielt sich auch für oberschlau. Haben sie dir erzählt, was mit dem passiert ist? Garantiert nicht. Das war so grauenhaft, daß keiner es wiederholen mag ... Ich werde nicht zulassen, daß du mir mein Leben wegen einem dummen Unfall kaputtmachst, Nafa, du Hurensohn. Selbst Gott im Himmel würde ich es nicht erlauben, daß er Junior auch nur ein Haar krümmt. Das ist *mein* Junior. Der gehört mir, ganz allein mir. Er ist mein Eldorado, mein Garten Eden, mein Ein und Alles. Begreifst du das, du elender Hund, hast du das begriffen ...?«

Wie ein Rasender drückte er mir das Gesicht in den Schlamm und ließ nicht mehr von mir ab ...

Es war noch dunkel, als ich wieder zu Bewußtsein kam. Sturm und Regen wüteten mit unverminderter Heftigkeit. Ich lag mit ausgebreiteten Armen in einer großen Pfütze und brauchte lange, bis ich die rissige Fassade meines Elternhauses erkannte.

6

Tagelang schloß ich mich in meinem Zimmer ein, stellte mich taub gegenüber dem unablässigen Gejammer meiner Mutter, rührte keine Mahlzeit an und ließ keinen Menschen zu mir rein. Mein demoliertes Gesicht und die Prellungen auf meinem Körper beschäftigten meine Familie sehr. Mein Vater gab es nach der ersten Begegnung auf, weiter in mich zu dringen. Angesichts meiner Verweigerung, auf seine Fragen zu antworten, rief er den Namen des Herrn an und richtete fortan kein Wort mehr an mich. Meine Mutter ließ sich von meinen Wutausbrüchen nicht einschüchtern. Sie wollte unbedingt wissen, was mit mir passiert war, wer es gewagt hatte, ihren einzigen Sohn derart zu demütigen. Ich hörte, wie mein Vater sie angewidert anschrie: »Man läßt sich nicht ungestraft mit Ganoven ein! Die Abreibung, die sie ihm verpaßt haben, bedarf keines Kommentars. Dein Sprößling ist unvernünftig. Er will mehr sein, als er ist. Es mußte ja so kommen, daß er eine falsche Bewegung machte und ins Schleudern geriet. Aber ich warne dich, ich mache keinen Finger für ihn krumm. Er hätte besser aufpassen sollen.« Und meine Mutter, empört: »Mein Sohn ist anständig. Er hat immer auf seinen Umgang geachtet. Ich weigere mich zu glauben, daß er in schmutzige Geschäfte verwickelt ist.« Darauf mein Vater: »Ein simpler Chauffeur kann sich nicht von heute auf morgen Luxusklamotten und Schmuck erlauben. Seine Taschen quollen ja nur so über vor Scheinen. Das sagt doch alles. Deshalb habe ich auch nie ein Geschenk vom ihm angenommen.«

Ich hatte mich in den hintersten Winkel meines Zimmers verkrochen, die Knie unterm Kinn, und horchte. Ein Geräusch auf der Straße, ein Klopfen an der Tür, und schon duckte ich mich noch mehr. Ich war so durch den Wind, daß ich glaubte, das sei die Polizei, die mich verhaften käme.

Meine Tage waren voll Panik, meine Nächte voller Alpträume. Der Wald von Baïnem heulte in mir wie ein brünstiges Gespenst und machte mich schaudern. Der Geist des Mädchens stellte mir im Nebel nach. Ihr Kopf tauchte überall auf, sah mir aus Sträuchern und von Felsen entgegen, wuchs auf Bäumen wie eine grauen-volle Frucht. Mein Herz pochte im Rhythmus von Hamids Schlägen, und pausenlos hörte ich das dumpfe Geräusch des Steins, der das Gesicht der Toten zermalmte. Schreiend wachte ich auf, mit weit in die Dunkelheit ausgestreckten Armen. Meine Mutter rief hinter der Tür meinen Namen. Sie bedrängte mich. Ich flehte sie an, mich in Ruhe zu lassen.

Eines Nachmittags kam Dahmane mich besuchen. Ich erkannte ihn an seinem näselnden Akzent und stürzte zur Tür, um ihm zu öffnen. Ich brauchte so sehr jemanden zum Reden. Dahmane bat meine Eltern, uns allein zu lassen. Er sah natürlich, wie übel ich zugerichtet war, tat aber so, als bemerkte er es nicht. Er setzte sich ans Fußende des Bettes und ließ den Blick über das Durcheinander in meinem Zimmer schweifen.

»Ich wußte gar nicht, daß du Feinde unter deinen eigenen Sachen hast«, bemerkte er mit leiser Ironie. »Wer hat angefangen? Der Schrank, der Nachttisch, die Decken oder du?«

Er stand auf, öffnete die Fensterläden. Das Licht war so grell, daß ich mir die Augen zuhielt.

Dann setzte er sich wieder zu mir.

»Jetzt kann man schon klarer sehen. Außerdem kommt frische Luft ins Zimmer.«

Er hielt mir eine Schachtel Marlboro hin.

Da erst bemerkte ich, daß ich seit einer Woche nicht mehr geraucht hatte. Meine Hand zitterte, als ich nach der Zigarette griff. Dahmane reichte mir sein Feuerzeug, wartete geduldig, bis ich fünf oder sechs Züge inhaliert hatte, dann fragte er: »Geht's besser?«

Meine kleine Schwester brachte uns Kaffee und verschwand.

»Dein Vater hat mich angerufen. Scheint, daß du ein Trauma hast.«

Er hob mein Kinn an, besah sich meine Verletzungen. »Die haben dich ja ganz schön zugerichtet.«

»Ich habe ein Riesenproblem.«

»Dachte ich mir fast. Dealer oder eifersüchtiger Ehemann?«

»Viel schlimmer!«

»Dann schieß mal los!«

Er hörte reglos zu, mit unschlüssigem Gesichtsausdruck. Er schien in keiner Weise von meinem Bericht schockiert, außer als ich ihm von dem Horrortrip nach Baïnem erzählte. Da zog er eine Augenbraue hoch. »Unerträglich«, stimmte er mir zu.

»Das ist alles, was dir dazu einfällt?«

»Leider Gottes!«

»Ich kriege nachts kein Auge mehr zu.«

»Kein Wunder.«

Seine Schnödheit nahm mir den Wind aus den Segeln und verstärkte meine Bestürzung:

»Du hättest mal sehen sollen, wie er das Gesicht des Mädchens zerschmettert hat!« beharrte ich in der Hoffnung, ihm das Ausmaß meines Traumas zu Bewußtsein zu bringen. »Fleischfetzen von ihr klebten an mir wie Blutegel. Und er, er schlug und schlug und schlug immer weiter ... Es war ... es war ...«

»Und was gedenkst du jetzt zu tun?« unterbrach er mich ungerührt.

»Keine Ahnung. Ich bin völlig durcheinander.«

»Ich würde dir raten, das Ganze zu vergessen.«

»Du denkst, das ist so leicht. Immerhin ist ein Mensch zu Tode gekommen. Wenn sie mich verhaften, bin ich verloren. Man wird mich fragen, warum ich den Vorfall nicht gleich der Polizei gemeldet habe, wenn ich wirklich unschuldig bin.«

Er schüttelte den Kopf.

»Ich würde dir nicht empfehlen, zur Polizei zu gehen. Du wirst der einzige Schuldige sein.«

»Was? Ich habe doch gar nichts getan!«

Er wurde ernst, runzelte die Stirn.

»Denk mal eine Sekunde lang nach. Glaubst du wirklich, die Polizei wäre begeistert von deiner Aussage? Es geht um die Rajas, nicht um deinen Treppennachbarn. Überleg mal, wie peinlich das für die Polizei ist! Bei uns gilt das Gesetz nur für die kleinen Fische. Die dicken Haie sind darüber erhaben. Wer einmal damit in Berührung kommt, erfährt es am eigenen Leibe; er macht es einmal und nie wieder. Was glaubst du eigentlich, wo du bist, Nafa? Es gibt Leute, die sind unantastbar. Selbst der Tod, noch dazu der zufällige Tod eines kleinen Flittchens, wird sie nicht davon abhalten, mit Genuß in ihr Buttercroissant zu beißen. Kein Kommissar wird sich an so einer Sache die Finger verbrennen wollen. Hamid hat ganz normal gehandelt. Bei seinem Boß ist ein Störfall eingetreten, und Hamid hat die Sache bereinigt. So einfach ist das. Stell dir mal vor, du gehst zur Polizei. Hamid wird alles abstreiten. Er wird sagen, daß er zusammen mit Junior in dessen Residenz war. Daß kein Mensch dieses Mädchen kannte. Junior wird diese Version bestätigen. Dann steht dein Wort gegen ihres. Du hast nicht die geringste Chance. Die Polizei wird folgern, daß du das Mädchen getötet hast und versuchst, Junior mit hineinzuziehen, um dank der Reputation seiner Familie ungeschoren davonzukommen. Anders wird die Sache nicht ausgehen, Nafa. Du wirst alle gegen dich aufhetzen. So was ist nämlich schon vorgekommen, weißt du? *Unfälle* dieser Art kann ich dir zu Dutzenden aufzählen. Und die sind denen völlig schnuppe, wenn du meine Meinung wissen willst. Die Leiche des Mädchens wird irgendwann aufgefunden werden – vielleicht ist sie es schon – und eine Zeitlang im Leichenschauhaus ausgestellt. Wenn sich niemand meldet, um sie zu identifizieren, wird sie begraben, und basta.«

»Das ist doch nicht möglich. Wir leben doch in einem Rechtsstaat.«

Dahmane fletschte seine langen Zähne und lachte bitter und verächtlich auf:

»Aber sicher. Unser Staat ist ein Rechtsstaat. Das läßt sich nicht leugnen. Aber man muß auch präzisieren, was für ein Recht das ist ... Ein einziges, einmaliges, unteilbares Recht: das Recht, den Mund zu halten.«

In derselben Nacht wurde ich von einem rätselhaften Traum gegen die Wand gepreßt. Ich wachte mit schweißnassem Pyjama und wundgeschriener Kehle auf, kroch durchs Zimmer und kauerte mich in einen Winkel, dem Wahnsinn nah. Ich vergrub meinen Kopf in den Händen und schluchzte:

»Mein Gott, so hilf mir doch!«

Der Ruf des Muezzins hallte wie ein verlängertes Echo meines Stoßgebets wider, und plötzlich kehrte Frieden in meine Seele ein. Es war ein Augenblick von ungeheurer Intensität. Wie durch ein Wunder waren meine Ängste verflogen, ein Gefühl der Befreiung durchflutete mich. Ich war überzeugt, daß das ein Zeichen des Himmels war. Gott sprach in Gestalt eines Muezzins zu mir, daran war nicht zu zweifeln. Die Erlösung hatte an mein Fenster geklopft. Von einer unerklärlichen Macht gezogen, ging ich hinaus in den Patio, schöpfte Wasser aus der Tonne neben der Waschküche, hockte mich vor meiner Schüssel nieder und begann mit der rituellen Reinigung. Zehn Minuten später eilte ich durch die Stille der Nacht zu den Betenden in der Moschee. Einige Nachbarn, angenehm überrascht, daß sie mich in ihren Reihen erblickten, nickten mir zu. Einer klopfte mir auf die Schulter, ein anderer griff flüchtig nach meiner Hand. Ich war nicht länger *allein*. Eine Welt erwachte um mich herum, trug mich schon in sich, erlöste mich von meiner Angst. Die Schrecken der Nacht wichen vor der Nähe der *Meinen* zurück. Endlich konnte ich aufrecht stehen, ohne zu schwanken, mich niederwerfen, ohne zusammenzubrechen, die Augen schließen, ohne von Alpträumen überfallen zu werden.

»Du ahnst nicht, wie froh und erleichtert ich heute morgen bin«, flüsterte mir der Schuster Rachid zu. »Willkommen bei deinen Brüdern.«

Andere Gläubige umarmten mich.

»Gott sei gelobt!« rief mir ein ehemaliger Schulkamerad zu.

»Gott ist groß!« bekräftigte Nabil Ghalem.

Die Gläubigen zerstreuten sich schweigend. Nur ein paar mittellose Passanten blieben in der Moschee zurück und warteten, daß der Tag anbrach. Ich verspürte keinerlei Bedürfnis, nach Hause zu gehen. Ich nahm mir ein Buch aus dem Regal und setzte mich im Schneidersitz auf den Boden. »Der Lebenswandel des Propheten«, so lautete der Titel des Werks. Am Ende des ersten Kapitels begannen die Buchstaben vor meinen Augen zu verschwimmen, und ich nickte ein. Es war ein tiefer, traumloser Schlaf. Ich hatte mich mit meiner Seele ausgesöhnt.

Ein andermal, als ich wieder so allein dasaß, nutzte der Imam Younes die Gelegenheit und fing ein Gespräch mit mir an. Er war ein Mann um die Dreißig, schön wie ein Prinz, hatte klare, mit Khol umrandete Augen und einen hennagefärbten Bart. Die Leute in der Kasbah schätzten sein aufrechtes Wesen und seine Hilfsbereitschaft. Er hatte immer ein offenes Ohr für die Bedürftigen und die jugendlichen Arbeitslosen, und so war es ihm gelungen, ihr Vertrauen zu gewinnen. Er hatte die Gabe, konträre Standpunkte einander anzunähern und verwickelte Konflikte so mühelos zu lösen wie Zwirnsfaden. In seiner Stimme lag unsägliche Güte, und seine Weisheit stand beim einfachen Volk im Rang eines Prophetenworts.

Er kniete sich mit strahlendem Lächeln und teilnahmsvollem Blick vor mich hin. Von seinem Kamis-Hemd ging ein unwiderstehlicher Glanz aus.

»Ich beobachte dich seit zwei Wochen, Bruder Nafa. Du bist der erste, der kommt, der letzte, der den Gebetsraum verläßt. Ich wäre sehr froh darüber, wenn in deinem Verhalten nicht soviel Bedrücktheit läge. Ich habe begriffen, daß auf deiner Einsamkeit ein schlimmes Geheimnis lastet. Aus der Art, wie du dich in deiner Ecke hältst, habe ich geschlossen, daß du jemanden brauchst, dem du dich anvertrauen kannst, um dein Gewissen aus seiner quälenden Not zu befreien.«

Seine makellose Hand bedeutete mir zu schweigen.

»Jeder Sterbliche ist fehlbar, Nafa. Der beste unter den Sündern ist der, welcher sein Unrecht einsieht und es zum Anlaß nimmt, sich zu bessern.«

»Ich habe kein Unrecht begangen, Cheikh.«

Er nickte skeptisch. »Du stehst hier nicht vor Gericht, sondern im Hause des Herrn. Er ist milde und barmherzig. Du kannst ohne Furcht beichten. Dein Geheimnis und deine Ehre bleiben unangetastet.«

»Sei versichert, Cheikh, ich brauche es nicht. Ich denke, ich werde schon allein damit fertig. Zumal ich meinen Glauben wiedergefunden habe.«

»Wie wunderbar, Bruder Nafa. Ich freue mich für dich.«

Und er bedrängte mich nicht weiter.

Am nächsten Tag dann ging ich, ohne zu wissen wie, zu ihm in sein Büro, das sich hinter einem Vorhang neben dem *minbar*[*] verbarg. Er empfing mich mit aller Ehrerbietung und offenbarte mir, wie glücklich er sei, da geteilter Glaube alle Askese der Welt aufwiege. Ehe er mich zu

[*] (arab.) Kanzel in der Moschee

Wort kommen ließ, tat er alles, um mich in angenehme Stimmung zu versetzen. Er rezitierte einige *hadiths**, erzählte mir die Geschichte von Hiob und erklärte mir, daß nur Ungläubige unter dem Schmerz zu leiden hätten. Dann rezitierte er mir die Sure »Der Erbarmer«. Seine melodische Stimme verzauberte mich. Ich wünschte mir, sie würde nie verstummen. Als er sich endlich entschloß, mein Bekenntnis anzuhören, hatte Imam Younes Tränen in den Augen. Aber nicht eine Sekunde schien eine Gefühlsregung in seinem seraphischen Gesicht auf.

»Das war das Beste, was dir widerfahren konnte, Bruder Nafa«, bemerkte er, als ich geendet hatte. »Der Mehrheit meiner Gemeindemitglieder wird diese Chance nicht zuteil. Sie kommen her, weil ihre Eltern auch schon hier waren. Sie sind als Muslime geboren und setzen die Tradition nur fort. Du aber, du hast dich aufgemacht, unter anderen Himmeln anderes zu suchen. Du hattest Träume, hattest Ambitionen. Du warst voll Lebenshunger. Und Gott hat dich dorthin geführt, wo du hinwolltest – um dir die Augen zu öffnen. Du hast den Luxus kennengelernt, die Macht, die Überheblichkeit. Jetzt weißt du es: Ihre Extravaganzen, ihre schrille Angeberei sind nur dazu da, die häßliche Nichtigkeit ihres Tuns zu überdecken, die moralische Misere derer zu kaschieren, die sich weigern zuzugeben, daß unrecht Gut niemals gedeiht. Jetzt weißt du, was gerecht ist und was ungerecht. Denn Armut besteht nicht darin, kein Geld, sondern keine Richtschnur zu haben. Du warst bei den Reichen.

---

* (arab.) Mitteilung, Ausspruch; Sammlung von Aussprüchen, die dem Propheten Mohammed zugeschrieben werden und neben dem Koran eine wichtige Quelle religiöser Vorschriften darstellen.

Sie sind unrein, ohne Mitleid und ohne Skrupel. Sie verkehren miteinander, um einander im Auge zu behalten, denn sie verachten sich von Herzen. Wie die Wölfe sind sie in Rudeln organisiert, um sich gegenseitig mitzureißen, und sie zögern nicht einen Moment, einen strauchelnden Artgenossen bei lebendigem Leib zu verschlingen. Hinter den imposanten Fassaden ihrer Paläste, hinter ihren heuchlerischen Umarmungen ist nichts als Wind. Du darfst dem Herrn danken für diese wertvolle Erfahrung, die er dir zuteil werden ließ. Du warst nahe der Höllenpforte, und du bist nicht gefallen. Im Gegenteil, du bist dir DER WAHRHEIT bewußt geworden, jener Wahrheit, dank derer du dich ohne Grausen im Spiegel betrachten kannst, die dir hilft, dich in widriger Umgebung zu behaupten und zu dir selbst zu finden. Du wurdest erweckt, Nafa, mein Bruder. Merkst du, was für ein Glück du hast? Man läuft immer in die Irre, wenn man woanders sucht, was man in Reichweite hat. Heute hast du es begriffen. Du kennst deinen Platz. Es ist nicht der Tod eines kleinen, törichten Mädchens, der dich derart bekümmert. Eigentlich hat sie es nicht besser verdient. Du bist unglücklich, weil dein Land dich empört. Alles an ihm läßt dich verzweifeln. Du lehnst es ab zu sein, wie man will, daß du seist, Schatten deiner selbst, Sünder wider Willen. Wie alle jungen Leute deines Landes wurdest du verführt und dann fallengelassen. Aber fortan bist du nicht mehr allein. Du hast eine Richtschnur und Millionen Gründe, zuversichtlich zu sein. Wenn es dereinst nichts mehr auf der Welt geben wird, wenn die Erde zu Staub zerfallen sein wird, ›das Antlitz des Herrn bleibt ewiglich bestehen‹. Und am Tage des Jüngsten

Gerichts wirst du unnachsichtig gefragt: ›Nafa Walid, was hast du aus deinem Leben gemacht?‹ Deine Antwort kannst du ab heute vorbereiten. Denn noch ist Zeit. Willst du wirklich etwas aus deinem Leben machen, Bruder Nafa? Wohlan! Du wolltest Schauspieler werden, Rollen spielen, dein Stern sollte am Firmament erstrahlen. Nun, ich biete dir den Himmel als Leinwand an und Gott als Zuschauer. Jetzt kannst du zeigen, was wirklich in dir steckt.«

Ich weiß bis heute nicht, was genau an jenem Tag mit mir geschah.

Ich habe die Moschee verlassen und bin durch die Kasbah gelaufen, wie ich es niemals zuvor getan hatte. Dann bin ich auf den Hügel hinaufgestiegen.

Als Junge war ich abends gern dort oben, bei Notre-Dame d'Afrique, um mich stumm in den Anblick der Bucht und der Schiffe auf der Reede zu versenken. Die Rufe der Kinder flatterten um mich herum wie verschleierte Vögel. Mir schien, daß mein Blick weiter trüge als meine Gedanken, daß diese Welt zu meinen Füßen einen noch ins Träumen versetzen konnte. Ich konnte es kaum erwarten, endlich groß zu werden und soviel Lorbeer zu ernten, daß ich ganz Algier damit überschütten würde.

Ich saß auf einem Mäuerchen am Straßenrand, sog die Luft in vollen Zügen ein, glücklich, allein zu sein und keinen Menschen zu stören. Wenn ich mich am Farbenspiel des Horizonts sattgesehen hatte, begann ich den Abstieg hinunter zur jahrhundertealten, tief sich duckenden Kasbah, der ich nichts als mein zärtliches Schweigen zu bieten hatte. Mit ihren verschachtelten Dachkammern, die mir immer wie gestapelte Wäsche erschienen, erinnerte sie mich an meine Mutter, wenn sie sich am Flußufer abmühte, alten Lumpen wieder seidigen Glanz zu geben.

Ich hatte meine Mutter sehr lieb.

Aber, bei Gott, sie flößte mir solches Mitleid ein ...

So saß ich da, den Kopf in die Hände gestützt, mein Herz wie eine Faust in der Brust, und hing meinen Gedanken nach. Ich mußte mich entscheiden. Der Gestank und die Hitze, die aus der Kasbah aufstiegen, hinderten mich an der Konzentration. Etwas in mir gab keine Antwort mehr. Einen Moment lang wünschte ich mir, mich wie von Zauberhand in Luft aufzulösen: einfach weg sein, ganz plötzlich, wie ein Lichtstrahl, den ein Schatten schluckt.

Hinter mir hockte eine Gruppe Jugendlicher in einer Einfahrt und trällerte eine Melodie von Haj M'rizek. Der Abgerissenste unter ihnen, erkennbar an seiner Virtuosität, klimperte melancholisch auf seiner Gitarre. Als sein wunder Blick auf meinen traf, faßte er sich, räusperte sich und stimmte ohne Vorwarnung ein Gedicht von Sid Ali an, lauthals, mit explosiven Akkorden auf jeden Reim:

> Wenn der Traum die Segel setzt
> Die Hoffnung sich versteckt
> Der letzte Stern den Himmel verläßt
> Und aller Sinn verreckt
>
> Beginnt für dich und mich
> Mein Bruderherz
> Die Höllenfahrt
> Der schlimmste Schmerz

Ich ging zum Meer hinunter, um der Sonne zuzusehen, wie sie vor der Nacht kapitulierte. Als ich die Bucht erreichte, verging der Tag in seinen eigenen Flammen, und die Wellen in der Ferne glichen riesigen Wunden.

Sonias Goldkette lag plötzlich schwer auf meinem Hals. Ich riß sie zähneknirschend ab und warf sie mit einer Geste feierlicher Entsagung in die Fluten.

Ich weiß nicht, wie viele Stunden ich so zugebracht habe. Mich fröstelte an Leib und Seele, und doch war ich fest überzeugt: Träume mögen verführerisch sein, überzeugend und gute Gesellschafter, doch zumeist sind sie schlechte Freunde.

Wer von uns hatte nicht schon den Mond vom Himmel holen wollen? Doch wenn man ihn erst in Händen hält, bröckelt er wie eine vermoderte Reliquie.

II

Die Kasbah

Und wenn ich unter den Gestirnen wählen sollte, um dich zu vergleichen/ Selbst die Sonne könnte nicht heller strahlen/ Als das Licht des Wortes, das du birgst/ Kein heiliger Ort und keine Metropole/ Könnte in sich vereinen, was jeden Morgen/ Der neue Tag dir als schimmernden Kranz umlegt.

Himoud Brahim, genannt Momo
Mein ist die Kasbah

Algier war krank.

Die Stadt schwamm in stinkenden Exkrementen, spie und kotete pausenlos. Ihre Menschenmassen brachen schäumend aus den Elendsvierteln auf, Gesindel wurde im Rinnstein angeschwemmt, um sich tosend in die Straßen zu ergießen, die unter bleierner Sonne dampften.

Die Stadt klammerte sich an ihren Hügeln fest, die Gewänder über einer klaffenden Vagina geschürzt, sie erging sich in Schmähreden, die von den Minaretten hallten, sie rülpste und grunzte, war rundum verschmiert, keuchte, verdrehte die Augen und hatte Schaum vorm Mund, während es dem Volk den Atem verschlug beim Anblick des inzestuösen Monsters, das Algier da zur Welt brachte.

Die Stadt kam nieder. In Schmerz und Ekel, im Grauen. Ihr Puls hämmerte im Rhythmus der Slogans, die die Islamisten skandierten, die mit siegreichem Schritt über die Boulevards paradierten.

Es gibt Momente, da werden die Dämonen von den Gurus übertrumpft. Momente, da die Sonne heißer als das Höllenfeuer brennt, um alle guten Geister in die Flucht zu schlagen. Da sich die Menschen, ohne es zu merken, in den Karneval der Verdammten einreihen.

Algier brannte vom Orgasmus der Erleuchteten, die es vergewaltigt hatten. Von ihrem Haß geschwängert, bot es sich aller Augen an der Stelle dar, da es besprungen worden war, in seiner auf ewig verfluchten Bucht, und ohne jede Zurückhaltung kam es nieder, doch mit der Wut einer

Mutter, die zu spät erkennt, daß der Vater ihres Kindes ihr eigener Sprößling ist.

Eine Gestalt kletterte auf einen Autobus, griff nach einem Lautsprecher und bat energisch um Ruhe.

Die Menge brodelte weiter.

»Solange der Algerier nicht sämtliche Bürgerrechte hat, solange man ihn auf eine Statistenrolle beschränkt, solange man, nur um zu sehen, ob er noch lebt, ihm fortwährend zubrüllt: ›Weitergehen, es gibt nichts zu sehen!‹, solange werden wir uns nicht von hier wegbewegen.«

Jetzt ging ein Tosen durch die Menge.

»Wir werden nirgendwo hingehen. Wir werden hierbleiben, auf der Straße, Tag und Nacht. Sollen sie doch kommen und uns einkreisen mit ihren CRS*-Gespenstern, uns mit ihren Gewehren und ihrer läppischen Armee provozieren, wir werden uns nicht von der Stelle rühren. Wir werden ihnen zurufen: Wir haben genug von eurem Zirkus, wir lassen uns nicht länger von euch an der Nase herumführen! Wir werden erst dann wieder unseren Geschäften nachgehen, wenn sie ein für allemal begriffen haben, daß wir solche wie sie nicht mehr haben wollen, daß wir wehrhaft genug sind, unser Schicksal ohne ihre Hilfe in die Hand zu nehmen. Das Zeitalter der Sünde ist vorbei. Unsere Erde ist wieder heilig geworden. Ihr Platz ist nicht mehr unter uns. Da sie sich weigern, die Wege des Herrn zu beschreiten, sollen sie doch zur Hölle fahren!«

Die FIS hatte eben zum zivilen Ungehorsam aufgerufen.

---

* (frz.) Compagnies Républicaines de Sécurité; nach französischem Muster gegründete, gefürchtete Eliteeinheiten zur Wahrung und Wiederherstellung der öffentlichen Ordnung; werden in Algerien normalerweise URS, Unités Républicaines de Sécurité, genannt.

7

Sid Ali gab eine Prise Benzoe in den Brasero und sog genießerisch den Duft der Rauchkringel ein, die über der Glut aufstiegen. Das herbe Aroma des Harzes überdeckte im Nu den Modergeruch im Raum, und Nafa mußte sich diskret die Nase reiben.

Das Haus des Dichters hatte etwas von einem Kerker. Die Wände waren kahl und rauh und seit Urzeiten nicht mehr gestrichen. Der hundertjährige Stein leuchtete im Dämmerlicht. Die Decke war hoch und von Salpeter gescheckt, die Fliesen rissig und nur hier und da barmherzig von einem Schaffell zugedeckt. Durch ein winziges Fenster drang fahles Licht, schneidend wie ein Fallbeil, das in den Ecken Teppiche erkennen ließ, eine Mandoline, einen Krug, Manuskripte und den Panzer einer Riesenschildkröte. Sid Ali gefiel sich in dieser mystischen Armseligkeit. Er verbrachte die meiste Zeit auf seinem Strohsack im Schutz der Moskitonetze, sog an einer Opiumpfeife und errichtete seiner Muse einen Tempel aus Kassiden.

Den Leuten von Sidi Abderrahmane, Lokalpatrioten bis unter die Haarwurzeln, galt er als der größte Dichter seit Al-Mutanabbi. Die Alten rühmten sich seiner, die Jüngeren vergötterten ihn: Es reichte ihnen, über seine Dichtung zu meditieren, um alles andere zu verzeihen. Wenn Sid Ali seine Verse schmiedete, fächelten die Pfauen sich mit ihrem Rad Kühlung zu, und die Engel legten ihre Flöte aus der Hand. Er war mehr als nur eine Legende, er war Therapie.

Nafa Walid knabberte Erdnüsse. Er saß im Schneidersitz auf einer Matte und wartete, daß sein Gastgeber sich seiner annehmen möge.

Sid Ali hatte es nicht eilig. Er ließ sich von einer jungen Frau mit dunklem Blick die Knöchel massieren und gluckste bei jeder Berührung vor Wohlbehagen.

»Bald ist es Zeit für den Ruf zum Asr-Gebet[*]«, bemerkte Nafa und holte Sid Ali auf die Erde zurück. Mit hoheitsvoller Geste entließ dieser die Frau und richtete sich auf.

»Die Zeit steht still in meinem Haus.«

»Ich werde draußen erwartet.«

»Du bist nicht allein hergekommen?«

»Jemand hat mich begleitet.«

»Du hättest ihn nicht auf der Straße zurücklassen sollen. Mir ist jeder willkommen.«

»Ich hatte zu verstehen geglaubt, daß du mich sprechen willst.«

Sid Ali kratzte sich an der Nasenspitze.

»Trink erst mal deinen Tee aus.«

»Ich habe Magenschmerzen.«

Sid Ali lächelte. Sein vom Opium und den langen Nächten des Meditierens gezeichnetes Gesicht legte sich in graue Fältchen, die von den Mundwinkeln zu den Schläfen hin ihre Kreise zogen, als hätte man einen Kieselstein ins Wasser geworfen.

»Komm mal mit.«

Widerwillig erhob sich Nafa und folgte dem Dichter auf die Terrasse hinauf. Sid Ali klopfte sich den Staub von seinem Saharagewand, dessen bestickter Kragen sich schon in Auflösung befand, strich sich den Bart glatt und beugte

---

[*] (arab.) das Nachmittagsgebet

sich über die Balustrade, um das Meer zu betrachten, wobei er das Geschrei der Aufrührer im Viertel und die wachsende Ungeduld seines Gastes geflissentlich ignorierte.

»Vielleicht bin ich nur ein unverbesserlicher Geschichtenerzähler«, sagte er, »ein vom Widerschein seines eigenen Genies verblendeter Barde, aber ich kann mich nicht von der Vorstellung lösen, daß das Mittelmeer ursprünglich eine Quelle war. Ein sprudelnder Quell, kaum größer als der Schatten eines Johannisbrotbaums, lange bevor Eva darin gebadet und Adam daran seinen Durst gestillt hat. Denn hier, irgendwo hier vor unseren Augen haben sie sich nach ihrer Vertreibung aus dem Paradies, nach langen Jahren des Umherirrens auf der Suche nach einander wiedergefunden.«

Er richtete sich auf und breitete seine Arme über den Horizont.

»Denn alles hatte hier, irgendwo vor unseren Augen, seinen Ursprung. Der Quell erkühnte sich, wurde Meer, gebar Ozeane ...«

»Hast du mich kommen lassen, um mir Geschichten über das Meer zu erzählen ...?«

Sid Ali trommelte, verärgert über die Unterbrechung, auf die Balustrade.

»Jawohl, um dir Geschichten über das Meer zu erzählen. Ich würde dir auch gern Geschichten über den Himmel erzählen, aber da sind mir ja schon andere zuvorgekommen.«

Er baute sich mit brennendem Blick vor Nafa auf. Er war so wütend, daß sein Bart bebte. Sein Zeigefinger schnellte aus der geschlossenen Faust empor.

»Was hast du in der Moschee gesucht, Nafa Walid?«

»Frieden.«

»Frieden? Ich wußte gar nicht, daß er derart chaotisch ist, der Friede.« Mit dem Finger wies er auf die vor Haß brodelnde Stadt. »Da unten sind sie dabei, den Krieg auszurufen.«

»Nicht den Krieg, die Menschenwürde.«

Sid Ali straffte sich. Seine Stimme wurde wieder sanfter.

»Als ich klein war, ging ich täglich zum Bahnhof, um die Lokomotiven fauchen zu hören. Ich fand es toll, ihnen zuzusehen, wie sie davondampften und die Schienen mit ihren großen Rädern blankpolierten. Das waren wunderbare Augenblicke. Allein die Vorstellung, ich säße in einem dieser Waggons, machte mich schon glücklich. Ich war ein bescheidener Junge. Ich sagte mir, eines Tages würde ich an der Reihe sein, in den Zug zu steigen. Ich dachte, die Kenntnis der Welt sei eine Sache des Reisens ... Und dann habe ich, keine Ahnung warum, nie wieder einen Fuß in den Bahnhof gesetzt.«

Nafa war auf der Hut. Sid Ali sprach in Rätseln. Es wäre lächerlich gewesen, sich mit ihm messen zu wollen.

»Und am Bahnhof lernte ich dann deinen Vater kennen«, fuhr Sid Ali fort. »Ich war elternlos. Einen SNP nannten sie mich – *sans nom patronymique*, ›ohne Familiennamen‹. Dein Vater hatte damals keinen Pfennig in der Tasche, aber trotzdem immer ein Bonbon für mich. Manchmal überließ er mir auch sein ganzes Sandwich. Er war in Ordnung ... Heute, da bin ich berühmt, aber ich bin nicht größer geworden. Ich bin genauso arm wie damals. Alles, was ich dir anbieten kann, sind eine Tasse Tee und ein bißchen von meiner Zeit.«

Er faßte Nafa bei den Schultern und sah ihm offen in

die Augen. »Ich will nicht, daß du deinem Vater Kummer machst.«

»Ich wüßte nicht wie, jetzt, wo ich zur Vernunft gekommen bin ...«

»... und bei den Mutanten gelandet bist.«

Nafa schob den Dichter von sich. Sein Gesicht rötete sich. »Du hast kein Recht, so über einfache Muslime zu sprechen.«

»Hör zu ...«

»*Du* wirst mir zuhören. Das sind keine Monster. Es sind genauso Menschen wie du und ich. Sie kämpfen für eine Sache, die es wert ist.«

Sprach's, machte auf dem Absatz kehrt und schickte sich an zu gehen.

»Nafa!«

Nafa blieb auf der Türschwelle stehen, drehte sich aber nicht um.

Sid Ali hielt es für sinnlos, ihm hinterherzulaufen.

Er sagte nur:

»Trau keinem, der dir einreden will, es gebe Dinge, die wichtiger sind als dein Leben. Wer das sagt, lügt. Diese Leute wollen dich nur ausnutzen. Sie erzählen dir was von hehren Idealen und höchsten Opfern und versprechen dir ewigen Ruhm für ein paar Tropfen von deinem Blut. Hör nicht auf sie. Vergiß eines nicht: Es gibt nichts, absolut nichts, das wichtiger ist als dein Leben. Dein Leben ist das einzige, was für dich zählen darf, denn es ist das einzige, was dir wirklich gehört.«

Nafa durchquerte wütend den Raum und trat auf die Straße hinaus.

Nabil Ghalem hockte an der Mauer gegenüber dem Haus

des Dichters und kritzelte mit einem Stück Schrott Arabesken in den Staub. Als er den Kopf hob, fiel sein Blick auf Nafa, der mit ärgerlichem Gesichtsausdruck aus der Hütte trat, und er begriff, daß das Gespräch schlecht verlaufen war. Er ließ sein Eisenstück fallen und wischte sich die Hände an seinem Kamis sauber. Dann begann er, den, der einmal Chauffeur bei den Rajas gewesen war, auszuquetschen.

»Was wollte er von dir?«

»Nichts«, entgegnete Nafa angewidert.

Es war weniger die Schroffheit dieses »Nichts« als Nafas ganze Haltung, die Nabil reizte.

»Was soll das heißen, nichts?«

»Nichts, das es wert wäre, sich aufzuplustern!«

Nabil unterdrückte einen Zornesausbruch. Er konnte es nicht leiden, wenn man in diesem Ton zu ihm sprach. Er sah mit sengendem Blick auf das Gemäuer, hinter dem Sid Ali wohnte, als wolle er es mit einem Bannfluch belegen, und suchte vergeblich die weitgeöffneten Fenster nach einer Silhouette ab.

»Ich wette, er hat noch immer diese Dreckspfeife.«

»Kann man sich denn von seinem Schatten trennen?«

»Du hast ihn im Opiumrausch angetroffen, stimmt's?« Nabil benahm sich wie ein Großinquisitor. »Er war garantiert im Delirium. Was hat er dir nur erzählt, daß du in einem solchen Zustand bist?«

Nafa zog es vor, keine Antwort zu geben, und schlug die schmale Gasse ein, über deren rissige Stufen sich das Abwasser zur unteren Kasbah hinabschlängelte. Abfälle, die in der Sonne dörrten und von unglaublichen Fliegenschwärmen belagert wurden, verpesteten die Luft. Ohne sich von diesen Ausdünstungen stören zu lassen, vergnügten sich ein paar Rotznasen mit einem halbtoten Welpen, dessen Schnauze unnatürlich weit offenstand und aus dessen Nasenlöchern die Nacktschnecken quollen. Immer seltener wagten sich Hunde oder Katzen in das Viertel vor. In Ermangelung anderer Spielmöglichkeiten hatten die Kinder sich aufs Tierquälen verlegt.

In einem Hauseingang stapften zwei Gören lachend in einer Pfütze aus Waschwasser herum. Sie waren total verdreckt, hatten schrundige Beine und Faunsgesichter. Ein drittes Kind mit weißlichem Schorf auf dem Kopf kletterte mit bloßem Hintern unter dem gleichgültigen Blick der Passanten aus einer Luke mit gesplittertem Glas.

»Wir wissen über seine Machenschaften Bescheid«, fuhr Nabil fort. »Wir haben hier alles unter Kontrolle. Wir wissen, daß er manche Mitglieder unserer Bewegung vom Weg abzubringen versucht ... Ich bin froh festzustellen, daß es ihm bei dir nicht gelungen ist.«

Nafa zuckte die Achseln.

Ein junges Mädchen kam die Gasse herauf, ihre Tasche fest an die Brust gedrückt. Nabil empörte sich über den Rock, den sie trug, und er wartete, bis sie auf seiner Höhe war, um ihr zuzurufen:

»Schämst du dich nicht? Halbnackt durch die Straßen zu laufen!«

Das Mädchen achtete nicht auf ihn. Sie schien derlei Vorhaltungen zur Genüge zu kennen und setzte im Schutz der Mauern ihren Weg fort.

»Liederliches Weibsstück!« rief Nabil ihr nach. »Zieh dir gefälligst was an!«

Mit stoischem Schritt und gesenktem Kopf erklomm das Mädchen wortlos die Stufen und verschwand.

»Wenn es nach mir ginge, der würde ich die Beine gern mal mit dem Schweißbrenner bearbeiten, diesem Miststück.«

»Jetzt hör aber auf!« rief Nafa aufgebracht. »Hier sind Kinder, wenn die dich hören!«

Nabil brummte unwillig, dann beruhigte er sich.

In der Kasbah fragten sich viele, was zwei so grundverschiedene Menschen zueinander hinziehen mochte. Nafa galt allgemein als höflich und zuvorkommend, vielleicht ein wenig reserviert, aber stets liebenswürdig, gepflegt und auf seinen Ruf als »schöner Mann« bedacht. Er war einer der wenigen Gläubigen, die nicht im Kamis, dem langen Hemd der Islamisten, herumliefen, und er rasierte sich regelmäßig. Freitags in der Moschee drängte er sich nicht in die vorderen Reihen. Bei den Protestmärschen war er in keiner Formation zu sehen, und er nahm nie an irgendwelchen konspirativen Treffen teil. Und am Abend, wenn er nicht gerade ins Kino ging oder friedlich seinen Kaffee auf einer Terrasse in Nähe der großen Boulevards trank, blieb er zu Hause und schloß sich in seinem Zimmer ein.

Nabil Ghalem dagegen war überall: in der Moschee, bei Versammlungen, auf den Dächern, wo er die Satellitenschüsseln abmontierte, im Milieu, um die leichtlebigen Dämchen und ihre Zuhälter zu bekehren, ständig bereit, sich mit jedermann wegen nichts und wieder nichts anzulegen. Er war ein penetranter, aufbrausender, unangenehmer Typ. Der perfekte Tempelwächter. Nichts entging seiner Wachsamkeit. Mit zwanzig hatte er die Parteioberen erfolgreich von seiner Bereitschaft überzeugt, das Viertel von allen Säufern und Strolchen zu säubern. Kaum stand er dem örtlichen Komitee der jungen Islamisten vor, verordnete er seiner Gruppe eiserne Disziplin und hatte binnen kurzem eine stattliche Zahl herumhängender Jugendlicher rekrutiert. Zehn freiwillige Milizionäre hörten auf sein Kommando, dazu ein Team fürs Spendensammeln und eine ehrenamtliche Schar eifriger Mädchen, die sich um bedürftige Familien und alte Leute kümmerten. Mit seiner Effizienz begeisterte er die Islamisten. Imam Younes hatte ihn mehr als einmal vor prominenten Persönlichkeiten des *mejless ech-choura** gelobt. Dank seinem energischen Durchgreifen hatten die Kneipen sich in Geschäfte verwandelt, die einzige Spielhalle am Ort in eine Koranbibliothek, und die jugendlichen Ganoven, die durch die Nacht geisterten, waren gezwungen, andernorts ihr Unwesen zu treiben. Auf den Straßen kehrte wieder Ruhe ein, und wer spät nachts noch auf dem Heimweg war, brauchte sich nicht mehr ständig nach ihnen umzudrehen.

Nafa Walid mochte Nabil nicht besonders gut leiden. Er fürchtete ihn sogar ein bißchen, jetzt, wo er regelmäßig mit ihm zu tun hatte. Er mochte weder seine gepfefferten Sprüche noch seine Manie, sich in Dinge einzumischen, die ihn nicht betrafen. Aber es führte kein Weg an ihm vorbei, wenn er die Pläne, mit denen er sich seit seiner Rückkehr in die Familie trug, verwirklichen wollte. Denn Nafa hatte nur noch eines im Kopf: zu heiraten und ein

---

* (arab.) eine Art Ältestenrat, bestehend aus Vertretern aller islamistischen Parteien, nach dem Vorbild des Ältestenrats der Stämme gegründet.

neues Leben zu beginnen. Er hatte in Souk El-Djemâa eine Zweizimmerwohnung ausfindig gemacht und wollte noch vor Jahresende dort einziehen. Sie lag im Erdgeschoß eines baufälligen Gebäudes, hatte zudem keinen Wasseranschluß und kein elektrisches Licht im Treppenhaus, aber die Miete war erschwinglich und die Nachbarschaft in Ordnung. Was die Zukünftige anging, die hatte er eines Abends an einer Bushaltestelle erspäht, und er hatte sofort gespürt, daß sie die Richtige war. Sie war ein Mädchen aus der *houma*[*], das er nicht hatte aufwachsen sehen. Ihre Anmut und Bescheidenheit hatten ihn entzückt.

Sie hieß Hanane. Und sie war die ältere Schwester von Nabil.

Nafa strich täglich gegen 17 Uhr um die Haltestelle herum, nervös und voller Ungeduld, ganz auf das Zifferblatt seiner Uhr fixiert, und er fluchte jedesmal, wenn wieder der falsche Bus um die Ecke bog. Wenn sie endlich ausstieg, verschluckte er sich fast vor Aufregung. Er achtete immer sehr darauf, nicht bemerkt zu werden, weder von ihr noch von den Nachbarn, die eine gefährliche Neigung zum Tratschen hatten und für diese Art verliebter Annäherung nicht mehr Verständnis aufbrachten als für Meineid oder Frevelei.

Hinter einem verfallenen Kiosk versteckt, beobachtete er Hanane von weitem mit der aufgeregten Faszination eines Schülers, der in seine Lehrerin verliebt ist.

Ohne je mit ihr gesprochen zu haben, ohne irgendeine Gewißheit, sich ihr eines Tages nähern zu können, war er doch überzeugt, daß sie die Richtige sei, die Gefährtin

[*] (arab.) Viertel

seines Lebens. Nachts in seinem Zimmer entblätterte er sie, wälzte sich im Bett, fand keinen Schlaf, vom Blick ihrer riesigen schwarzen Augen verfolgt. Er sah sie vor sich, wie sie durch die Gasse eilte, strahlend in ihrem Hijab wie eine Paradiesjungfrau, nicht aus der Ruhe zu bringen durch die Scherze der Schwachköpfe am Wegesrand, heiter und hoheitsvoll, den Blick züchtig gesenkt, wie es sich für Mädchen aus gutem Hause ziemte. Doch sobald er erwachte, wurde ihm ihre Abwesenheit schmerzlich bewußt, sein Zimmer kam ihm leer und verlassen vor; wieder würde er sich den ganzen Tag nach ihr sehnen, all die grausamen Stunden des Nichtstuns lang, die zwischen ihm und jener kostbaren Minute lagen, da sie auf dem Platz erscheinen würde, abends, kurz vor dem Ruf zum Maghreb-Gebet.

Doch seit einigen Tagen stieg Hanane nicht mehr aus dem Bus.

»Du solltest mit ihm darüber sprechen«, schlug mir meine Mutter vor.

»Das ist nicht so leicht. Er ist völlig unberechenbar.«

Meine Mutter verzog das Gesicht. Sie mißbilligte meine Ausflüchte. Sie wartete geduldig, bis ich mein Abendessen beendet hatte und trug schimpfend das Tablett hinaus, von dem ich fast nichts angerührt hatte. Dann kam sie zurück, setzte sich hin, faltete ihre abgearbeiteten Hände unter dem Kinn und dachte nach.

Da tauchte meine kleine Schwester im Türrahmen auf.

»Du hast versprochen, daß du mir hilfst«, bettelte sie und schwenkte ein Schulheft.

»Nora, bitte«, wies meine Mutter sie zurecht. »Du

siehst doch, daß dein Bruder und ich im Augenblick andere Sorgen haben.«

»Ja, schon, aber wir haben morgen Aufsatz.«

»Später, mein Liebes.«

Schmollend verdrückte sich Nora ins Nebenzimmer. Meine Mutter beugte sich über den kleinen Tisch. »Du erwartest doch wohl nicht, daß das jemand für dich übernimmt. Meiner Meinung nach solltest du mit ihm darüber reden. Es ist doch nichts Unrechtes dabei, um die Hand eines Mädchens anzuhalten.«

»Der Typ ist einfach zu kompliziert«, entgegnete ich. »Der ist imstande und verdächtigt mich, heimlich schon seit langem mit seiner Schwester zu gehen. Ich fürchte seine Reaktion. Nabil ist jemand, der immer alles in den falschen Hals bekommt. Nun lebe ich schon seit Monaten ganz solide, verrichte meine Gebete, sehe mich vor. Und trotzdem läßt er keine Gelegenheit aus, mir meine Jahre der Verirrung vorzuhalten. Ich versuche ihn dann zu besänftigen, umsonst. Er bleibt stur und denkt nur daran, wie er einen Streit vom Zaun brechen kann. Außerdem finde ich bei seinen ganzen Umtrieben auch gar keine Möglichkeit, auf das Thema zu sprechen zu kommen.«

»Ich glaube, du machst alles komplizierter, als es ist. Es handelt sich um einen Heiratsantrag. Das ist eine seriöse Angelegenheit. Und die Ereignisse auf der Straße ändern daran nichts. Meine Mutter hat mitten im Weltkrieg geheiratet. Es war alles voll mit Amerikanern in Bab El-Oued. Am Himmel dröhnten die Bomber, und die Sirenen heulten durch die Nacht. Die Hochzeit wurde trotzdem in größter Ausgelassenheit gefeiert. Und ich selbst habe 1962 geheiratet. Die OAS[*] hat das ganze

Viertel mit Dynamit ausgelegt. An jeder Straßenecke knatterten die Maschinenpistolen. Täglich fielen Unbekannte den Anschlägen zum Opfer. Aber das hielt unsere Hochzeitsgesellschaft nicht davon ab, mit lautem Jubel über die Boulevards zu ziehen. Die *zorna*[**] erschallte bis zum Morgengrauen. So ist das Leben, mein Junge. Das größte Elend kann das Leben nicht aufhalten. Geheiratet wird trotzdem. Sonst hätte das Dasein ja seinen Sinn verloren. Ich erinnere mich noch, als wäre es gestern: In unserer Hochzeitsnacht, während dein Vater sich von seinen Freunden ins Brautgemach drängen ließ, explodierten in nächster Nähe von unserem Patio die Geschützsalven. Und dein Vater sagte zu mir ...«

»Gar nichts habe ich zu dir gesagt!« rief die heisere Stimme meines Vaters aus dem Wohnzimmer. »Außerdem hat mich in dieser Nacht überhaupt keiner gedrängt. Achte auf deine Worte, Frau. Ich hatte es auch nicht nötig, daß man mich drängte, schon gar nicht bei einer fünfzehnjährigen Jungfrau.«

Meine Schwestern, die in der Küche lauschten, lachten laut los. Meine Mutter schlug sich schuldbewußt mit der Hand auf den Mund und zog den Kopf ein. Mit der anderen Hand wedelte sie mit einem unsichtbaren Fächer um ihren Lapsus herum, den der Alte, wenn nicht ein Wunder geschähe, ihr noch lange nachtragen würde.

Jetzt war es an mir, laut aufzulachen.

---

[*] (frz.) Organisation Armée Secrète; gefürchtete rechtsextremistische Armee-Organisation, die die Algerienpolitik von General de Gaulle bekämpfte und während des Algerienkriegs durch Terrorakte und große Brutalität für Angst und Schrecken sorgte.
[**] (arab.) traditionelle Fest- und Hochzeitsmusik Algiers, hervorgegangen aus der Militärmusik osmanischer Zeit, gespielt auf *tbel* (Trommel) und *ghaita* (Oboe).

8

Bevor es im Oktober 1988 zu den Unruhen kam, die das ganze Volk in kollektive Hysterie versetzten, war Omar Ziri ein kleiner Ganove, der stolz seinen Bizeps schwellte, auf dem ein mittelmeerblauer eintätowierter Anker prangte. Auf dem Kopf eine verwegene Baskenmütze, im Koppel ein Klappmesser, trug er jahraus jahrein denselben alten Overall, der an den Knien schon ganz abgewetzt war, darunter ein fadenscheiniges Matrosenhemd, das sich über seinem unförmigen Wanst zum Zerreißen spannte. Immer mürrisch, stets eine Kippe zwischen den Lippen, wußte er nicht, wie man danke sagt, und Entschuldigungen faßte er als schäbige Ausrede auf. Er verwaltete »La Nef«, eine gräßliche Kneipe gleich neben der Moschee, das reinste Rattenloch. Vollgestopft mit wurmstichigen Tischen und Bänken, auf denen man sich den Hosenboden schneller aufriß als auf einem Treppengeländer.

Von Mittag bis spät in die Nacht döste er, vom Gedudel des späten Dahmane El Harrachi eingelullt, hinter seiner Kasse vor sich hin, die das Alter einer Gaslaterne hatte und hartnäckig klemmte, wenn es ans Wechselgeld ging. Seine Kundschaft war ein zusammengewürfelter Haufen aus Straßenkehrern und Tagelöhnern, die abstoßend rochen, wie Tiere aßen und mit ihren schmutzigen Fingern dicke schwarze Spuren auf dem Brot hinterließen. Das Menü kostete zwanzig Dinar. Mittagessen und Abendessen unterscheiden sich nicht: eine *chorba** ohne Fleisch, dubiose Fritten, eine Schale Dickmilch und ungenießbare Pfannekuchen.

Nach den Ereignissen vom Oktober 1988 hatte Omar Ziri sich von der Islamistenwoge mitreißen lassen. Er witterte, daß eine Revolution bevorstand, die jenen, die nicht auf den fahrenden Zug aufsprangen, kein Pardon gewähren würde. Die Reden ließen an Deutlichkeit nichts zu wünschen übrig, die Drohung war erkennbar. So kam es, daß Omar, als Imam Younes ihm vorschlug, seine Kneipe in eine FIS-Version der in Frankreich gängigen »Restos du cœur«** umzuwandeln, erklärte, er fühle sich außerordentlich geehrt. Von heute auf morgen verschwand die Kasse aus der Kneipe, und Dahmane El Harrachis zersetzende Lieder machten religiösen Gesängen Platz.

Die Bettler gesellten sich zur Stammkundschaft, um sich gratis verköstigen zu lassen, und Menschenfreund Omar wischte sich, von ihrem pathetischen Appetit gerührt, höchst demonstrativ eine Träne aus dem Auge, der Vorsehung dafür dankend, daß sie ihm unter den Menschen guten Willens ein Plätzchen eingeräumt hatte. Er tauschte seinen Overall gegen einen nach Medina duftenden Kamis ein und die Baskenmütze gegen eine Pelzkappe im Stil von Ali Belhadj, dem Islamistenführer, unter der seine großen Projekte in Ruhe reifen konnten.

Täglich sammelten sich Horden von Bettlern vor der Garküche, und Omar machte auf verlegen angesichts ihrer unermeßlichen Dankbarkeit, denn, so wurde er nicht müde zu betonen, nichts sei kränkender als ein Danke-

---

* (arab.) Suppe
** (frz.) Restaurants des Herzens; der Kunde zahlt, was er kann oder für angemessen hält.

schön für eine Geste, die die Barmherzigkeit schlicht gebot.

Die Armen hatten Anspruch auf dieselben Gerichte wie die Stammkundschaft, und dazu gab es, je nach Lust und Laune ihres Gönners, ein Stück Hähnchen, eine Scheibe Melone oder einen Joghurt. Wer noch Hunger hatte, bekam einen satten Nachschlag. War der Bauch erst voll, waren die Bedürftigen mehr als geneigt, jenen komischen Zugvögeln Gehör zu schenken, die auf der Suche nach dem Wort Gottes in den Orient aufgebrochen und mit der frohen Botschaft und einem kompletten Heilsprogramm zurückgekommen waren. Es waren wohlerzogene junge Männer, geschniegelt wie ein Marabout, etwas seltsam in ihrer afghanischen Aufmachung, aber nüchtern und von anrührender Sanftmut. Man nannte sie »Cheikhs«. Sie traten in den Essenspausen auf, um den Armen zu sagen, wie sehr deren Unglück sie bekümmerte. Wenn ihr Bart ihrem Antlitz auch etwas Unergründliches verlieh, so schwang in ihrer Stimme doch tiefes Mitgefühl mit, und ihre Aufrichtigkeit war so offensichtlich wie das Heilige Buch, das sie immer bei sich trugen. Sie schienen alles über das Leid der kleinen Leute zu wissen, und sie litten mit ihnen. Sie sprachen von einem Algerien, das den Hunden und den Taugenichtsen ausgeliefert sei, von den Lastern, die in den oberen Kreisen grassierten, von dem unerklärlichen Widerspruch, daß in einem so reichen Land wie Algerien vollwertige Staatsbürger im schlimmsten Elend dahinvegetierten. Sie sagten: »Vor 1962 war unser Land der Kornspeicher Europas. Vor 1962 hätte ein Algerier sich eher die Hand abgeschlagen als sie auszustrecken. Heute streckt er beide Hände aus.« Sie sagten: »Warum seid ihr, die ihr hier sitzt, so ganz und gar auf die Wohltätigkeit von ein paar braven Leuten angewiesen? Warum müßt ihr euch in einer Armenküche abspeisen lassen, während andere *euer* Geld verprassen, *euer* Öl unter euren Augen aus dem Boden pumpen, *eure* Würde und *eure* Zukunft mit Füßen treten …?« Einfache Fragen, durchaus, doch als Antwort kam nichts als dumpfe Empörung und Sprachlosigkeit. Genau das, was die Cheikhs sich erhofften. Sie hoben den Finger gen Himmel und verkündeten, die Engel hätten sich von Algerien abgewandt, Gott grolle einem Volk, daß zutiefst gläubig sei, jedoch seine heiligen Eide vergesse und seinem eigenen Verfall keine Beachtung schenke, obwohl DER WEG doch vorgezeichnet sei, wie es aus den Klauen Satans befreit und zum LICHT hingeführt werden könne.

Sie wußten ihre Worte so wohl zu setzen, diese Cheikhs, daß die Armen noch nicht einmal merkten, daß das Wirtshausschild einem Aushang mit islamistischen Slogans gewichen war, daß das Lokal zusehends zur Informations- und Propagandazentrale wurde, daß Ausschank, morsche Tische und Küche von Schreibtischen verdrängt worden waren, indes an den nun endlich getünchten Wänden grausige Fotos von den Überschreitungen der Sicherheitskräfte während der Oktoberunruhen zu sehen waren. Diese Bilder seien nicht gefälscht, versicherte man … Und so konnte man sich immer wieder daran erinnern: an die Straßen voll Tränengas, die brennenden Fahrzeuge und Geschäfte, die CRS, wie sie mit Gummiknüppeln auf die Demonstranten einschlugen, die Sanitäter, die die Verletzten abtransportierten, an weinende

Frauen, verstörte Kinder ... und vor allem an die Leichen, die in Blutlachen auf dem Pflaster lagen, verstümmelt, erschlagen, mit leerem Blick und erhobenem Zeigefinger, als wollten sie, so die Lesart der Cheikhs, den Überlebenden sagen: »Für euch sind wir gestorben. Vergeßt uns nicht ...«

Gewiß, in einer Gesellschaft, in der Opportunismus und Heuchelei zum Alltag gehörten, wären Omar Ziri und seine Kneipe kaum der Rede wert, machte diese Geschichte nicht auf bestürzend einfache Weise deutlich, wie sich die Kasbah der Literaten heimlich, von ihnen selbst fast unbemerkt, in die Hochburg der Islamisten verwandeln konnte.

Es herrschte Hochbetrieb an jenem Morgen vor der Moschee und in den angrenzenden Straßen. Hunderte von Gläubigen, Militante und Sympathisanten, drängten sich auf den Gehwegen, die einen unter Zeltplanen, die anderen unter Regenschirmen, um sich vor der Sonne zu schützen. Alle warteten auf die neuesten Nachrichten vom Ältestenrat. Der Aufruf zum zivilen Ungehorsam wurde von den meisten befolgt. Das Land war wie gelähmt. Über Lautsprecher ergossen sich Haßtiraden auf die Stadt. Junge Milizionäre mit Armbinde und grünem Tuch über der Stirn verteilten Wasser und Kekse und wiesen die Neuankömmlinge ein, die noch immer aus dem ganzen Viertel zusammenströmten. Von Zeit zu Zeit erklomm ein Cheikh eine notdürftig zusammengezimmerte Tribüne und verlas die Botschaften des Nationalen Büros, stereotyp von einem donnernden »Die Staatsmacht wird fallen!« unterlegt, das die Gläubigen mit wütendem Gejohle begrüßten.

Nafa Walid nutzte den Vorbeimarsch einer Delegation, um sich in ihrem Windschatten einen Weg zur Kneipe von Omar Ziri zu bahnen. Nabil Ghalem war damit beschäftigt, Kartons in den ehemaligen Küchenräumen, die zu Archiven umfunktioniert waren, aufzustellen. Er war nicht allein. Nafa erkannte auf den Metallstühlen die Brüder Chaouch, zwei namhafte Universitätsprofessoren, Hamza Youb, einen Anstreicher, Rachid Abbas, einen Vertrauten von Imam Younes, und drei »Afghanen«, Milizionäre an der Kabul-Moschee von Kouba, einem Stadtteil Algiers, die von Zeit zu Zeit herüberkamen, um die Streikorganisation zu überwachen und Nabil Ghalem zur Hand zu gehen. Der größte von ihnen hieß Hassan. Er hatte einen Arm in Peshawar gelassen, als er sich im Bombenbasteln übte. Die beiden anderen hatten Phantasie-Namen: Abou Mariem und Ibrahim El-Khalil. Ihre afghanischen Heldentaten hörten sich derart verwegen an, daß sie am Ende selbst nicht mehr daran glaubten.

»Und was passierte dann?« fragte Omar Ziri zappelnd vor Aufregung.

»Naja«, fuhr Ibrahim El-Khalil lässig fort, »was halt passieren mußte. Ich habe den Typen gefragt, was er um diese Stunde mit einem Mädchen im Auto im Wald zu suchen hätte. Der Typ war schon ganz grün vor Angst. Er sagte, er hätte mit seiner Frau über ernste Dinge zu reden. Ich: ›Dann zeig mir mal dein Familienbuch.‹ Er: ›Das habe ich zu Hause liegenlassen.‹ Da habe ich die Frau gefragt, ob der Typ ihr Mann sei. Sie bejahte. Und ich: ›Wie heißt er denn?‹ Sie: ›Kader.‹ Ich: ›Und weiter?‹ Da hätte sie sich fast verschluckt. Dann ist sie durchgedreht und hat nur noch Schwachsinn erzählt, daß sie

Witwe sei und keine Arbeit hätte, einen Haufen Kinder, invalide Verwandte und niemanden, auf den sie zählen könne, und daß sie *es* täte, um ihre Familie zu ernähren. Ich daraufhin zu dem Mann: ›Du dreckiger Lügner, zeig mal deine Hände her.‹ Sein Schnurrbart bebte. Er hat mir seine Hände wie ein Schüler hingehalten. Da habe ich ihm mit dem Gürtel eins übergezogen. Paff! Paff! Bei jedem Schlag ist er mit einem Knie zu Boden gegangen, hat vor Schmerz das Gesicht verzerrt und die Hände unter den Achseln versteckt. War offensichtlich, daß er maßlos übertrieb. Da bin ich ärgerlich geworden. Ich werde immer ärgerlich, wenn ein Typ übertreibt. Ich habe den Brüdern gesagt, daß sie ihn ausziehen sollen, und ihm eine *falaqa*[*] verpaßt, daß ihm Hören und Sehen verging. Hinterher konnte er nicht mehr aufstehen. Er ist auf allen vieren davongekrochen.«

Omar Ziri lachte aus vollem Hals. Sein ganzer Schmerbauch bebte.

»Es geht nichts über den Knüppel!« erklärte feierlich Abou Mariem.

»Und die Frau?« gluckste Omar Ziri lüstern.

»Das wirst du nie erfahren, du Schwein!« neckte Ibrahim ihn.

»Und was hattet ihr zu dieser Stunde in den Wäldern zu suchen?«

»Auch das wirst du nie erfahren.«

Nabil Ghalem trat einen Schritt zurück und betrachtete die Regale.

»Was haltet ihr davon, Jungs? Sieht doch nett aus, oder?«

»Sehr nett«, bestätigte Rachid. »Ich sollte dich mal zu

[*] (arab.) Hiebe auf die nackten Fußsohlen, klassische Strafe

mir nach Hause einladen, damit du auch dort ein bißchen aufräumst.«

»Ich bin doch nicht dein Dienstmädchen.«

Omar Ziri neigte sich zu Ibrahim hin. »Echt, willst du mir wirklich nicht verraten, was ihr mit dem Mädchen angestellt habt?«

Nabil wischte mit einem Lappen über den Schrank, rückte zwei oder drei Kartons zurecht, trat wieder einen Schritt zurück und bewunderte sein Werk. Er war zufrieden.

»Hast du mal eine Minute Zeit?« fragte Nafa.

»Der hat noch nicht mal eine Uhr!« erwiderte Omar und lachte ordinär.

Nabil wischte sich die Hände an den Knien ab.

»Ein Problem?«

»Nicht direkt.«

Nafa versuchte ihn am Arm zu fassen und von den anderen wegzuziehen. Nabil wehrte sich.

»Die Staatsmacht wird jeden Moment abdanken. Der Streik war ein voller Erfolg. Die Brüder kommen von überallher zurück. Alle sind derselben Meinung: Diesen Hunden bleiben nur noch wenige Tage, um ihre Koffer zu packen und sich aus dem Staub zu machen. Stell dir mal vor!«

Nafa war erleichtert: Nabil war gutgelaunt, mit anderen Worten in der besten Verfassung, um ihn endlich anzuhören.

»Ja?«

Nafa kratzte sich an der Wange, fuhr sich mit der Zunge über die Lippen, nahm all seinen Mut zusammen, aber dann ging ihm der Atem aus.

»Hm, naja«, stammelte er. »Ich wollte schon längst mit dir darüber reden, aber du schienst irgendwie nie ... Ich meine, du hattest zuviel um die Ohren. Jetzt aber ... Können wir nicht irgendwo anders hingehen? Es dauert auch nicht lange.«

»Wir sind hier unter Brüdern. Wir haben keine Geheimnisse voreinander. Es ist doch hoffentlich nichts Schlimmes?«

»Nein, nein, ganz und gar nicht. Ich möchte dich nur über meine Absichten informieren, meine ehrlichsten Absichten ...«

Nafa begriff nicht gleich, was er da ausgelöst hatte. Nabil umarmte ihn, küßte ihn ab, drückte ihn heftig an seine Brust. »Ich wußte es ja, ich wußte es ...«

Dann drehte er sich zu den anderen um. »Was habe ich euch gesagt? Nafa hat ehrliche Absichten. Er hat sich endlich entschlossen, unserer Bewegung beizutreten.«

»Wirklich eine schöne Bescherung!« spottete Omar.

Nafa war platt, völlig überrumpelt. Er kam sich furchtbar lächerlich vor. Er ließ die Freudenausbrüche seines Kumpels über sich ergehen und bedauerte es zutiefst, seinen Antrag auf später verschieben zu müssen.

Um 17 Uhr kehrte er wieder auf den Platz zurück, um die Busse zu zählen. Nachdem er dreißig Minuten gewartet hatte und Hanane noch immer nicht aufgetaucht war, spuckte er aus und ging nach Hause.

»Sieh mal nach, wer da klopft, Ikrame!« rief Mutter Ghalem aus der Küche.

Die Kleine versteckte ihre Illustrierte ängstlich unter

einem Kissen und rannte zur Tür. Plötzlich blieb sie stehen. Wenn das jetzt Nabil wäre ... ? Nein, Nabil hatte einen Schlüssel. Außerdem klopfte er nie. Ikrame stellte sich auf die Zehenspitzen und zog den Riegel fort. Auf dem Treppenabsatz stand eine Dame im Gabardinemantel, groß war sie und schön. Ihre westliche Aufmachung ließ die Kleine besorgt ins Treppenhaus spähen. Wenn Nabil das sähe! dachte sie fröstelnd.

»Du bist bestimmt Ikrame, Hananes kleine Schwester?«

»Ja, Madame.«

»Ist deine Schwester zu Hause?«

Ikrame legte ratlos zwei Finger auf den Mund.

»Nabil kann es nicht ausstehen, wenn eine Frau sich so anzieht«, antwortete sie verlegen.

»Sieh an, und warum?«

»Nabil sagt, daß Frauen, die keinen Hijab tragen, nicht anständig sind. Wenn sie tot sind, werden sie für alle Ewigkeit in Flammen und Glut gekleidet sein.«

Die Dame tätschelte ihr die Wange.

»Sag Hanane, daß Madame Raïs da ist.«

Ikrame nickte und rannte ins Zimmer ihrer Schwester, die sich gerade im Spiegel betrachtete: aufgeplatzte Lippen, ein blaues Auge.

»Madame Raïs ist da.«

»Sag ihr, daß ich nicht zu Hause bin.«

»Nabil sagt, daß alle Lügner an der Zunge über dem Höllenfeuer aufgehängt werden und bis ans Ende aller Zeiten vor sich hinschmoren müssen.«

Hanane ließ den Spiegel sinken und stand widerwillig auf. Madame Raïs stieß einen Seufzer der Erleichterung aus, doch sie unterbrach sich jäh:

»Mein Gott!«

Hanane bat die Besucherin ins Wohnzimmer und ließ sie auf einer Sitzbank Platz nehmen.

»Du Ärmste!« rief Madame Raïs aus. »Was ist dir denn passiert …?«

Hanane schickte ihre kleine Schwester Kaffee holen, ehe sie ungehalten fragte:

»Warum bist du gekommen?«

»Es gehört nicht zu deinen Gewohnheiten, einfach unentschuldigt wegzubleiben. Im Büro haben sie begonnen, sich Sorgen zu machen. Der Chef hat mich beauftragt nachzusehen, was los ist.«

»Es ist aus.«

»Was ist aus?«

»Mit dem Büro ist es aus!« stöhnte Hanane mit erstickter Stimme.

»Was soll das heißen …?«

»Ist doch klar: Ich werde nicht mehr zur Arbeit kommen.«

»Das habe ich begriffen. Aber wieso? Wegen Redouane? Der neckt die Mädels gern, aber er hat keine Hintergedanken.«

Hanane sank über einem Kissen zusammen und begann zu schluchzen. Madame Raïs setzte sich neben sie und legte ihr einen Arm um die Schultern.

»Was ist denn los, Mädchen?«

»Du verlierst nur deine Zeit«, bemerkte die Mutter, die mit einem Tablett zur Tür hereinkam.

Madame Raïs erhob sich, um die alte Frau zu begrüßen.

»Ich bin eine Kollegin Ihrer Tochter. Da sie seit vierzehn Tagen nichts mehr von sich hat hören lassen, hat unser Direktor mich geschickt, um nach dem Rechten zu sehen ... Was ist mit Ihrer Tochter passiert, Hajja?«

»Das, was alle Tage mit den Mädchen in diesem Lande passiert«, seufzte die Mutter.

Hanane runzelte die Stirn, um sie zum Schweigen zu bringen. Die alte Frau zuckte nur die Achseln, setzte das Tablett auf einem Tischchen ab und begann, den Kaffee einzuschenken.

»Ich habe mich abgerackert, damit sie eine gute Ausbildung bekommt«, erzählte sie verdrossen. »Ich habe die anstrengendsten Arbeiten angenommen, nur damit sie weiter studieren konnte. Und kaum hat sie ihr Diplom in der Tasche und einen guten Posten in einem angesehenen Betrieb gefunden, wirft sie alles hin.«

»Mutter ...«

»Schweig still. Ich habe meine besten Jahre für dich geopfert. Ich finde, du hast nicht das Recht, mich zu enttäuschen. Deine Arbeit ist dein einziger Verbündeter. Eines Tages mache ich für immer die Augen zu. Nabil wird heiraten, Kinder bekommen und am Ende die Wohnung für sich allein haben wollen. Er wird dir das Leben unerträglich machen, dir alles und jedes zum Vorwurf machen, dich als Eindringling behandeln und schließlich auf die Straße setzen. Dann wirst du der Stelle noch nachweinen, die du heute im Begriff bist aufzugeben.«

»Mutter ...«

»Was? Willst du mir etwa verbieten, daß ich mich darüber aufrege?«

Madame Raïs begriff, daß etwas Schwerwiegendes vorgefallen war.

Die Mutter erklärte es ihr:

»Ihr Ungeheuer von Bruder stellt ihr nach. Die Cheikhs haben ihm den Geist verdunkelt. Er spricht nur noch von Verboten und Freveleien. In Wirklichkeit ist er neidisch auf ihren Erfolg, während er immer nur scheitert. Neidisch auf ihre Ausbildung, ihre Stellung, ihren Gehaltszettel. Und deshalb schlägt er sie. Sobald ihre Wunden sich zu schließen beginnen, sorgt er dafür, daß sie wieder aufplatzen. Das ist seine Art, ihr nachzustellen, sie davon abzuhalten, mit den Männern zu ›flirten‹.«

Madame Raïs wandte sich an Hanane:

»Das also wäre dein Problem?«

»Ihr Alptraum.«

»Bist du nicht ein bißchen zu wehleidig, meine Liebe? Willst du uns wirklich weismachen, daß du heute noch, in deinem Alter, derart behelligt wirst …?«

»Er hat geschworen, mich abzuschlachten!« brach es aus Hanane heraus.

»Na und? Das sagen sie doch alle. Wir sind aber kein Schlachtvieh, falls du das noch nicht weißt.«

»Er ist brutal. Er ist zu allem fähig.«

Madame Raïs hob ihr verletztes Kinn an:

»Unsinn! Ich habe da auch durchgemußt, wie alle Frauen. Ich habe unter den Ohrfeigen eines Mannes geschwankt, bin unter seinen Vorwürfen in die Knie gegangen, habe gezittert, ohne zu wissen warum. Es kam vor, daß ich wegen winziger Verfehlungen die ganze Nacht nicht schlafen konnte. Aber irgendwann habe ich reagiert. Ich habe begriffen, daß ich selbst für mich verantwortlich bin. Resultat: Heute bin ich frei! Was ich besitze, verdanke ich niemandem als mir selbst. Ich hab mir meinen Weg gesucht. Ich gehe dahin, wo *ich* hingehen will, mit erhobenem Haupt. Und ich habe den Mann geheiratet, den ich liebe. Die Zeiten, da die Frauen nur Arbeitstiere waren, sind vorbei. Das können sie mit uns nicht mehr machen. Nein, es reicht ...!«

»Man merkt, daß du Nabil nicht kennst.«

»Nabil, Antar, Ayatollah oder Blaubart – sind doch alle gleich. Wach auf, Mädchen. Wir leben im Zeitalter des Computers, des Scanners und der künstlichen Intelligenz. Weltraumsonden loten das Universum aus. Und du, du erduldest noch immer den Schwachsinn eines Übergeschnappten. Du bist eine höhere Angestellte, verflixt noch mal! Du hast dir Achtung verdient. Du hast deine Fähigkeiten unter Beweis gestellt, du bist doch schon frei! Das trifft sich übrigens gut. Am Donnerstag organisiert die Frauenvereinigung eine Demo gegen Machismus und islamistische Ausschreitungen. Komm mit uns. Wir werden der Gesellschaft unseren Überdruß ins Gesicht schreien.«

»Du bist ja verrückt.«

»Nein, ich bin nur eine Frau, die ihre Fesseln gesprengt hat. Ich habe einfach ›Stop!‹ gesagt. ›Ich will ich sein, mich nicht für meine Rundungen schämen müssen, mich so akzeptieren dürfen, wie ich bin: ein Mensch mit allem Drum und Dran oder, um im Bild zu bleiben, mit einem Herzen, mit jeder Menge Ehrgeiz und tausenderlei Launen und Lüsten.«

Hanane kauerte sich noch mehr zusammen.

Ihre Mutter verließ unzufrieden grummelnd den Raum.

»Geh!« Hanane schluchzte auf.

»Kommt nicht in Frage.«

»Doch, du wirst jetzt gehen. Und zwar sofort. Du weißt ja nicht, wovon du redest. Du hast eben Glück gehabt, ich nicht. Ich habe die Arme auch nicht in den Schoß gelegt. Aber ich hatte eben nie Glück ...«

»Das ist Defätismus, meine Liebe. Das versuchen sie dir einzureden. Feil dir die Fingernägel, fahr deine Krallen aus und zerkratz ihnen das Gesicht. Du mußt beißen, stoßen, schreien. Und wenn ihre Arme stärker sind und ihre Hiebe heimtückischer, dann kämpf mit deinem Herzen. Erinnere dich daran, wie oft du schon den Rücken gebeugt hast, wie oft du verunglimpft wurdest, was deine zarten Hände im Spülwasser alles aushalten mußten, deine Ohren unter dem Ansturm ihrer Beleidigungen. Du bist eine Frau, Hanane. Weißt du eigentlich, was das heißt, eine Frau zu sein? Du bist alles: Geliebte, Schwester, Vertraute, du bist die Wärme der Erde, die Mutter – hast du das vergessen? Die Mutter, die den Mann in ihrem Bauch getragen, ihn unter Schmerzen geboren hat, ihm mit ihrer Milch Zärtlichkeit und Vertrauen eingeflößt hat, ihn bei seinen ersten stammelnden Lauten, seinen ersten stockenden Schritten begleitet hat ... du, die unendliche Mutter, das erste Lächeln, das erste Wort, die erste Liebe des Mannes.«

Nabil war außer sich. Sein Atem ging pfeifend. Der Blick, den er Ikrame zuwarf, die sprachlos in der Diele stand, hatte nichts Menschliches mehr.

»Wo ist sie?« brüllte er und packte die Mutter beim Arm.

»Verflucht sei der Tag, da du auf die Welt gekommen bist, du Unglückseliger! Wie kannst du es wagen, deine Hand gegen die eigene Mutter zu erheben?«

Nabil stieß sie zurück. Seine Kiefer knirschten haßerfüllt, als er Hananes zerknüllten Hijab in einer Ecke liegen sah.

»Sie ist auf der Frauendemo. Das wird's sein. Ich bin sicher, daß sie sich mit diesen schamlosen Dirnen herumtreibt.«

Am ausweichenden Blick seiner Mutter erkannte er, daß er sich nicht getäuscht hatte. Er heulte laut auf und stürzte nach draußen. Die Kinder, die auf dem Gehweg spielten, wichen vor ihm zurück. Wutschnaubend hielt er nach dem Wagen eines Freundes oder einem Taxi Ausschau, rief schließlich einen jungen Motorradfahrer herbei, stieg hinter ihm auf und befahl ihm, ihn zur Place des Martyrs zu bringen.

Rund hundert Frauen standen mit Spruchbändern in Grüppchen auf der Esplanade, unter dem ironischen Blick der Gaffer. Nabil stürzte auf die Menge zu, boxte sich verbissen durch, während hinter seinen Schläfen eine Stimme gellte: Diese Teufelin! Mißachtet deine Befehle! Dieses Flittchen widersetzt sich deiner Autorität ... Wie ein Eisbrecher pflügte er sich durch die Menge der Frauen, suchte und suchte. Eine Weile stellte er sich vor, wie er dieses Pack – diese Hexen, diese Huren ...! – mit dem Flammenwerfer ausbrennen würde. Er rannte eine Dame um, stieß mit einer Krankenschwester zusammen, Panik kam auf. Am Rand einer Gruppe von Demonstrantinnen erblicke er sie schließlich. Da stand Hanane, in diesem eng anliegenden Rock, den er nicht ausstehen konnte. Sie sah ihn an, wie er auf sie zukam ... näher kam ... Er faßte mit der Hand in den Ausschnitt seines Kamis. Seine Faust schloß sich um ein Messer ... diese Nutte, diese Nutte ...

er stieß einmal zu, unter der Brust, da, wo ihre verderbte Seele saß, dann in die Seite, und noch einmal in den Bauch ...

Der Tag erlosch. Hanane spürte es nicht. Schon irrte sie durch einen nebligen Strudel, eisig und ohne Widerhall. Eine Stimme rief nach ihr. War es ein Verführer? War sie es, die mit sich selber sprach? Das hatte nun keine Bedeutung mehr. Der Platz versank in einem Strom aus Finsternis. Hanane ging unter wie ein Stein in der Flut. Sie starb ... Sie starb? Aber hatte sie denn schon gelebt, hatte sie je den Mund eines Geliebten geküßt, war sie je unter einer Liebkosung erbebt? In einem letzten Aufbäumen wandte sie sich nach dem Gestern um, das so unfaßbar war wie ein Trugbild. Verfluchtes Gestern: die Schule, die Universität, alles umsonst. Selbst der Harnisch ihrer Diplome hatte die mörderische Bruderklinge nicht aufhalten können ...

Eine junge Frau war erloschen wie eine Kerze in einem Totengemach, erloschen, wie der Tag erlischt, zu der Stunde, da die Sonne vor den Toren der Nacht gekreuzigt wird.

9

Hananes Tod hatte mir einen Schock versetzt. Es war, als hätte sie mir erst lange den Mund wässrig gemacht, nur um mich dann doch abblitzen zu lassen. Aber trauern, nein trauern tat ich nicht um sie. Wozu auch? Für mich war es nur ein Wunsch mehr, der nie in Erfüllung gehen würde. Ich begann mich langsam daran zu gewöhnen.

Ich war wütend, ich war traurig, vor allem, wenn ich mir vorstellte, welche Macht das Absurde auf die Gemüter ausübte, aber ich erinnere mich nicht, jemals Haß auf Nabil empfunden zu haben. Das war er, so schien mir, gar nicht wert. Seine Tat war ein Akt puren Wahnsinns. Er hatte mich ins Fleisch getroffen, aber nicht meinen Verstand berührt. Ich blieb klarsichtig. Ich war inzwischen so weit, daß ich das Drama mit stoischem Gleichmut hinnahm. Abgesehen von der Tragik, daß das Mädchen tot war, das ich zur Gefährtin wollte, war ich überzeugt, daß es sich nicht um ein Zusammentreffen unglücklicher Umstände handelte, sondern um ein göttliches Zeichen, daß der Himmel mich auf die Probe stellte.

Ich ging noch nicht einmal zu ihrer Beerdigung.

Ich blieb zu Hause und betete.

Gewiß, es kam noch vor, daß ich mich gegen das Schicksal auflehnte, das mit seltenem Ingrimm all meine Pläne boykottierte, doch als guter Gläubiger faßte ich mich immer wieder. Es tat mir leid um dieses prächtige, zurückhaltende, stille Mädchen, aber ich untersagte es mir, nach anderen Erklärungen zu suchen, die mich nur in neue Spinnennetze hätten verstricken können. Ich fühlte mich dem nicht gewachsen. Ich war verwundbar geworden durch die vielen Enttäuschungen, die meine Träume zerstört hatten. Ich hielt mich für so verletzlich wie eine Mücke in Reichweite eines Chamäleons, also mußte ich mich um jeden Preis wieder in den Griff bekommen. Als erstes gab ich den Gedanken an die Zweizimmerwohnung in Souk El-Djemâa auf, dann, nach reiflicher Überlegung, entschloß ich mich, vorerst nicht zu heiraten, jedenfalls nicht, solange nicht abzusehen war, wie verheerend die Sturzflut sein würde, die da allem Anschein nach auf das Land zukam.

Nachdem sie Nabil verhaftet hatten, entfiel für mich jede Notwendigkeit, mich weiter mit den militanten Islamisten zu treffen und so zu tun, als ob ich mich für die Lehren der Cheikhs interessierte. Wenn ich mit meinem Gebet fertig war, war ich der erste, der die Moschee verließ. Dann lief ich ziellos durchs Viertel, mit hängendem Kopf, die Hände im Rücken verschränkt. Ich langweilte mich.

Es war aussichtslos, in der Kasbah jemanden zu finden, der einen trösten konnte und nicht gleichzeitig zu indoktrinieren versuchte. Man mißbrauchte die Stimmungsschwankungen der »verirrten Seelen« und nutzte ihre Wankelmütigkeit aus, um sie für die Bewegung einzuspannen. Es war eine Zeit, in der sich jeder zum Guru berufen fühlte. Junge Imame schmiedeten die Gemüter der Menschen nach ihrer Fasson, überall waren sie zugange, in Cafés und Schulen, Krankenstationen und Treppenhäusern, sie spürten die leiseste Verbitterung auf, schmuggelten sich in die Gewissen ein. Unmöglich, seinen Kummer einfach nur auszusprechen. Ein Wort des Unbehagens, und schon umzingelten die Jünger dich mit ihrer Sympathie, um dich dann geradewegs den Heilsbringern in die Arme zu treiben. Es gab kein Privatleben und keine Eskapaden mehr. Man mochte seine Fensterläden schließen, sich in sein Zimmer zurückziehen, man war nie sicher vor ihnen. Das Leben wurde unerträglich.

Um mich abzulenken, besuchte ich manchmal Dahmane, der im Stadtzentrum wohnte. Dort äußerte sich der islamistische Furor in etwas abgemilderter Form, obwohl die Kamishemden auch hier das Straßenbild prägten. Die Leute gingen ihren Alltagsgeschäften nach, die Schaufenster leuchteten hell wie eh und je, und auf den Café-Terrassen herrschte reger Betrieb. Hier und da waren Witze und mal ein übertrieben lautes Gelächter zu hören, wohl um die Angst und die ungüten Gefühle zu übertönen. Egal! Dahmane brauchte nur seine Tür zu schließen, und schon war er in einer anderen Welt. Seine Wohnung war geräumig und geschmackvoll eingerichtet, mit schönen Bildern, bequemen Sesseln und seidigen Vorhängen. Dahmane fehlte es an nichts. Er wirkte rundum zufrieden. Er hatte ein hübsches Töchterchen und eine aufmerksame Ehefrau, mit einem Lächeln so schimmernd wie der Schnee von Tikjda[*]. Sie nahmen mich freudig bei sich auf und hielten mich oft bis zum Abendessen fest. Nach einer Weile aber merkte ich, daß ich ihnen ihr stilles Glück mit meinem endlosen Gejammer verdarb. Ohne eigentlich zu wissen warum, beklagte ich mich in einem fort. Meine Besuche bei ihnen wurden

[*] Wintersportort in der Kabylei

seltener und hörten irgendwann ganz auf. In Wahrheit neidete ich ihnen ihren Wohlstand und ihr Glück fern aller rachsüchtigen Parolen und blutrünstigen Blicke; ich neidete meinem Freund aus Kindertagen seinen Erfolg, ihm, der mit nichts angefangen und es so weit gebracht hatte, ich beneidete ihn um seine schöne Frau, die zudem noch Psychologiedozentin an der Universität von Algier war, ich mißgönnte beiden ihren unverwüstlichen Frohsinn ... Mein Neid schlug beinahe um in Feindseligkeit, wenn ich nach Hause kam und auf meinen übelgelaunten Vater traf, der wie ein böser Fluch in seiner Ecke hockte und auf die kleinste Gelegenheit lauerte, über uns herzufallen. Ich haßte ihn, ich haßte sein Gebiß, das im Wasserglas vor sich hin moderte, ich haßte seinen Mief eines eingebildeten Kranken. Ich haßte unsere elende Wohnung, in der meine Schwestern erstickten, deren Armut alle Bewerber abstieß, obwohl sie geschickt und anmutig waren. Ich haßte mein Zimmer, das so sehr meiner Seelenverfassung glich, ich haßte die erbärmlichen Mahlzeiten, die meine Mutter aus nichts improvisierte, ich haßte ihr Lächeln, welches um Entschuldigung dafür bat, daß sie uns nichts anderes bieten konnte, ihren traurigen Blick, der mich jedesmal, wenn er auf mir ruhte, ein bißchen tiefer in den Boden drückte ...

Ich konnte nicht mehr.

Draußen war es noch schlimmer. Die Islamisten hielten weiter ihre Versammlungen ab. Sie besetzten Plätze und heilige Stätten, selbst die spärlichen Grünflächen, sie behelligten die Passanten, provozierten die Sicherheitskräfte, fanatisch und aggressiv, mit bohrendem Blick und gesträubtem Bart. Die Straßen wurden für den Verkehr gesperrt. Autofahrer, die das nicht hinnehmen wollten, wurden angepöbelt, manchmal mitsamt ihrem Wagen durchgeschüttelt. Die Milizionäre machten sich einen Spaß daraus. Jeder Vorwand war ihnen recht, ihre Gewalt zu entfesseln. Wehe dem, der sich zu widersetzen wagte. Mädchen ohne Schleier wurden von aufgehetzten kleinen Jungen attackiert. Man bewarf sie mit Steinen, bespritzte sie mit Schmutzwasser oder rief ihnen Anzüglichkeiten nach, die aus ihren Kindermündern wie Gotteslästerung klangen. Auf den bröckelnden Mauern standen Graffiti, die sich wie Kriegserklärungen lasen. Aufrufe zur Mobilmachung wechselten mit Predigten ab, Krawalle mit Einschüchterungen. Zwischen zwei Protestmärschen die eine oder andere Zeitungsnotiz, die uns begreifen ließ, wo wir lebten: die ersten Opfer der Islamisten, eine Prostituierte, ein Betrunkener, ein »dubioses« Etablissement. Nicht genug, um landesweite Trauer auszurufen, aber genug, um Spekulationen zu nähren. Allmählich machte Angst sich breit. Alles viel zu lasch, schimpften die Laizisten. Nur keine Kompromisse, erwiderten die Extremisten. Währenddessen schossen Ableger der FIS aus dem Boden. Die »Hijra wa Takfir«, der radikalste Flügel der Bewegung, erwarb sich eine düstere Reputation. Ihre Schergen zielten auf die benachteiligten Bevölkerungsschichten, warben den Abschaum der Gesellschaft an, beeindruckten durch Übereifer und wilde Entschlossenheit. Überall beschrieb man sie auf die gleiche Weise: niedrige Stirn, rasierter Schädel, ausdrucksloser Blick, ungepflegter Bart, jähzornig und gewalttätig bis zum bitteren Ende. Im Schutz der Dunkelheit trafen sie sich auf unbebautem Gelände oder in den Wäldern, um zu trainieren. Und da ging es zur Sache: Man sprach von Säbeln, Macheten, Kriegsarsenal und Todesschwadronen.

Und plötzlich ging wie ein Fallbeil das Schwert des Da Mokhkess* nieder: Der zivile Ungehorsam wurde für illegal erklärt und Cheikh Abassi Madani und Cheikh Ali Belhadj, die Anführer der Islamisten, ins Gefängnis geworfen. Die Kolosse merkten plötzlich, daß sie auf tönernen Füßen standen. Großes Erstaunen.

Nach dieser Machtprobe des Staates wachte die Kasbah verstört auf, man wußte nicht, welches Lager man nun wählen sollte. Die Moscheen waren verstummt, die Straßen standen unter Schock, und die geprellten Aktivisten irrten rat- und fassungslos durch einen Wattenebel.

Doch mit dem Mut der Verzweiflung, der eine unterdrückte, aber nicht verlorengegebene Sache stets neu belebt, gelang es dem Mejless, sich trotz der Ausschaltung seiner Galionsfiguren noch einmal zu organisieren. Neue Christusköpfe tauchten auf. Schnell zeigte sich, daß in den Zauberlehrlingen mehr steckte als in den alten Muftis. Die islamistischen Zellen in den Stadtteilen öffneten im Nu wieder ihre Büros, holten Megaphone und Archive hervor. Das Engagement war ungebrochen. Man tat alles, um aus den Fehlern von gestern zu lernen. Wählte eine diskretere, einnehmendere Strategie. Flammende Reden, bewußte Provokation, kurz alles, was radikal und übertrieben wirkte und das Volk verschreckte, war fortan tabu. Die Staatsgewalt hatte sich ins Unrecht gesetzt, also wurde sie zum Tyrannen erklärt, von dem sich Heilige wie

---

* (arab.) Wortspiel mit dem Begriff »Integrer Onkel«, eine Art *Big Brother*, der als Urheber allen Unglücks von Algerien gilt.

Völker mit Grausen abkehrten. Künftig würde man das Spiel der Parlamentswahlen konsequent mitspielen und sich hüten, ins Straucheln zu geraten oder der Versuchung von Vergeltungsaktionen nachzugeben, zumal die Meinungsumfragen den Geprügelten höchst gewogen waren.

Da mich ständig irgendwelche Erleuchteten ansprachen, ließ ich mich kaum noch auf den Gassen der Kasbah blikken. Ich schlüpfte gleich morgens in Jeans und Tennisschuhe und machte mich nach Soustara oder in die Rue Larbi Ben M'hidi auf. Mit dem Geld, das ich bei den Rajas verdient hatte, konnte ich mir täglich gegrilltes Fleisch zum Mittagessen und Ausflüge an die Küste erlauben, wo das Leben weiterging, als wäre nichts geschehen. Obwohl die Saison sich dem Ende zuneigte, waren die Strände voll, der Sand verschwand unter Sonnenschirmen, und die Mädchen turnten in Textilien herum, die auf ihrer knusperbraunen Haut kaum zu sehen waren. Ich machte es mir in einem Terrassencafé vor einem Glas Limonade bequem, ließ mich stundenlang von Raï-Klängen berieseln und betrachtete gedankenverloren die tanzenden Lichtreflexe auf dem Wasser.

An einem solchen Tag begegnete ich Mourad Brik. Ich erkannte ihn erst nicht wieder, so sehr war er aufgegangen: Die Augen in seinem speckigen Gesicht versanken geradezu in Fettwülsten. Aber sein Lachen, das wie das Zischen einer Teekanne klang, die man auf dem Brasero vergessen hat, half meinem Gedächtnis gleich wieder auf. Ich hatte mit Mourad Brik zwei Monate lang das Zimmer geteilt, während der Dreharbeiten zu »Les Enfants de l'aube«, in einem schäbigen Hotel am Stadtrand. Da war er noch klapperdürr, abgerissen und ausgehungert und schnorrte permanent Zigaretten bei den Mitarbeitern vom Film. Wir waren beide jung und ambitioniert, fasziniert vom Rampenlicht und felsenfest davon überzeugt, daß wir demnächst über den roten Teppich von Cannes marschieren würden. In dem Film spielte er einen muffigen Typen, den ich auf die rechte Bahn bringen will und der sich am Ende, mit Rauschgift vollgepumpt und vom Leben enttäuscht, pathetisch vor eine Lokomotive wirft, damit große und kleine Zuschauer für alle Zeiten begreifen, wohin Müßiggang und schlechter Einfluß einen bringen können. Das Publikum hatte positiv reagiert und die Presse, überzeugt, daß das die beste Methode zur Erziehung der Jugend sei, ihm sogar einen kurzen Artikel an zentraler Stelle gewidmet – während ich nicht einmal erwähnt wurde. Später dann, als ich im Umkreis vom »Lebanon« Einhörner jagte und meinen Träumen hinterherlief, grabschte Mourad Brik sich sämtliche kleinen Rollen, die die Drehbücher noch ganz am Rande zu bieten hatten. Man sah ihn in einer öden Fernsehserie, dann in einem Theaterstück, dem reinsten Kulissenfeger, zuletzt in einem Spielfilm, der halbwegs erfolgreich war und ihm zu meinem großen Kummer auf einem afrikanischen Filmfestival einen Preis eintrug.

Ich hatte ihn völlig aus den Augen verloren.

Nach den üblichen Begrüßungsküßchen ließ er sich auf einen Stuhl fallen und schlug sich mit der flachen Hand auf sein Lockentoupet. Das Tropenhemd spannte sich über seinem Bauch. Er bestellte Eiscreme und begann mich auszufragen, was aus mir geworden sei. Erst, als er alles aus mir herausgequetscht hatte, geruhte er von sich zu erzählen.

»Ich gehe im Dezember nach Paris, auf Nimmerwiedersehen. Freunde von mir haben das Französische Kulturzentrum kontaktiert, und ich habe ein Stipendium in Aussicht. Ich werde ein Praktikum an einem richtigen Theater machen.«

Um seine Aussage zu unterstreichen, schob er mir ein Taschenbuch hin: der »Cid« von Corneille.

»Abends stelle ich mich in meinem Zimmer vor den Spiegel und deklamiere. Eindrucksvoll, sage ich dir. Aber ich denke, dieses Stipendium und das Praktikum sind reine Formsache. Ich werde mir schnell jede Menge Kontakte in der Szene aufbauen, und in weniger als einem Jahr zieh ich das große Los. Wozu soll es sonst gut sein, daß man sich Nacht für Nacht vor dem Spiegel die Seele aus dem Leib brüllt, bis die Nachbarn an die Wand trommeln. Der Preis, den ich in Ouagadougou bekommen habe, wird mir eine Menge Türen öffnen. Wird geil sein: Galas, Abendgesellschaften, Pressekonferenzen, Fernsehinterviews, Kohle und Mädels en masse. Ich werde in Nullkommanichts die verlorene Zeit wieder drin haben, das kannst du mir glauben. Weißt du, daß Simone Fleuret mir geschrieben hat?«

»Woher sollte ich das wissen?«

»Wetten, du weißt noch nicht mal, wer das ist, Simone Fleuret. Eine der ganz Großen beim Casting. Ihr Büro ist größer als eine Gemeindebibliothek. Der Weg zum Ruhm führt da durch. Na, und jetzt stell dir mal vor, daß die mir geschrieben hat. Von sich aus. Das sagt doch alles. Höchstwahrscheinlich muß ich noch nicht mal dieses Praktikum machen, weil sie schon längst andere Pläne mit mir hat. Es gibt kein Halten mehr, Nafa. Ich werde nie mehr einen Fuß in dieses beschissene Land setzen, wo sogar die Blumen stinken.«

Er war ganz aufgeregt, wie in Trance. Seine Hände wedelten durch die Luft. Die Eiscreme, die der Kellner ihm gebracht hatte, tropfte über den Rand und bildete bereits eine kleine milchige Pfütze auf dem Tisch. Mourad achtete nicht darauf. Er erschlug mich mit seinem Gelächter, seinen Ausrufen, und piekste mich jedesmal mit dem ausgestreckten Finger, wenn meine Aufmerksamkeit nachzulassen schien.

»Meinst du, es gibt eine Chance, daß sich das Französische Kulturzentrum auch für mich interessiert?«

Fast hätte er sich an seiner Zunge verschluckt.

Er setzte ein ausweichendes Gesicht auf. »Ist meiner Meinung nach ein wenig spät.«

»Wieso?«

»Na, die Einschreibefristen sind vorbei.«

»Ich will trotzdem mein Glück versuchen.«

Er grinste skeptisch und zog den Hals ein.

»Ich will dich nicht enttäuschen.«

»Das Risiko gehe ich ein.«

»Ich warne dich, das wird kein Zuckerschlecken.«

»Ich werde dir ewig dankbar sein«, bekniete ich ihn.

»Es hängt ja nicht von mir ab ... Du hast nur einen Film gedreht, Nafa. Hast du überhaupt ein *press-book*? Für mich war es alles andere als leicht, trotz Pressedossier und afrikanischem Filmpreis. Ich mußte jede Menge Freunde aktivieren, Schmiergelder zahlen ...«

»Aktivier sie noch einmal. Stell dir bloß vor, wir beide in Paris, einer könnte dem anderen unter die Arme greifen.«

Endlich tauchte Mourad seinen Löffel in die halbgeschmolzene Eiskugel. Er ließ sich Zeit, kratzte mit dem Löffel den Becher sauber, leckte sich die Lippen und dachte nach.

»Ehrlich, du überrumpelst mich. Ich hätte nicht gedacht, daß du mich zwingen würdest, total auszupacken. Meine Qualifikationen als Schauspieler haben nicht gereicht. Um das Stipendium zu erhalten, mußte ich selber erst einmal mächtig vorschießen.«

»Wieviel?«

Er schob den Eisbecher zurück und faltete die Hände über seinem Wanst. Sein unangenehmer Blick hielt mich auf Distanz. Er musterte mich schweigend, dann schüttelte er betrübt den Kopf:

»Vergiß es, Nafa. Das ist nichts für dich.«

»Ich habe nicht die Absicht, hier noch eine Minute länger vor mich hin zu modern.«

»Du willst es wirklich versuchen?«

»Unbedingt.«

Meine Entschlossenheit schien ihn mit Sorge zu erfüllen. Er suchte den Himmel nach einer Ausrede ab, fand keine. Seine Wangen zuckten.

»Eine Kleinigkeit wäre vorab zu klären, Nafa. Ich hasse jede Art von Kuhhandel. Und ich verbiete dir zu denken, daß ich ein Entgelt welcher Art auch immer von dir erwarte. Ich bin Künstler. Dubiose Geschäfte sind nicht mein Ding. Es ist mir wichtig, daß du das nicht vergißt. Es geht um meine Würde. Daran liegt mir was.«

»Ist mir ganz gleich. Alles, was ich will, ist ein Visum ins Glück. Also, wieviel?«

»Zwanzigtausend Dinar cash. Und dreitausend Francs beim Einchecken.« Knallhart platzte es aus ihm heraus.

Ich zögerte nicht den Bruchteil einer Sekunde. Ich hatte genug Geld bei den Rajas angesammelt, um mir zwei, drei solcher Operationen leisten zu können. Plötzlich merkte ich, daß ich meine Jugendträume noch nicht ganz begraben hatte, daß das Bild, das Mourad mir an diesem Tag im Schatten eines ausgeblichenen Sonnenschirms in den schönsten Farben malte, mich wieder »zum Leben erweckte«. Ich sah mich schon die Pariser Filmstudios abklappern, mit einem Drehbuch unterm Arm und Augen, die größer als jede Leinwand waren, fern von meiner Kasbah, fern vom Mief meiner Einsamkeit, fern von den Abgründen der Untätigkeit. Paris ergriff von meinem Geist Besitz. Und sofort war mir klar, sollte ich auch auf diese großartige Chance wieder verzichten müssen, wäre es besser, ich würde gleich abkratzen. Von diesem Tag an war ich nur noch von einem Gedanken beseelt: Nichts wie weg! In ein Flugzeug springen und endlich aus eigener Kraft fliegen!

Nachdem die finanzielle Seite geklärt war, bat mich Mourad, ihm bis zum Wochenende das komplette Dossier zusammenzustellen: eine handgeschriebene Bewerbung an die Adresse des Herrn Direktors des Französischen Kulturzentrums, dazu den Lebenslauf, das Gesuch um ein Visum, den Paß und die üblichen Dokumente: Geburtsurkunde, zwölf Paßfotos, Meldenachweis und so fort.

Zuletzt verabredete er sich mit mir im »Hammamet«, einem Nobelrestaurant, in das ich mich selbst zu Zeiten der Rajas nicht ohne Begleitung hineingewagt hätte.

Als ich ankam, hatte Mourad schon sein Essen bestellt und war bereits beim Hauptgang. Er wischte sich die Mundwinkel mit der Spitze seiner Serviette ab und lud mich ein, ihm gegenüber Platz zu nehmen. Ich reichte ihm den Umschlag mit den gewünschten Dokumenten. Er begnügte sich damit, das Geld durchzuzählen, und aß dann weiter.

»Bestell dir doch was.«

»Nein, danke.«

»Der Lammbraten mit Champignons ist eine Delikatesse.«

»Ich habe keinen Hunger. Seit neulich habe ich gar keinen Appetit mehr. Ich schlafe kaum und denke nur noch an das Stipendium.«

»Es wird hart werden, aber wir werden es kriegen, dieses verteufelte Stipendium«, beruhigte er mich. »Ich habe schon Kontakt zu einem Typen aufgenommen, der großen Einfluß im Französischen Kulturzentrum hat.«

Er aß für vier, schlang sein Dessert hinunter und warf dann einen Blick auf die Uhr.

»Ich bin spät dran«, sagte er und stand auf.

»Wann sehen wir uns wieder?«

»Du hörst von mir.«

»Du weißt doch gar nicht, wo ich wohne.«

»Ich kann mich ja erkundigen.«

»Ist mir lieber, wenn du dir gleich meine Telefonnummer notierst.«

Er machte sich die Mühe, sich noch einmal hinzusetzen, und kritzelte mit verärgerter Hand meine Nummer auf den Umschlag, den ich ihm überreicht hatte.

»Wird es lange dauern?«

»Nafa, lieber Freund, wir wollen nichts überstürzen. Das Praktikum ist ja erst im Dezember. Wir haben noch zwei volle Monate vor uns.«

»Gibt es denn keine Adresse, wo ich dich erreichen könnte?«

»Immer locker, kho. Das ist jetzt nicht mehr dein Problem. Sobald es was Neues gibt, ruf ich dich an.«

Er drückte mir die Hand und war weg. Die unbezahlte Rechnung überließ er mir.

10

»Jetzt reicht's!« rebellierte Vater Walid. »Wir sind doch keine Telefonzentrale! ›Hat Mourad angerufen? Hat Mourad angerufen?‹ – Kein Mensch hat angerufen. Willst du uns alle noch verrückt machen? Von früh bis spät dasselbe Lied. Wir haben noch anderes zu tun. Ich werde‹, und er faßte nach dem Kabel, ›ich werde ihn dir noch mal in Stücke schlagen, deinen vermaledeiten Apparat!«

Nafa packte ihn am Arm und drängte ihn gegen die Wand. Sein Griff war derart brutal, daß der Alte fast seine Knochen knacken hörte. Er konnte die Beine nicht mehr bewegen, verzog den Mund vor Schmerz und blickte Nafa empört an. Doch der ließ nicht locker. Mit hochrotem, haßverzerrtem Gesicht knurrte er ihn an:

»Vergreif dich nie wieder am Telefon …«

Der Vater schaute ungläubig auf die Hand, die seinen Arm zerquetschte. Schlagartig wurde ihm die Ungeheuerlichkeit des Vorgangs bewußt. Er nahm seine schwindenden Kräfte zusammen und richtete sich unter einer Flut von Verwünschungen auf:

»Du dreckiger Bastard, du denkst, du kannst mich einschüchtern! Du Miststück, du üble Saat! Wagst es, die Hand gegen mich zu erheben, du, der du weiter nichts als meine Pisse bist! Ich bin alt, aber nicht am Ende. Von dir lasse ich mich nicht herumkommandieren, noch dazu unter meinem eigenen Dach, du Rotznase. Du glaubst, du bist erwachsen? Man braucht eine Lupe, um dich zu sehen, du Hundesohn. Ich verfluche dich!«

Da erst wurde Nafa die Unerhörtheit seiner Geste bewußt. Er ließ seinen Vater los, trat zurück. Er begriff nicht, wie es so weit hatte kommen können.

Der Vater unterließ es, seinen malträtierten Arm zu massieren. Für ihn waren tausendjährige Tabus eingestürzt. War das der Vorbote der Apokalypse? Seit Jahrhunderten hieß es in der Überlieferung, daß am Tag, da der Sohn die Hand gegen seinen Erzeuger erheben würde, die letzte Abrechnung bevorstünde. Feuerrot im Gesicht, spuckte er einmal aus und wankte zu seiner Strohmatte hin, wobei er sich wünschte, noch ehe er sie erreichte, tot umzufallen.

Die fünf Töchter standen erstarrt in einer Ecke und hatten die Köpfe in den Händen vergraben. Die kleine Nora blickte entrüstet ihren Bruder an. Das Gesicht von Mutter Walid war quittegelb. Sie wollte nicht glauben, was sie da gerade in ihren eigenen vier Wänden mit angesehen hatte.

»Mit allem habe ich gerechnet«, sagte sie mit brüchiger Stimme, »aber nicht damit.«

Nafa kreiselte einmal um sich selbst, torkelte gegen die Wand, brüllte wie ein wildes Tier und rannte auf die Straße hinaus.

Die Mutter schickte die Töchter in ihr Zimmer zurück, murmelte ein Gebet und ging zum Vater hin, der gekränkt auf seiner Matte lag.

»Bleib, wo du bist!« schrie er sie an. »Du bist keinen Deut besser als er. Eine ehrbare Mutter bringt nicht so einen Schurken auf die Welt. Jetzt wird mir klar, daß du mich immer nur belogen hast!«

Nafa spürte, wie er langsam durchdrehte. Schon Ende Dezember, und noch immer kein Zeichen von Mourad Brik. Kaum klingelte das Telefon, sprang er auf, doch nie war die Stimme des Schauspielers dran, und wütend knallte er den Hörer wieder auf die Gabel. Seine Schwestern fürchteten sich jedesmal vor seiner Rückkehr. Wenn niemand für ihn angerufen hatte, wurde er ausfällig und manchmal richtig grob. Inzwischen flüchteten sie auf ihr Zimmer, sobald sie seine Schritte im Treppenhaus hörten.

Nafa verbrachte den Großteil seiner Zeit damit, per Taxi und Bus die ganze Stadt nach ehemaligen Statisten abzuklappern, die ihm helfen könnten, Mourad Brik ausfindig zu machen. Ihre Ahnungslosigkeit gab ihm jedesmal einen Stich. Immer wieder kehrte er ins »Hammamet« zurück, hielt mehrfach am Flughafen Ausschau, doch Mourad hatte sich in Luft aufgelöst. Wenn er abends frustriert nach Hause kam, fluchte er bis zum frühen Morgen vor sich hin. Er war abgemagert und heruntergekommen. Mit seinem ungepflegten Bart und seinem starren Blick wirkte er wie geistesgestört. Je länger Mourad sich nicht meldete, um so heftiger träumte er davon, fortzugehen. Paris wurde zu einer fixen Idee für ihn, löschte alles andere in ihm aus.

Als die Regierung den zweiten Wahlgang abbrach, war er gerade im Büro des Französischen Kulturzentrums.

Die Sekretärin breitete bedauernd die Arme aus:

»Wir haben keinen Mourad Brik unter unseren Stipendiaten, tut mir leid.«

»Das kann nicht sein.«

»Wir haben alles durchgesehen. Unsere Kartei ist komplett.«

Nafa unterdrückte einen Fluch.

Und er geisterte weiter wie ein Phantom durch die Stadt.

Er nahm weder die Menschen um sich herum wahr, die es alle seltsam eilig hatten, noch die Panzer, die über Nacht in den Straßen Stellung bezogen hatten ...

Es würde keinen zweiten Wahlgang mehr geben.

Die Parlamentswahlen wurden annuliert und die Versammlungen der Islamisten mit Razzien, Hausdurchsuchungen, Massenverhaftungen beantwortet, kurz, es war der Beginn einer regelrechten Hexenjagd.

Algerien stürzte Hals über Kopf in sein Verderben.

Die Islamistentumulte gingen im Geheul der Sirenen unter. Die Einsatzfahrzeuge der Polizei brachen ins Hoheitsgebiet der Gurus ein, entweihten ihre Kultstätten. Türen wurden gewaltsam eingeschlagen. Ganze Familien wurden zu unvorstellbaren Zeiten aus dem Schlaf gerissen und brachen in Panik aus. Frauenhände versuchten, einen Bruder, einen Vater, einen Schwager zu retten. Nichts half. Handschellen waren die Antwort auf ihr Flehen. Die Cheikhs versprachen zurückzukehren und die erlittene Schmach auf die eine oder andere Weise zu rächen. Manche gingen mit erhobenem Haupt von den Ihren, strahlend und fest überzeugt, daß die Zukunft ihnen recht geben würde, daß die Willkür der Staatsgewalt ihnen bald schon die Menschen in die Arme treiben und sie in ihrem Anliegen nur bestärken würde. Andere klammerten sich an ihren Eltern fest, schworen, sich den Bart komplett abzurasieren, so gründlich, daß kein Haar mehr nachwachsen würde.

Die Gummiknüppel brachten die einen wie die anderen von ihren Vorhaben ab.
Die Gefängniswagen verschwanden in der Nacht.

Rachid Derrag stand hinter einer Fenstertür und beobachtete, wie die CRS jugendliche Banden durch die Straßen des Viertels hetzten. Überall brannten Autoreifen. Schwärzliche Rauchschwaden hüllten die Gebäude ein. Das Echo der Salven hallte von den Mauern wider, vermengte sich mit dem allgemeinen Lärm wie die Schreie einer rasenden Hydra. Demonstranten warfen sich auf Tränengasgranaten, ehe diese ihre Wirkung entfalten konnten, kehrten sie gegen die Polizisten oder versenkten sie in Wassereimern. Eisenstangen knallten auf Fahrzeuge nieder, ließen Scheiben splittern, demolierten Autobleche. Gauner schlugen Schaufensterscheiben ein und plünderten die Läden aus.

Ein Polizeitrupp, der den Platz stürmen wollte, zog sich unter einem Bombardement von Steinen rasch zurück. Am Kopf getroffen, brach ein Polizist am Fuß einer Straßenlaterne zusammen. Zwei Bärtige fielen über ihn her, nahmen ihm seine Waffe ab und tauchten im allgemeinen Wirrwarr unter.

Ein Sicherheitsfahrzeug mit gesplitterter Windschutzscheibe und zerstochenen Reifen bog zaghaft um eine Ecke und wurde auf der Stelle von einem Molotowcocktail begrüßt. Im Nu griff das Feuer auf das Fahrzeug über, aus dem schreiend eine menschliche Fackel sprang. Polizisten eilten dem Mann zu Hilfe, dem Bombardement feindlicher Geschosse trotzend.

Von hinten rollte zur Unterstützung ein Militärkonvoi

heran, worauf sich die Menge in die höher gelegenen Teile des Viertels zurückzog.

Aufs neue prasselten Schüsse aus den Maschinenpistolen, erst vereinzelt, dann pausenlos ...

»Wie furchtbar«, seufzte der Regisseur und zog seine Hände aus den Hosentaschen.

Nafa Walid knetete nervös seine Finger und betrachtete den Schrank dicht vor ihm. Rachid Derrags Büro war sehr klein, eine muffige Abstellkammer voller Metallschubladen; zwei rissige Kunstledersessel standen darin, ein Tisch voller Kerben und Regale, auf denen sich alte Schwarten mit stockfleckigen Blättern türmten. Auf dem staubigen Parkett war jeder Schuhabdruck zu sehen. An der Wand vergilbte ein Filmplakat der »Chroniques des années de braise«. Stellenweise war der Plakattext unleserlich, und jemand hatte dem Gesicht in Nahaufnahme mit dickem Filzstift Satanshörner aufgemalt.

Rachid war in den siebziger Jahren aus einem Nest in der Sahararegion Tadémaït aufgebrochen, um in Algiers Vorstadtvierteln Jugendträume wahr werden zu lassen. In einem Open-Air-Kino sah er eines Tages »Die Zehn Gebote«, was eine unerwartete, aber unwiderstehliche Berufung in ihm auslöste. Er hatte ein paar Dokumentarfilme für das Fernsehen gedreht, ehe er an die Filmakademie nach Moskau ging. Er war der Beste seines Jahrgangs gewesen, doch als er nach Algerien zurückkam, blieb ihm nichts weiter übrig, als Däumchen zu drehen. Die Budgets, die ihm bewilligt wurden, waren lachhaft gering, so daß er gerade mal zwei, drei Filme über das Unbehagen der algerischen Jugend drehen konnte, darunter »Les Enfants de l'aube«, in dem Nafa Walid mitspielte. Wie andere Regisseure hatte er zu warten gelernt, bis die Entscheidungsträger des Regimes zu pfeifen beliebten. Obwohl er nie über Mittel verfügt hatte, die seiner Begabung entsprochen hätten, konnte Rachid sich zum Trost sagen, daß er viele junge Talente entdeckt hatte. Einigen unter ihnen war es sogar gelungen, die Prüfungen des Metiers zu überstehen und den dornigen Pfad des Ruhms nach Frankreich zu gehen. Sie waren nie zurückgekommen, um von ihren abenteuerlichen Erfahrungen zu berichten. Andere, die weniger Glück hatten, verfielen dem Rauschgift oder dem Alkohol und waren so tief gesunken, daß er sie selbst mit einem Taucheranzug kaum mehr erreicht hätte.

Rachid Derrag ließ sich hinter seinen Schreibtisch fallen, griff nach einer leeren Zigarettenschachtel, warf sie über seine Schulter nach hinten, stützte die Ellbogen auf die Schreibunterlage und drückte die Daumen gegen seine Schläfen. Unter seinem schütteren langen Haar schien deutlich die Glatze durch. Er war gealtert und sah ähnlich heruntergekommen aus wie sein einziger Anzug, ja, er war geradezu ein sprechendes Beispiel für den Niedergang einer ganzen Künstlergeneration: verarmt und gefügig geworden.

»Das gefällt mir nicht«, sagte er, »es gefällt mir ganz und gar nicht.«

Er sprach von den Ereignissen auf der Straße.

Nafa hatte andere Sorgen. »Sie müßten doch seine Anschrift in Ihren Archiven haben.«

»Wessen Anschrift?«

»Die von Mourad Brik. Wie sollten Sie ihn denn sonst erreichen können?«

Dem Regisseur fiel wieder ein, wovon die Rede war. Er machte »ah ja« und erwiderte:

»Das war gar nicht nötig. Mourad trieb sich jeden Morgen hier in der Nähe herum. Sobald mir jemand ein Drehbuch in die Hand drückte, stand er schon vor mir, bevor ich noch Zeit hatte, den Titel zu lesen.«

»Wenn er mir nur meinen Paß wiedergibt. Wenn das Geld auch verloren ist, alles halb so schlimm, aber ich muß unbedingt meinen Paß wiederhaben. Ohne Paß bin ich dazu verdammt, hier vor die Hunde zu gehen.«

Rachid Derrag blies die Backen auf.

»Was mir am meisten Kummer macht, ist zu erleben, wie ein Künstler sich um hundertachtzig Grad dreht. Mourad Brik ... ein Betrüger. Ein begabter Schauspieler, der zu solch schäbigen Tricks seine Zuflucht nehmen muß? Ich schäme mich für ihn und für das algerische Kino. Es ist einfach grotesk ...«

»Scheint, daß er noch andere Kollegen übers Ohr gehauen hat.«

»Ich weiß ...«

»Ich muß ihn unbedingt finden. Un-be-dingt!«

»Wie kommst du mir denn?« Dem Regisseur platzte der Kragen. »Willst du mir vielleicht Vorwürfe machen? Oder verwechselst du mich mit einem Detektiv? Algerien ist in Auflösung begriffen, und du nervst mich mit deiner Gaunergeschichte. Du hast dich reinlegen lassen, na und? Das mußt du mit dir selbst ausmachen. Glaubst du, du bist der einzige, der von hier weg will? Wir wollen *alle* die Fliege machen. Was da draußen vor sich geht, hat mit der Sunna nichts mehr zu tun. Sie haben den *raïs**

* (arab.) Staatspräsident

abgesetzt. Panzer drücken die Asphaltdecke ein. Spitzel verfolgen uns bis unters Bett, Sirenengeheul beschert uns schlaflose Nächte. Und du, du platzt bei mir herein, weil so ein Ganove dich übers Ohr gehauen hat, ja wo lebst du denn?! Und du tust so, als seist du der Nabel der Welt ... Wenn du denkst, was da draußen vor sich geht, sei so was wie im Oktober 1988, dann irrst du dich. Wir sind mitten im Krieg. Wir sind erledigt ... Und jetzt geh bitte. Ich muß allein sein.«

Mit zugeschnürter Kehle hatte Nafa sich von Rachid Derrag verabschiedet. Es war noch nicht Mittag, doch er lief durch finstere Nacht.

Zwei Autos brannten in einem Hinterhof, das Feuer leckte an den Ästen eines verstümmelten Baums empor. Die Straße war mit Steinen und Flaschenscherben übersät, mit Schrottstücken und Resten verkohlter Autoreifen. An den vom Rauch geschwärzten Häuserwänden flatterten zerfetzte Wahlplakate wie Geflügel, das in frischen Strohlehm gerät.

Die Menschen verbarrikadierten sich in ihren Häusern, vom Lauf der Ereignisse total überrannt.

Am Ende der Straße flitzte eine Schar Jungs vor ein paar Polizisten davon.

In der Ferne hörte man Schüsse fallen, bald schüchtern, bald vehement. Stellenweise waren die Rauchwolken so dicht, daß sie den Himmel verhüllten und die Häuser in erstickendes Halbdunkel tauchten. Militärlastwagen dröhnten durch die Straßen, walzten die hastig in den Weg gestellten Hindernisse nieder. Krankenwagen jagten unter ohrenbetäubendem Sirenengeheul hintereinander her, kurvten um die Barrikaden herum und verloren sich in den Dunstschwaden des Weltuntergangs.

Auf einem Platz geriet Nafa plötzlich in einen Schwarm Aufständischer hinein, der ihn mit sich fortriß, mitten ins Zentrum der Meuterei hinein. Einer schob ihm eine Eisenstange in die Hand und zeigte ihm eine große Limousine mit weit geöffneten Türen.

»Gehört garantiert so einem Scheißkerl von Bürgersöhnchen. Nur keine Skrupel!«

Sein Blick sprühte Funken, mehr brauchte es nicht. Nafa stürzte auf den Wagen zu und schlug auf ihn ein, als ob Mourad Brik drin säße ... Dann nichts mehr. Nur noch ein langer Tunnel, Gedonner, Getöse, Dunkelheit ...

In einem Polizeiauto kam Nafa wieder zu sich, mit zerrissener Jacke, blutigem Hemd und in Handschellen. Zwei Tage lang sperrte man ihn in einer stinkenden Zelle ein, zusammen mit einem Troß überspannter Vandalen, die unentwegt am Gitter rüttelten und dazu islamistische Parolen grölten. Sie brüllten sich am ersten Tag die Seele aus dem Leib, beteten die ganze erste Nacht hindurch und gerieten erst am zweiten Tag leicht außer Atem. Am Nachmittag holte ein Beamter Nafa heraus. Er schob ihn unsanft in ein Büro, wo ein Inspektor anhand eines Stapels von Personalausweisen, die neben ihm lagen, Listen erstellte.

»Nafa Walid, bist du das?«

»Ja.«

Er legte den Stift hin und schaute ihn an.

»Ein Freund hat mir versichert, daß du nichts mit diesen abgedrehten Böcken zu tun hast. Ich habe mir die Mühe gemacht, ihm zu glauben. Was meinst du, habe ich mich geirrt?«

Er wies auf die Ausgangstür.

»Du bist frei.«

Ehe er ihn endgültig entließ, tippte er mit einem Finger auf das Register.

»Ich warne dich, ab heute steht dein Name da drin. Du bist jetzt in der Kartei, das wird dir ewig anhängen. Mit anderen Worten, du bist nur auf Bewährung frei. Ein falscher Schritt, und ich werde dich mit dem größten Vergnügen eigenhändig wieder einbuchten.«

Nafa Walid packte seine Habseligkeiten zusammen, die auf dem Tresen lagen, und ging.

Der Himmel war bedeckt. Kraftlos sickerte die Sonne durch die Wolken, aber sie drang nicht bis zur Erde vor.

Dahmane stieg aus dem Wagen und stand harmlos lächelnd vor Nafa, eine Hand einladend auf dem Griff.

»Ich habe dich um nichts gebeten!« Nafa war wütend, ihn hier anzutreffen.

»Dein Vater schon. Sein Herz macht nicht mehr lange mit, wenn du weiter den Idioten spielst. Wann kommst du endlich zur Vernunft?«

»Wenn du mich nicht länger am Gängelband hältst.«

»Zeig erst mal, daß du auch allein aufrecht laufen kannst.«

Nafa drohte seinem Freund mit dem Finger:

»Paß auf, was du da sagst. Ich bin groß genug, um allein klarzukommen.«

»Es wäre nicht nötig, dir immer beizuspringen, wenn du besser auf dich aufpassen würdest.«

»Was geht dich das an. Wir sitzen nicht im selben Boot. Du kreuzt auf hoher See, und ich schwimme im Dreck.«

»Und wer ist deiner Meinung nach schuld daran?«

»Das kannst du nicht verstehen, Dahmane. Wir haben nicht denselben Blick auf die Dinge. Du verkehrst in den höchsten Kreisen, du hast eine Luxuswohnung, ein Bankkonto und null Probleme. Ich dagegen ...«

Dahmane spürte, wie sein Herz sich zusammenzog. Er sagte versöhnlich:

»Komm mit. Wir drehen eine Runde.«

Er stieg in den Wagen, lehnte sich über den Beifahrersitz und öffnete die Tür.

Nafa Walid machte auf dem Absatz kehrt und ging davon.

Dahmane brauchte ihm nicht nachzulaufen. Etwas in seinem Innern sagte ihm, daß sein Freund aus Kindertagen unwiderruflich einen anderen Weg eingeschlagen hatte.

11

Das Café »Bahja« war brechend voll. Sein Stimmengewirr überdeckte den Straßenlärm. Jeder kommentierte die Ereignisse auf seine Art, doch man war sich allgemein einig, daß, was passiert war, gerechtfertigt sei.

Da die anderen Stadtteile ihrem angestauten Ärger mit derselben Zerstörungswut Luft machten, war es nicht ratsam, sich dorthin vorzuwagen. Razzien und Deportationen hielten an, und es kam immer öfter zu Aufruhr und Krawallen. Den Leuten in der Kasbah blieb als einziger Zufluchtsort ihr Café.

Zawech kam in beklagenswertem Zustand im »Bahja« an, mit aufgerissenem Kamis, Krückstock unter der Achsel und groteskem, jodbeflecktem Verband um den Kopf, den er stolz wie einen Turban trug.

Zawech übte das Amt des Dorftrottels aus. Nicht, daß er geistesschwach gewesen wäre, aber der Job war vakant und Zawech nicht besonders anspruchsvoll. Mit seinen langen dürren Beinen, seinem gedrungenen Oberkörper, dem gekrümmten Rücken und dem Profil eines Stelzvogels sah er aus wie ein Reiher, daher sein Spitzname: Zawech. Niemand kannte sein Alter. Vielleicht war er vierzig, oder kurz darüber, ganz gleich: Es gab nichts, was ihn vor dem Gespött und den dummen Streichen der Kinder hätte schützen können. In den Reihen der Älteren unerwünscht, fand er bei der Jugend etwas wie menschliche Wärme, die er sich zu bewahren suchte, indem er den Spaßmacher spielte. Seine Kasperrolle ließ ihn zum Paria werden, so daß Familien, die er unter Aufbietung all seines Mutes um die Hand ihrer sitzengebliebenen Tochter bat, sich ernstlich beleidigt fühlten. Aber Zawech hatte es längst aufgegeben, auf Anerkennung zu hoffen, die seine Würde hätte wiederherstellen können. Für die meisten war er nichts als ein großer Scherzbold. Selbst auf dem Sterbebett würde er sie noch zum Lachen bringen. Wissend, daß man ihn niemals ernst nehmen würde, ging Zawech bewußt den Weg des Lächerlichen, um die Scham so gering wie möglich zu halten.

Zawech ließ seine Glubschaugen über die umsitzenden Gestalten rollen und wedelte mit seinem Krückstock, um ihre Aufmerksamkeit auf sich zu lenken.

»Was ist denn jetzt schon wieder los?« rief der Wirt ihm zu. »Ist dir der Himmel auf den Kopf gefallen?«

»Ich weiß nicht. Ich war in der Nähe von El-Harrach unterwegs. Mächtig dicke Luft. Die reinste Intifada. Von überallher kamen Steine angeschwirrt. Wir bewarfen die CRS, und die wehrten sich nach Kräften. Ich jubilierte. Das war was nach meinem Herzen. Ich sauste wie ein Irrwisch durch den Rauch, um nach Steinen zu suchen und sie auf die Bullen zu schmeißen. Und da sehe ich plötzlich zwei sagenhafte Steine, glänzend und blankpoliert wie zwei Opfergaben, direkt an der Straßenecke. Na, was denkt ihr, keine Sekunde habe ich gezögert, bin gleich drauflosgestürzt, um sie einzusammeln ... Tja, stellt euch vor, Jungs, das waren gar keine Steine. Das waren die Latschen von einem Polypen. Und die habe ich auch gleich auf den Dez gekriegt. Vermutlich hast du recht, Wirt. Vielleicht war es wirklich der Himmel, der mir auf den Kopf gefallen ist, denn ich habe einen Haufen Sterne gesehen.«

Vereinzelt klangen Lacher auf, doch sie wurden sofort unterdrückt von der tiefen Stimme eines Rasputin, der am Tresen aufgepflanzt stand.

»Wir sind hier nicht im Zirkus, Zawech!«

»Aber ich erzähl doch nur, was mir passiert ist.«

»Das schert uns jetzt nicht. Wir sind im Krieg, stell dir vor. Deine dummen Witze, die kannst du dir sonstwohin stecken.«

»Genau«, bekräftigte der Wirt, während er die Gläser an seiner schmierigen Schürze abwischte. »Es wird jetzt blutiger Ernst. Ist nicht unsere Schuld. Sie haben uns in die Enge getrieben. Wir können jetzt für nichts mehr garantieren.«

»Wie auch immer, die Würfel sind gefallen«, erklärte Chaouch, der Akademiker, der als örtliche graue Eminenz galt. »Sie wollten uns einschüchtern, aber das hat nicht geklappt. Ihre alberne Kraftprobe ist der beste Beweis, daß sie in Panik geraten sind.«

»Exakt«, hakte der Rasputin ein, »es hat sie aus dem Sattel geworfen, und wir sind die letzten, die ihnen wieder aufhelfen werden. Bald ist es soweit, daß wir sie am Galgen baumeln lassen, und zwar so lange, bis sich ihre Haut ablöst. Dann stopfen wir sie in die Gullys, um die Kanalisation von den Ratten zu befreien.«

Nafa Walid bekam tagaus tagein nichts anderes zu hören. Manchmal führten diese Dispute zu Menschenaufläufen auf der Straße, und die Redner mußten auf die Tische steigen, um den Radau zu übertönen.

Die Kasbah war im Delirium. In ihren Adern brodelte es, in ihrem Geist war Nacht. Die Sonne sandte nicht einen Lichtstrahl herab, wohl wissend, daß nichts die

Zukunft aufheitern könnte, wenn die Kasbah Trauer um ihr Seelenheil trug.

Nafa für sein Teil trauerte um seine Pläne, die er begraben hatte. Das war seine Art, am allgemeinen Kummer seiner Stadt teilzunehmen, Solidarität mit den Seinen zu beweisen. Er hatte es aufgegeben, nach Mourad Brik zu suchen. Der Horizont über dem Meer wühlte sein Innerstes nicht mehr auf. Er hatte sich in sein Los gefügt. Morgens stand er spät auf. Nach der Moschee vertrödelte er den Nachmittag auf einer Café-Terrasse und sah zu, wie die Stunden dahinschlichen.

Zawech schob sich seine Krücke unter den Arm und humpelte demonstrativ auf einen Tisch zu, der einsam und verlassen in unmittelbarer Nähe der Toiletten stand.

»Da wir im Krieg sind, könnte ich vielleicht einen Kaffee gratis haben? Ich komme von einer Schlacht zurück!«

»Nichts kriegst du gratis!« erklärte der Wirt entschieden.

»Ich bin Kriegsversehrter, ich habe Anspruch auf Sonderzuwendungen.«

»Gibt's bei uns nicht.«

»Na schön«, brummelte Zawech, »dann eben nicht. Ich hätte unter den Fußtritten auf meinen Schädel fast das Gedächtnis verloren, aber Gott, der vergißt so schnell nichts.« Dann, an einen Nachbarn gewandt: »Hast du mal 'ne Zigarette für 'nen Helden, mein Freund?«

»Ich bin nicht dein Freund, du elender Krepel!« bekam er von seinem Nebenmann zu hören. »Ich find dich alles andere als witzig.«

Da tauchte Omar Ziri auf dem gegenüberliegenden Gehweg auf. Er machte Nafa ein Zeichen, zu ihm herüberzukommen. Nafa Walid legte ein paar Münzen neben sein Glas und lief zu Omar hinaus, der sogleich den Weg in die Windungen der unteren Kasbah einschlug.

Fernab aller neugierigen Blicke blieben sie unter einer Arkade stehen. Omar Ziri schob einen Finger unter seinen Hemdkragen und verrenkte den Hals, um zu überprüfen, ob sie auch wirklich allein waren. Seine übertriebene Wachsamkeit befremdete Nafa.

»Steckst du in Schwierigkeiten?«

»Ich?« Omar reagierte gereizt: »Gott bewahre. Was bringt dich denn auf solche Gedanken?«

»Nichts. Also, erzähl ...«

»Imam Younes möchte dich sehen. Komm nach dem Icha-Gebet in mein Lokal, da treffen sich alle.«

Nafa sagte zu, aber es ging doch ein leichter Ruck durch seine Brust.

»Darf man wissen, worum es geht?«

»Vertraust du uns nicht?«

»Das hat doch damit nichts zu tun ... Aber ich könnte mich dann schon mal vorbereiten.«

Omar musterte ihn einen Moment mit undurchdringlichem Blick.

»Punkt zwanzig Uhr dreißig bei mir im Lokal.«

»Ich komme bestimmt!«

»Davon gehe ich aus! Und jetzt warte, bis ich etwas weiter weg bin, bevor du von hier fortgehst.«

Imam Younes saß im Schneidersitz auf einem Teppich und meditierte. Er wirkte sehr ernst. Ein schwerer Kummer schien auf seinen Schultern zu lasten. Hinter ihm spulte Omar Ziri seine Gebetskette ab, den Blick am

Boden, das Kinn dicht am Hals, er sah aus, als sei er eingenickt. Hassan, der Afghane, der beim Bombenbasteln in Peshawar einen Arm eingebüßt hatte, ließ als einziger seinen Blick über die fünfzehn Erwerbslosen gleiten, die der Imam zu sich bestellt hatte. Nafa Walid saß in ihrer Mitte, ganz auf die Andacht des Cheikhs konzentriert, um ihn herum die anderen Gläubigen, gleichfalls mit gekreuzten Beinen, die Hände unruhig auf den Knien, begierig zu erfahren, weshalb man sie hatte kommen lassen.

Endlich hob der Imam den Kopf. Sein Blick streifte die Anwesenden flüchtig. Mit eintöniger Stimme, in der bodenlose Erschöpfung schwang, deklamierte er einen Koranvers, dann fragte er:

»Wie geht es deinem Vater, Ali?«

»Gut, Cheikh.«

»Ich habe gehört, daß er diese Woche ins Krankenhaus gekommen ist.«

»Nur für eine Dialyse, Cheikh. Das muß er jetzt regelmäßig machen.«

»Wie unangenehm. Und du, Najib, wie geht es deiner Großmutter?«

»Wie üblich, Cheikh. Sie klammert sich ans Leben, ohne recht daran zu glauben, daß es noch mal was mit ihr wird.«

»Eine wahre Heilige. Ich schließe sie in meine Gebete ein. Und du, Farouk? Man hat mir berichtet, daß deine junge Frau leidend sei.«

»Eine Fehlgeburt, Cheikh. Du weißt ja, wie wir dahinvegetieren, zu zwölft in einem Verschlag. Ich habe keine Arbeit, und die jämmerliche Pension des Alten macht die Sache auch nicht besser ...«

»Ich weiß, du hast mein Mitgefühl.«
Imam Younes seufzte tief. Sein Blick verdüsterte sich, und auf seiner Stirn erschienen tiefe Falten. Er sagte:
»Wir haben euch kommen lassen, weil wir wissen, was ihr zur Zeit durchmacht ... Was ihr nicht wißt, ist, daß ihr euch noch glücklich schätzen könnt, wenn ihr jeden Abend heimkehren dürft. Ihr sitzt bei den Euren am Krankenbett, ihr könnt ihnen beistehen ... Einigen von unseren Brüdern, die uns noch vor wenigen Monaten mit ihrer Anwesenheit stützten, ist das nicht vergönnt: Sie sehnen sich nachts nach den Ihren, sie sorgen sich noch im Schlaf um sie, dort, wo sie im Augenblick sind, irgendwo in der Wüste, in einem Internierungslager, abgeschnitten von der Welt und brutalen Peinigern ausgeliefert, und sie fragen sich bang, ob wir sie etwa vergessen haben. Sie haben uns mittellose Eltern hinterlassen, ratlose Ehefrauen und hilflose Kinder ... Nein, wir haben sie nicht vergessen. Wir haben nicht das Recht, sie zu vergessen ... Mit dem Beginn der Deportationen hat die FIS ein Hilfsprogramm für die betroffenen Familien ins Leben gerufen. Es wurde eine Kasse zu ihrer Unterstützung gegründet. Leider reichen die Spendensammlungen und die Großzügigkeit unserer Sympathisanten nicht aus. Es gibt zuviel Elend, und die galoppierende Inflation erleichtert uns unsere Aufgabe auch nicht gerade. Deshalb hat der Mejless neue Maßnahmen beschlossen, um die Krise in den Griff zu bekommen. Alle Läden, Cafés, Werkstätten und sonstigen Betriebe, die den Deportierten gehören, sollen wieder eröffnet werden. Wir haben an euch gedacht, um sie stellvertretend zu übernehmen. Wir haben euch ausgewählt, weil ihr

ehrlich und rechtschaffen seid und weil ihr außerdem Arbeit braucht, um eure eigenen Familien zu unterstützen. Bruder Omar Ziri wird euch erklären, was wir von euch erwarten und welches euer Anteil sein wird. Nicht nötig, euch zu sagen, wie sehr wir auf eure Begeisterung und eure Loyalität bauen. Die Familien unserer Verschleppten haben mit großen Schwierigkeiten zu kämpfen. Ihr habt das ja schon selbst feststellen können. Es ist Zeit, dem abzuhelfen.«

Drei Tage später bat Omar Ziri Nafa, sich zu ihm in ein Auto zu setzen.

»Das ist jetzt dein Taxi, Nafa. Ich habe es eben aus der Werkstatt geholt. Es ist gründlich durchgecheckt und fährt einwandfrei. Hier sind die Papiere. Es ist alles in Ordnung, nichts fehlt. Reparaturen und Treibstoff gehen zu unseren Lasten. Dein Lohn wird vom wöchentlichen Gewinn abgezogen. Abrechnung ist jeden Freitag, Punkt zwölf. Und jetzt an die Arbeit. Gott sei unser Zeuge!«

Nafa stürzte sich mit Feuereifer in seinen neuen Job, im Bewußtsein, daß er endlich zu etwas nutze war. Er trug dazu bei, die leidgeprüften Familien der Deportierten zu unterstützen, und das war keine geringe Sache. Er war stolz und bewegt zugleich und fest entschlossen, sich selbst zu übertreffen, um den in ihn gesetzten Erwartungen gerecht zu werden. Als erstes stellte er einen strengen Zeitplan auf. Es wurde ihm bewußt, wie lange er tatenlos zugesehen hatte, während andere Brüder sich selbstlos an allen Fronten verausgabten. Das wettzumachen war er sich schuldig. Um fünf Uhr früh war er schon auf den Beinen. Er wartete sein Taxi, polierte den Lack, entstaubte die Sitze und machte den Boden sauber. Um sechs Uhr war er bei der Arbeit. Um dreizehn Uhr gestattete er sich eine halbe Stunde Mittagspause. Erst spät in der Nacht kehrte er heim.

Freitags um zwölf lieferte er bei Omar Ziri seine Einnahmen ab. Der trug alles säuberlich in ein Register ein, vermerkte die Ausgaben und übergab ihm seinen Lohn, je nach der Menge des verdienten Geldes.

»Du machst das prima«, beglückwünschte er ihn. »Imam Younes ist sehr zufrieden mit deinen Leistungen. Wenn du mal in finanziellen Schwierigkeiten steckst, scheu dich nicht, mir Bescheid zu geben. Wir haben Weisung, unsere Angestellten vor jeder Versuchung zu bewahren.«

Nafa schätzte derlei Anspielungen überhaupt nicht. Aber Omar war bekannt für seinen Mangel an Feingefühl. Damit mußte man leben.

Die ersten Monate verliefen reibungslos. Das Geld strömte nur so in die Kasse. Nafa erwarb sich schnell einen guten Ruf. Manchmal bekam er eine Sonderprämie ausgezahlt. Jetzt, da er arbeitete, um den Familien, deren Ernährer ausgefallen war, ein Leben in Anstand und Würde zu ermöglichen, sah er nicht ein, warum er nicht dasselbe auch für seine eigene Familie tun sollte. Er strengte sich noch mehr an und konnte bald mit Stolz feststellen, daß den Kochtöpfen seiner Mutter immer verlockendere Düfte entströmten.

Inzwischen waren auch seine beiden ältesten Schwestern so weit, daß sie sich endlich verheiraten würden, die eine mit einem Kaufmann, die andere mit einem

Lehrer. Ein Lichtblick für die Familie, für die die Zukunft nun schon viel freundlicher aussah. Zum Achoura-Fest schenkte Nafa seinen Eltern ein schmiedeeisernes Bett. Sein Vater grollte ihm noch immer, aber es kam mitunter schon vor, daß er das Abendessen zusammen mit seinen Kindern einnahm. Wenn er auch hartnäckig weiterhin nur auf seinen Teller blickte, konnte man das trotzdem schon als Fortschritt ansehen. Eines Abends küßte Nafa, von seiner Mutter ermutigt, seinen Vater aufs Haupt. Der Alte schaute noch immer verkniffen, aber er stieß seinen Sohn nicht zurück. Und als dieser dann noch mit seinem Plan herausrückte, ihn mit der Mutter auf Pilgerfahrt nach Mekka zu schicken, brummte der Alte erst ein Weilchen, bevor er zur großen Erleichterung der Familie zustimmend nickte. Woraus Nafa ersah, daß sein Vater ihm vergeben hatte und er wieder auf den väterlichen Segen hoffen durfte.

Nafa hielt vor Omar Ziris Haus und hupte zweimal. Omar zeigte sich am Fenster und bat Nafa um Geduld.

Zawech saß auf dem Gehweg, bohrte mit einem Finger in der Nase und blinzelte im Sonnenlicht.

»Wieviel macht das: einmal einfach ins Paradies?«

»Eine Kugel in den Kopf«, antwortete Nafa.

Zawech lachte auf: »Nicht mal das kann ich mir also leisten.«

Er erhob sich, klopfte sich sein Hinterteil ab, ging zum Auto hin, stützte die Ellenbogen auf die Fahrertür und blies dem Chauffeur seinen stinkenden Atem ins Gesicht.

»Hättest du nicht ein bißchen Kleingeld für mich,

Brüderchen? Ich habe mir seit dem Morgen noch nichts unter den Zahn geschoben.«

Nafa reichte ihm einen Schein.

»Du bist echt ein klasse Typ«, meinte Zawech anerkennend. »Hat schon seinen Grund, daß der liebe Gott dich mit so 'ner sympathischen Visage ausgestattet hat.«

»Geh, sei so gut, ich warte auf Leute.«

Zawech strich zärtlich den Geldschein glatt, hielt ihn in die Sonne, betrachtete ihn und biß zuletzt hinein, als wär's ein Goldstück.

»Scheint in Ordnung zu sein. Neulich hat mir jemand die Farbkopie eines Zehners untergeschoben. Erst hat der Wirt mich zusammengeschlagen, dann wollte er mich auch noch auf dem Kommissariat abliefern. Seitdem bin ich vorsichtig geworden.«

Omar Ziri hüstelte, als er die Haustür öffnete. Zweck des Gehüstels war es, die Gaffer zu warnen, daß gleich Frauen kämen und sie den Weg freiräumen sollten. Zawech steckte das Geld ein und zog verschämt ab. Omars Gattin – eine nur vage erkennbare, in einen Tschador gemummte menschliche Gestalt – nahm auf dem Rücksitz mit einem kleinen Jungen auf dem Arm Platz. Omar schloß den Wagenschlag.

»Fahr uns nach Port-Saïd.«

Nafa nickte und stellte den Zähler an.

»Was machst du denn da?«

»Siehst du doch.«

»Hältst du mich für einen Kunden?«

»Tut mir leid. Das hier ist ein Taxi, kein Privatauto. Ich versuche, mit meiner Arbeit die Familien der Deportierten zu unterstützen …«

»Meinst du das ernst?«

»Selbstverständlich. Wenn ich ab und zu meine Mutter fahre, stelle ich auch den Zähler an und begleiche die Tour aus eigener Tasche.«

Omar verfärbte sich. Er wischte sich mit seinem Kamis den Schweiß ab, seine Hängebacken glühten. Er war vor seiner Frau »erniedrigt« worden und hatte schwer an seiner Wut zu schlucken, doch plötzlich stieß er ein eigentümliches Lachen aus und erklärte, um sein Gesicht zu wahren:

»Du bist wirklich von bemerkenswerter Redlichkeit. Natürlich bezahle ich. Ich wollte dich nur auf die Probe stellen.«

Nafa legte den Gang ein und fuhr los, Richtung Bab El-Oued. Er war angewidert.

Die Menge wogte um die Trois Horloges herum. Es war vier Uhr nachmittags, und der meeresnahe Stadtteil dampfte unter einer Hitzeglocke. Nafa navigierte behutsam durch die Fußgängerströme, die über die Fahrbahn fluteten ... da, plötzlich, eine Explosion ... dann zwei weitere, deren Echo, tausendfach gebrochen, durch die Gassen hallte. Beim ersten Knall erstarrte die Menge, hielt ratlos in ihrem Wogen inne. Die nachfolgenden Knaller lösten ein unbeschreibliches Gewusel aus. Binnen einer Minute war der Platz leergefegt.

»Nicht anhalten«, befahl Omar, »fahr weiter.«

Nafa fuhr die Straße bis zum Ende durch. Zwischen zwei parkenden Autos lag ein Mann am Boden, das Gesicht nach unten gekehrt, mit aufgeschlagenem Schädel.

»Schau nicht hin!« befahl Omars Frau ihrem Kind.

»Laß ihn ruhig hinsehen!« widersprach der Vater.

»Wird Zeit, daß er lernt, wie die Dinge in seiner Heimat laufen. Siehst du, Moussa? Das geschieht mit den Feinden vom lieben Gott.«

Das Kind betrachtete den ausgestreckten Körper.

»Der Mann blutet ja, Papa ...«

»Auch die Großen tun sich manchmal weh, wenn sie ausrutschen«, startete die Mutter einen verzweifelten Versuch. »Wenn ich dir sage, daß man aufpassen muß, wenn man über die Straße läuft, dann weil...«

»Was erzählst du ihm denn da, Frau? Dieser Mistkerl ist nicht ausgerutscht. Sieh ihn dir gut an, Söhnchen. Sie haben ihn abgeknallt. Das ist ein Ungläubiger, ein Abtrünniger, und die Mudschaheddin haben ihn dafür bestraft. Sie haben ihn allegemacht, verstehst du? Sie haben ihn getötet ...«

Nafa gab Gas, um dem Jungen Weiteres zu ersparen und um selber Omars Gejohle zu entgehen, der die ganze restliche Fahrt über frohlockend auf seinem Sitz herumrutschte.

Der Tote war ein Polizist in Zivil, ein Kind aus dem Viertel. Die Nachricht vom Attentat schwappte im Nu auf die Vorstädte über. Das einfache Volk wußte nicht, was es davon halten sollte. Es stürzte in die Cafés und diskutierte erregt über das Ereignis.

Die Alten waren am meisten beunruhigt. Das Schreckgespenst des Kriegs von 1954 tauchte am Horizont ihres Lebensabends auf, den sie ruhig und besinnlich im Kreis ihrer Lieben in ihrem Bett zu beschließen gedachten. Gewalt brach unvermutet in die Idylle ein. Schüsse auf der Straße, und die ganze Nation sieht zu? War es die Ära der OAS, die da wiederauferstand?

Im Nu waren die Alpträume von gestern wieder da. Angst und Grauen krallten sich in den Herzen fest, lasteten bleischwer auf den Gemütern.

Die Jungen kümmerte das nicht. Sie hatten die Revolution nicht miterlebt. Sie forderten ihren Teil am Entsetzen.

In derselben Nacht donnerte in einer Sackgasse eine Gewehrsalve los. Am nächsten Morgen versetzte der grausige Anblick eines toten Soldaten eine Gruppe Schüler in Panik. Als am späten Vormittag der Krankenwagen kam, geriet die Polizeipatrouille, die ihn begleitete, unter Beschuß. Der Wagen fing auf der Stelle Feuer. Noch Stunden später hing der Geruch von verbranntem Fleisch in der Luft.

Die Schlagzeilen in den Zeitungen wurden von drei düsteren Buchstaben beherrscht: MIA ... *Mouvement islamique armé* – Bewaffnete Islamische Bewegung. Es dauerte nicht lange, und die ersten Drohbriefe versetzten ganze Familien in helle Aufregung. Die Alten räumten ihre Schemelchen fort, verzichteten schweren Herzens auf die geliebte *djemaâ*, das Gläschen Tee vor der Haustür, auf die süßen Freuden des Müßiggangs. Und an die Stelle der lebhaften Diskussionen auf den Café-Terrassen traten bald die ersten Grabreden.

Nach den Drohbriefen kam das Telefon dran, das sich vorzüglich zur Ankündigung von Racheakten eignete. Es läutete zu den unmöglichsten Zeiten, und die Stimme am Ende der Leitung ließ einem das Blut in den Adern gefrieren: »Du wirst krepieren, du ungläubiger Hund.«

Es waren keine leeren Drohungen.

Jeden Morgen sprangen vermummte Männer aus ihrem

Versteck und zielten aus nächster Nähe auf ihre Opfer. Manchmal erledigte ein Schlachtermesser den Rest – man schnitt den Verletzten die Kehle durch. In der Moschee wurde diese Geste als Ritual erklärt: Es verwandelte den Toten in eine Opfergabe, den Mord in einen Akt der Huldigung gegenüber Gott.

Die Nächte füllten sich mit Waffengeklirr, mit dem Geräusch eiliger Schritte, mit Phantomen. Todesschwadronen fielen über die Dörfer her, ließen Bomben hochgehen, steckten Fabriken und Staatsbetriebe in Brand, sprengten Brücken und alle Tabus, teilten Algerien in ein »Niemandsland« und in »befreite Territorien« auf. Predigten hallten von den Bergen und brandeten auf die Dörfer nieder. Flugblätter schwirrten im heißen Atem des Dschihad umher. Spektakuläre Attentate füllten die Titelseiten der Tageszeitungen. Die Straßen von Algier, Blida, Boufarik, Chlef, Laghouat, Sidi Bel-Abbes, Jijel duckten sich beim Durchmarsch der Afghanen.

Bab El-Oued hievte seine Zugbrücken hoch. Seine unerwünschten Kinder packten ihre Sachen, falls sie sich überhaupt noch nach Hause wagten, um sie abholen zu kommen. Sie wurden von ihren eigenen Nachbarn bespitzelt, den Finger am Abzug, die Klinge stoßbereit. Polizisten, Soldaten, Journalisten, Intellektuelle starben wie die Fliegen, einer nach dem anderen, im Morgengrauen auf der Schwelle ihres Hauses.

Die Schreie der Mütter übertönten bald das Geheul der Sirenen. Die Beerdigungen ließen das ganze Ausmaß der Tragödie erkennen. Der Tod schlug überall zu. Jeden Tag. Jede Nacht. Gnadenlos. Pausenlos. Sechs Ordnungshüter wurden an einer Straßenecke abgepaßt. Ihre

Angreifer schossen mehrere Ladungen Blei auf sie ab, dann zogen sie sie feierlich aus ihrem Fahrzeug heraus und enthaupteten sie unter dem glasigen Blick der Fenster.

Nach und nach verstärkte die Kasbah ihre Festungswälle. Sie wurde zur Zitadelle, zur verbotenen Stadt. Nach ihren Großtaten zogen sich die Mudschaheddin hierher zurück. Hier waren sie unter sich. Das Haupt umgeben von einem düsteren Heiligenschein, am Koppel demonstrativ die Pistole, stolzierten sie durch die Gassen oder brüsteten sich mit ihren Attentaten auf den Café-Terrassen. Lachend beschrieben sie das Entsetzen ihrer Opfer, zufrieden mit der Wendung, die die Ereignisse nahmen.

12

An einem Freitag um die Mittagszeit traf Nafa Walid Omar im Hinterzimmer seines Ladens an. Er war nicht allein. Um ihn herum ein Haufen Männer, die in eine erregte Diskussion vertieft waren. Die Gespräche verstummten, sobald er den Vorhang zur Seite schob. Drinnen war es dunkel, trotz eines kleinen Fensters oben in der Wand. Nafa erkannte im Hintergrund Hassan den Afghanen wieder, der starr in seinem schwarzen Burnus dasaß, um den Kopf ein Tuch. Er wirkte völlig versunken. Dann Imam Younes und neben ihm Abou Mariem und Ibrahim El-Khalil, die beiden gefürchteten Milizionäre aus der Moschee von Kouba. Ihre Beinamen waren Legende geworden. Sie hatten ganz allein drei Armeeoffiziere umgebracht, darunter einen Oberst, sowie vier Polizisten, zwei Journalisten und einen Wissenschaftler. In der Mitte des Raums kniete Hamza Youb, der Anstreicher, vor einem niedrigen Tischchen und goß Tee in die Gläser, die im Kreis auf einem Tablett standen. Seine Gesten waren voll Demut. Die Augen hatte er auf den Boden geheftet, wie stets, wenn er sich in der Nähe eines einflußreichen Mitglieds der Bewegung befand. Ihm gegenüber saßen auf Kissen drei Männer, die Nafa nicht kannte, die ihn aber eindringlich musterten.

»Du hast uns nicht gesagt, daß du Besuch erwartest, Bruder Omar«, tadelte einer von ihnen, ein Fünfzigjähriger mit lebhaftem, stechendem Blick.

»Er gehört zu uns«, beruhigte ihn Omar.

»Ich zweifle nicht daran. Aber die Instruktionen sprechen eine deutliche Sprache.«

»Ich kann ja wieder gehen, wenn euch das lieber ist«, bemerkte Nafa.

»Das ist nicht nötig«, schaltete sich der Imam ein.

Der Fünfzigjährige war zwar nicht dieser Meinung, doch ließ er es dabei bewenden. Er hatte einen breiten Brustkorb, eine vorspringende Stirn und buschige Augenbrauen. Von seinen mit einem Khol-Stift umrandeten Augen gingen eine Autorität und eine Stärke aus, die dem Gesprächspartner auf der Stelle Unbehagen einflößten. Man spürte ein Brodeln tief in ihm drin, dumpf und unversöhnlich, wie Lava im Inneren eines Vulkans.

Zwei andere, die man im Halbdunkel kaum erkennen konnte, hatten dichte Vollbärte, die lang über ihren Kamis herabhingen. Mit ihren glattrasierten gesalbten Schädeln, die graubeulig wie Granit aus ihren Turbanen ragten, wirkten sie verschlossen und verdrießlich.

»Wir haben jedenfalls keine andere Wahl«, fuhr Ibrahim El-Khalil fort, der durch Nafas Eintreten unterbrochen worden war. »Ich bin einer Meinung mit Cheikh Nouh.«

»Wir tun, was wir können«, stammelte Omar, dem der Schweiß von den Schläfen rann. »Ihr könnt mir glauben, wir ruhen uns nicht aus.«

»Emir Jaafer ist der Ansicht, daß das nicht genügt«, antwortete der Fünfzigjährige. »Eine Handvoll Freiwilliger reicht kaum aus, den Sieg davonzutragen.«

Omar Ziri holte eilends ein Register herbei.

»Ihr könnt es überprüfen: Wir haben bis auf den heutigen Tag einhundertdreiundsechzig Mann für den Maquis angeworben.«

»Einhundertdreiundsechzig? Für eine Stadt wie Algier ist das eine Schande!« rief der Mann. »In Boufarik werden Nacht für Nacht zwanzig neue Rekruten in die Trainingslager geschickt.« Er wandte sich zu Imam Younes um. »Wenn du die Wahrheit wissen willst, Cheikh: Deine Anwerber taugen nichts, vermutlich sind sie nicht richtig motiviert. Das ist schlimm. Wenn sie darauf warten, daß die Leute zu ihnen kommen, wie sie ins Büro gehen oder auf Stellensuche, dann täuschen sie sich. Man muß auf das Volk zugehen, es sensibilisieren, aufklären und, wenn nötig, wachrütteln. Viele Junge brennen darauf, endlich bei uns mitmachen zu können. Sie *wollen* sich schlagen. Man muß sie nur mobilisieren. In Blida lassen sich in einer einzigen Straße mehr taugliche Elemente auftreiben als in ganz Belcourt. Und warum? Weil die in Blida nicht um den heißen Brei herumreden, weil sie direkt aufs Ziel zusteuern, deshalb läuft es da so gut. Die begnügen sich nicht damit, schöne Listen zu erstellen und ihre Mission damit für beendet zu halten. Das Gebet ist nur der halbe Glaube, liebe Brüder. Unser Kamis ist nichts weiter als ein Karnevalskostüm, wenn der, der es trägt, sich seiner nicht würdig erweist. ›Sie halten es dir als eine Gnade vor, daß sie den Islam angenommen haben. Sprich: 'Haltet mir eure Annahme des Islams nicht als eine Gnade gegen mich vor. Vielmehr hat Allah euch eine Gnade erwiesen, indem Er euch zu dem Glauben geleitet hat, wenn ihr wahrhaftig seid.'‹[*] Der Allmächtige hat die Wahrheit gesprochen.«

[*] Koransure 49, 17–18

»Ich glaube, hier liegt ein Mißverständnis vor ...« Imam Younes versuchte, die Gemüter zu besänftigen. »Die Situation in den Bergen ist eine andere als in den Städten. Jeder Sektor hat seine Besonderheit. Ich denke, wir können uns beglückwünschen. Wir haben in einem Jahr eine Menge Dinge zuwege gebracht. Die Städte sind im Vergleich zu den Dörfern von geradezu schamhafter Zurückhaltung; hier ist es leichter, Diskretion zu wahren, was auch große Vorteile hat. Doch das will nicht heißen, daß das, was wir zustande bringen, zu verachten sei. Wir tun alles, unsere Netzwerke am Leben zu erhalten, unsere Kämpfer und ihre Familien zu unterstützen. Es ist hier nicht wie in den Bergen, wo es unzählige Rückzugsmöglichkeiten gibt und die Wälder in Reichweite sind. In der Stadt sind wir gezwungen, in der einen Straße eine Operation durchzuführen und in der nächsten unterzutauchen. Außerdem sind nicht alle Leute um uns herum begeistert, uns in ihrer Nähe zu haben. Und es fehlt uns an Waffen. Die Waffen, die wir im Verlauf unserer Operationen erbeuten, werden regelmäßig ins Gebirge geschickt. In Abou Mariems Gruppe kommt nur eine Faustwaffe auf drei Kämpfer ...«

»Da liegt nicht das Problem«, entgegnete der Fünfzigjährige. »Wir haben genügend Geld, um die Frage der Bewaffnung zu lösen. Wir haben Stützpunkte im Hinterland: an unseren Grenzen im Osten und im Westen und in Europa. Was uns viel mehr Sorge bereitet, ist die Frage der Rekrutierung. Emir Jaafer ist kategorisch. Wir benötigen alle Aktivisten der FIS für den Untergrundkampf. Ausnahmslos. Alle müssen zu den Waffen greifen. Wer sich sträubt, wird exekutiert. So einfach ist das.

Wer sich weigert, uns zu folgen, ist ein Verräter. Er hat dieselbe Strafe verdient wie ein Taghout.«

»Ich bin ganz deiner Meinung, Cheikh Nouh«, bestärkte Ibrahim El-Khalil ihn energisch. »Niemand hat das Recht, sich zurückzuziehen. Wir haben einen Treueeid geschworen, und wir dulden keinen Eidbruch. Für die FIS kämpfen wir, und für die FIS sterben wir. Alle unsere Aktivisten müssen in den Untergrund gehen. Ausnahmslos.«

»Na gut«, meinte der Fünfzigjährige, während er sich schon erhob, durch Nafas Gegenwart sichtlich gestört, »wir brechen auf. Danke für deine Gastfreundschaft, Cheikh Younes. Wir haben noch einen weiten Weg vor uns und nicht mehr viel Zeit. Ich hoffe, dich bald wiederzusehen. Was dein Ersuchen angeht, ich werde es sobald als möglich an den Emir weiterleiten.«

Die beiden anderen Männer rafften ihre Gewänder und standen ebenfalls auf. Der jüngere von beiden schob rasch eine abgesägte Schrotflinte unter seinen Gürtel, grüßte den Imam und ging voran, um zu prüfen, ob die Luft rein sei.

Omar schloß die Tür hinter seinen Gästen und kam, sich mit einer Hand Kühlung zufächelnd, ins Hinterzimmer zurück.

«Ein ganz harter Bursche, dieser Cheikh Nouh. Soll das ein Höflichkeitsbesuch gewesen sein? War ja schlimmer als ein Prozeß.«

»Wir hätten es verdient, erschossen zu werden«, platzte es aus Ibrahim El-Khalil heraus.

»Sprich du für dich. Wir haben uns doch nichts zuschulden kommen lassen.«

»Ich finde, wir haben unser Engagement verraten. Wir waren zu lasch.«

Omar Ziri achtete nicht weiter auf ihn und machte sich ans Aufräumen. Er schob seine Register ganz unten in eine Schublade, stapelte zur Tarnung Bücher darüber und brachte zuletzt das Vorhängeschloß wieder vor dem Schrank an. Ibrahim El-Khalil sah ihm mit einer Miene zu, als wolle er sich gleich auf ihn stürzen.

»Das reicht jetzt«, meinte Abou Mariem, »beruhigt euch.«

»Ich bin ganz ruhig«, erwiderte Omar in der Absicht, den jungen Milizionär zur Weißglut zu treiben.

Ibrahim schob malmend den Unterkiefer hin und her. Seine Nasenflügel bebten. Er schrie:

»Ich war im Maquis. Ich habe gesehen, wie sie da mit einem umspringen! Knallhart! Wegen einer Zigarette pusten sie dir das Gehirn weg. Resultat: Die feuern aus allen Rohren! Noch vor dem Sommer wird das Hinterland völlig befreit sein. Dort wartet keiner, bis er endlich Instruktionen bekommt. Die Emire ergreifen selbst die Initiative. Was uns am meisten abgeht, ist Eigeninitiative. Wir müssen Leute rekrutieren, das ist das Wichtigste. Was ist denn mit all den Arbeitslosen, die von früh bis spät faul in der Gegend herumhängen? Genau die brauchen wir, um unsere Viertel neu zu strukturieren, unsere zerstörten Gruppen zu konsolidieren, weitere Fraktionen zu gründen und diese ganze korrupte Gesellschaft in die Luft zu jagen ...«

Plötzlich sah er herausfordernd Nafa an.

»Und was denkst du darüber?«

»Ich wollte nur meine wöchentlichen Einkünfte abgeben.«

»Davon rede ich nicht. Ich will wissen, was du von ...«
»Ich hänge nicht faul herum«, schnitt Nafa ihm das Wort ab, fest entschlossen, sich nicht beeindrucken zu lassen.
»Was soll das heißen?«
»War doch deutlich genug.«
Die beiden Männer schauten sich ins Weiße vom Auge, ihr Atem vermengte sich. Nafas Gesicht war gelassen. Das des jungen Milizionärs bebte vor Wut.
»Ibrahim«, beschwor ihn Abou Mariem, »laß es gut sein. Du bist in letzter Zeit etwas überreizt. Du solltest dich ein bißchen schonen.«
»Ich habe nicht verstanden, was er mir unterstellen wollte, und ich werde nicht Ruhe geben, bevor er sich nicht erklärt hat.«
Schon in Kouba war Ibrahim El-Khalil seines unangenehmen Charakters wegen gefürchtet. Man hatte ihn mehrfach in Erziehungsheime gesteckt. Ohne Ausbildung und ohne Beschäftigung, war er frühzeitig bei den Muslimbrüdern gelandet und zusammen mit Abou Mariem unter den ersten Freiwilligen gewesen, die mit dem *Daâwa**-Kontingent nach Afghanistan gegangen waren. Nach seiner Rückkehr hatte er gehofft, seine Kriegserfahrung in den Dienst der Bewegung stellen zu können. Doch alle seine Attentate und sein geballter Enthusiasmus hatten nicht ausgereicht, um ihn auf den Rang eines Emir zu erheben. Er träumte davon, eine Fraktion zu befehligen und in die Berge auszuschwärmen, doch man hatte ihn bloß zum Hilfsanwerber ernannt, zum ganz gewöhnlichen Handlanger. Seitdem war er einfach ungenießbar.

* (arab.) Mission, Missionierung

»Glaubst du vielleicht, es reicht, einmal in der Woche deine Einnahmen abzuliefern?« tobte er los. »Warum gehst du denn nicht in die Berge? Du bist jung, kräftig und ungebunden. Wovor hast du Angst? Hast du den Glauben verloren?«

»Gewalt ist nicht alles.«

»Sieh einer an, ein Gewissensverweigerer! Dabei ist es noch gar nicht so lange her, daß du gesagt hast, du wärst bereit, für unsere Sache zu sterben.«

»Zu sterben schon, aber nicht zu töten.«

»Was? Sag das noch einmal, das will mir nicht in den Kopf! Wo kommst du denn her? Sterben ja, töten nein! Was ist das bloß für ein Spruch? Du würdest dich also munter von einem Steilfelsen stürzen oder dich vor die Räder eines LKWs werfen und dabei ausrufen: ›Es lebe die FIS!‹ und meinen, du hättest dich für die Bewegung geopfert. Wir brauchen nicht deine Leiche, Nafa Walid, wir brauchen deine Taten. Bereit sein zu sterben heißt im Wörterbuch des Dschihad soviel wie: alles aus sich herausholen, bis zur letzten Kugel kämpfen, dem Feind so lange wie möglich so viel Schaden wie möglich zufügen. Das ist die einzige Art, auf die du sterben darfst. Ohne Gewalt geht es nicht. Die Taghout lassen sich nicht mit Sprechblasen zähmen. Denk daran, daß wir jeden Tag Brüder verlieren, daß manche in diesem Moment unter der Folter schreien, andere im Internierungslager mit dem Tode ringen, wieder andere es nicht abwarten können, ein Messer zwischen die Finger zu bekommen, um diesen ungläubigen Hunden den Garaus zu machen.«

»Genug jetzt«, sagte Imam Younes ruhig. »Nafa hat recht: Gewalt ist nicht alles. Sosehr wir die Mudschaheddin brauchen, sosehr sind wir auch auf Hilfskräfte angewiesen. Der Krieg bringt es mit sich, daß auf jeden aktiven Kämpfer mindestens zehn Hintermänner kommen.«

Ohne Nafa aus den Augen zu lassen, trat Ibrahim El-Khalil einen Schritt zurück. Sein Teint war aschfahl, sein Atem ging keuchend, in seinen Mundwinkeln stand Schaum. Er machte abrupt kehrt und marschierte wutentbrannt Richtung Ausgang, hob den Vorhang an und drehte sich noch einmal zu Nafa um:

»Einmal hatte ich rasende Zahnschmerzen. Ich glaube, es gibt nichts Schlimmeres als solches Zahnweh. Während ich mich vor Schmerzen wand und mich am liebsten aus dem Fenster gestürzt hätte, schoß mir folgendes durch den Kopf: Warum läßt Gott uns so grausam leiden, und nur wegen eines elenden infizierten Backenzahns? Welch göttliches Zeichen soll man darin sehen, welche Prophezeiung? Eine gewöhnliche Karies, und schon klappt der Mensch, dieses großartige, fast vollkommene Geschöpf, zusammen, schamloser und unbeherrschter als ein Tier. Ist das nicht seltsam …? Warum ist das so, Nafa Walid, warum? Wenn du darauf eine Antwort weißt, dann verzichte ich freiwillig auf jede Gewalt.«

Und der Vorhang senkte sich hinter ihm.

Verlegenes Schweigen machte sich breit. Omar Ziri betrachtete sinnend seinen Bauch. Abou Mariem schüttelte ratlos den Kopf. Imam Younes griff nach seiner Gebetskette und verzog sich in eine Zimmerecke, die durch ihn noch dunkler wurde.

Hassan der Afghane, der den ganzen Abend nichts

gesagt hatte und ohnehin nie den Mund aufmachte, bedachte Nafa mit einem unergründlichen Blick. Er hielt sich immer im Hintergrund, beharrlich schweigend, er mischte sich nie in eine Debatte ein, und sein Gesicht, wächsern wie eine Totenmaske, ließ nie auch nur das Geringste von seinen Gedanken erkennen. Wenn der Ton im Lauf des Gesprächs hitziger wurde, weil unterschiedliche Ansichten aufeinanderprallten, hörte er weiterhin immer nur zu, als beträfe ihn das alles nicht. Seine Schweigsamkeit und Starre fügten seiner Invalidität eine befremdliche Note hinzu, die seine Gegenwart störend wie die eines Eindringlings werden ließ. So kam es, daß Nafa völlig überrumpelt war, als der Afghane ihn mit Grabesstimme fragte:

»Können wir auf dich zählen, auch außerhalb der Taxieinkünfte?«

Und ohne sich nur eine Sekunde zu besinnen, antwortete Nafa:

»Aber klar.«

Es sollte nicht lange dauern, bis man Nafas Hilfe in Anspruch nahm.

Anfangs wurde er mit »harmlosen« Aufträgen betraut. Er beförderte »Transitreisende« von einem Stadtteil in den anderen, holte »Gäste« am Bahnhof oder Flughafen ab, transportierte hin und wieder diverse Dokumente: Flugblätter, die junge Männer dazu aufriefen, den Militärdienst zu verweigern, oder Händler, keine Steuern zu bezahlen; Traktate, die die gotteslästerliche Lebensweise geißelten; Bulletins, die über die militärischen Operationen der Mudschaheddin informierten, und dergleichen mehr. Während dieser Fahrten gab man ihm Zawech zur Seite, dessen Ungeschick und komische Redeweise die Straßenkontrollposten ablenkten. Dank der kauzigen Gesellschaft seines »Bordchefs« überwand Nafa nach und nach das Unbehagen, das der Anblick von Straßensperren in ihm auslöste. Er lernte, ruhig Blut zu bewahren, und vergegenwärtigte sich im Geiste sämtliche Straßensperren um Algier, um die Schwachstellen besser ausnutzen zu können.

Dann begann man, ihn zwischen zwei »Transitreisenden« zum Abholen der eingesammelten Spendengelder zu schicken. Oft mußte er dann während der Sperrstunde in die entlegensten Nester fahren. Ein islamistischer Kfz-Schlosser baute ihm einen doppelten Boden in seinen Kofferraum ein, unter dem er Pakete, Aktentaschen und Kisten sowie festverschnürte Säcke mit metallischem Innenleben, vermutlich zerlegten Waffen, versteckte. Es störte ihn nicht. Das Vertrauen, das man in ihn setzte, und der Respekt, den man ihm entgegenbrachte, ließen das nicht zu. Außerdem begann er Gefallen am Kitzel des Verbotenen zu finden, am Risiko und an der Angst, die ihn in Atem hielt, während er mit der Gefahr spielte, und an der schier ekstatischen Erleichterung, die ihn nach jedem erfolgreich ausgeführten Auftrag überkam und ihn mit starken Gefühlen überschwemmte – wie ein kräftiger Zug Opium.

Zum ersten Mal im Leben entdeckte er sich selbst, wurde er sich seiner Leistungen bewußt, seines Werts und Nutzens als Mensch, als Person.

Endlich existierte er.

Zählte er.

Er war stolz und fest davon überzeugt, einer grandiosen, gerechten, gewichtigen Sache zu dienen. Ein Gefühl, das sich in Gewißheit wandelte an dem Tag, da er auf der Rückfahrt vom Flughafen, wo er ganz normale Fahrgäste abgesetzt hatte, von Polizisten mißhandelt wurde. Er war zutiefst getroffen, sowohl physisch wie in seinem Selbstwertgefühl, und erwog ernstlich, um eine Waffe zu bitten. Nach reiflicher Überlegung ließ er es bleiben. Er hielt es für klüger, nicht überstürzt einen Weg einzuschlagen, von dem es kein Zurück mehr gäbe. Nicht, daß es ihm grundsätzlich zuwider war, aber er fühlte sich noch nicht bereit.

Die Leichenstarre eines Körpers machte ihm weniger zu schaffen als in vergangenen Zeiten . Auf den Straßen des Landes hatte er mehr als einen Toten gesehen, manche waren verstümmelt, andere – die Leichen der Mudschaheddin – von Kugeln durchlöchert und für die Vorbeikommenden gut sichtbar ausgestellt. Dennoch fürchtete er nach wie vor die Konsequenzen einer Tat, an der ihm nicht wirklich etwas gelegen war, aber die er im Fall höherer Gewalt auch nicht mehr unbedingt ausschließen würde.

Das Grauen von einst, Ausgeburt einer Gewitternacht im Wald von Baïnem, verfolgte ihn schon lange nicht mehr. Zweimal war er mitten auf einem Boulevard Zeuge summarischer Hinrichtungen geworden, ohne daß er in Panik geraten wäre. Fast täglich erwachte die Kasbah, im Blut irgendeines »Renegaten« schwimmend. Manchmal waren Menschenköpfe wie Zwiebeln auf einem Geländer aufgereiht oder auf einem Platz zur Schau gestellt, und die Kinder, die am Anfang noch geschockt waren, kamen mit der Zeit immer näher heran – ihre Neugier siegte über ihr Entsetzen.

Nafa war kein Kind mehr.

Er war ein *moussebel*, ein Verbindungsmann, aktives Mitglied im Kriegsgeschehen, in den Kulissen zwar, in einer Statistenrolle, aber fest entschlossen, das Beste aus sich herauszuholen, um das Land von der Diktatur der einen und aus den gierigen Klauen der anderen zu befreien, damit künftig niemand mehr von übereifrigen Polizisten gekränkt und in seiner Menschenwürde verletzt würde.

Eines Tages weihte Abou Mariem ihn in ein »heikles« Projekt ein. Seine Gruppe plante, einen Staatsbetrieb zu überfallen, der in einem von den Sicherheitskräften vernachlässigten Vorort von Algier lag.

»Die Lohngelder für die Arbeiter werden am Mittwoch angeliefert«, erklärte Abou Mariem. »Der Schatzmeister ist einer von uns. Er hat uns alle zentralen Informationen geliefert, unser Plan steht bis ins Detail fest. Es wird kein einziger Schuß fallen. Alles, was wir brauchen, ist ein exzellenter Chauffeur. Du bist ein Crack und kennst außerdem sämtliche Schleichwege.«

Nafa akzeptierte unter der Bedingung, keine Waffe tragen zu müssen. Der Überfall lief wie geplant. Am Schnürchen. Kaum waren die Lohngelder im Kofferraum, gab Nafa Gas, und noch ehe der Alarm ausgelöst war, hatte er den Vorort verlassen. Es war ein großer Augenblick für ihn und so aufregend, daß er von sich aus vorschlug, bei zwei weiteren Überfällen dieser Art mitzuwirken, bis sich ihnen plötzlich eine Polizeistreife an die Fersen heftete, die in der Gegend Patrouille fuhr.

»Fahr auf unbebautes Gelände«, ordnete Abou Mariem an und nahm die Kapuze vom Kopf. »Den müssen wir loswerden, ehe Verstärkung kommt.«

Nafa raste bis zum Ende des Viertels, bog in eine holprige Straße ein, die durch Obstplantagen führte, und landete schließlich auf einer Mülldeponie.

»Halt da an, so, hier, stop!«

Nafa manövrierte so geschickt, daß der Streifenwagen fast auf ihn draufgefahren wäre. Der Chauffeur hatte gerade noch Zeit, das Steuer herumzureißen. Abou Mariem war schon aus dem Wagen gesprungen. Sein MG durchlöcherte die Patrouille aus allernächster Nähe. Die drei Polizisten zuckten unter den Kugeln wie Marionetten. Ihr Blut vermengte sich mit Glassplittern. Der Wagen rollte führerlos weiter, mit gellender Hupe, und schlug zuletzt in einem Graben auf. Abou Mariem und Hamza Youb, der Anstreicher, rasten hinterher, um den Verletzten den Rest zu geben, nahmen ihnen Waffen und Radio ab und kamen im Eilschritt zurück.

»Los, fahr los ...«

Nafa wendete, fuhr durch die Plantagen, bog in eine Olivenallee ein und war im Nu auf der Umgehungsstraße und damit im lebhaftesten Verkehr.

In dieser Nacht hatte er Angst, als er sich im Bett ausstreckte, daß ein Alptraum ihn verraten könne. Doch er schlief tief und traumlos, schlief den Schlaf des Gerechten – wie ein Zimmermann nach vollbrachtem Tagwerk.

Omar Ziri sah auf die Uhr. Jede Minute sah er auf die Uhr. Er fühlte sich nicht wohl in seinem Veloursmantel und wandte den Kopf unablässig nach links und nach rechts. Die Obstplantage lag verlassen da, nur schwach von einer schmalen Mondsichel erhellt. Ein Wolkenstreifen blickte bleich zwischen den Sternen hervor. Es war schon nach 21 Uhr, und es begann zu frieren. Weit hinten auf der Straße zeichneten Autoscheinwerfer Leuchtpunkte auf den schwarzen Schirm der Nacht. Das Land zersetzte sich nach und nach in der Dunkelheit, durch die geisterhaft das Jaulen der Hunde drang.

Der Wagen stand unter einem Orangenbaum versteckt. Nervös trommelte Nafa Walid auf das Lenkrad. Neben ihm saß Zawech und schaute angestrengt auf das dunkle Massiv eines Gehöfts am Ende der Allee. Keinerlei Licht in den Fenstern. Die Stille vibrierte vom Grillengezirp und machte sie alle noch nervöser. Omar Ziri schwitzte auf dem Rücksitz. Er war es nicht gewohnt, aus seinem Gehäuse hervorzukriechen, er zog es vor, die Aufträge, mit denen man ihn betraute, auf andere abzuwälzen. Doch diesmal war Emir Jaafer kategorisch gewesen. Es handelte sich um hohe Geldsummen, und es kam nicht in Frage, jemand x-beliebigen zum Abholen zu schicken.

Ein Kleinlaster tauchte auf den Feldern auf, ohne Licht, er holperte über die Spurrinnen, erklomm einen Hang und bog auf die Piste ein, die zum Hof hinführte. Nafa knipste zweimal kurz sein Deckenlicht an. Hinter ihm machte sich Omar schwer zu schaffen, um die Pistole, die unter seinem Gürtel klemmte, hervorzuziehen.

Der Kleinlaster fand dank Nafas Lichtsignalen den Weg und kam in Zeitlupe angerumpelt. Ein Mann, der eine große Tasche unter dem Arm trug, stieg aus und setzte sich neben Omar Ziri in das Taxi.

»Ich hatte einen Platten«, entschuldigte er die Verspätung.

Er öffnete die Tasche und zog ein dickes Paket daraus hervor.

»Hier sind die zwei Millionen, mein bescheidener Beitrag. Es ist mir eine Ehre, der Sache zu dienen.«

Der Mann, ein erfolgreicher Industrieller aus der Region, wurde sehr geschätzt für seine Großzügigkeit und unbedingte Unterstützung, die er der MIA, der Bewaffneten Islamischen Bewegung, angedeihen ließ. Nafa hatte ihn schon einmal bei einer Geldabholaktion getroffen, aber es war das erste Mal, daß er eine derart hohe Zahl nennen hörte. Er betrachtete ihn im Rückspiegel, aber er sah nur ein zerfurchtes Gesicht mit unpersönlichem Blick.

Omar wog das Paket in der Hand, ehe er es auf den Boden stellte.

»Ich habe es gezählt«, beruhigte ihn der Industrielle.

»Der Emir hat mir von einem Problem berichtet, das du mit deinen Konkurrenten hast. Er hat mich beauftragt, es aus der Welt zu schaffen.«

»Genau!« erwiderte der Industrielle begeistert und zog ein zweites Paket aus der Tasche. »Hier sind noch mal zwei Millionen drin. Um mir einen Rivalen vom Hals zu schaffen. Er stört mich nicht nur geschäftlich, er ist auch ein Feind unserer Sache.«

»Willst du, daß wir ihn exekutieren?«

»Nicht nötig. Ich will vor allem, daß seine beiden Fabriken in Flammen aufgehen. Dann kann ich meine Produktion verdoppeln und dem Dschihad eine substantielle Unterstützung zukommen lassen. Hier habt ihr Lagepläne und Anschrift von beiden Fabriken. Die Bewachung ist lachhaft und die nächste Militärniederlassung kilometerweit entfernt. Ich würde vorschlagen, ihr zündet alle beide in derselben Nacht an. Je früher, desto besser.«

»Für zwei Millionen würde ich ganz Algier in die Luft sprengen!« rief Zawech.

»Halt die Klappe!« brüllte Omar.

Zawech hieb brutal auf das Armaturenbrett ein, dann zog er den Kopf schmollend zwischen die Schultern. Seine Reaktion gefiel dem Industriellen ganz und gar nicht. Er blickte reihum seine Gesprächspartner an, bat um Erlaubnis, sich zurückziehen zu dürfen, und lief zu seinem Wagen zurück.

»Was ist denn in dich gefahren, daß du derart auf den Wagen einschlägst!« schrie Omar.

Zawech drehte sich abrupt um, mit hervorquellenden Augen und geweiteten Nasenlöchern.

»Jawohl, ich schlag drauflos, na und?«

»Ich verbiete dir, in diesem Ton mit mir zu reden.«

»Sonst noch was?«

Omar war fassungslos. Von einem Einfaltspinsel verspottet zu werden! Er, der den schlimmsten Schuften der ganzen Kasbah Furcht und Schrecken einjagte! Er schnellte vor, packte Zawech beim Jackenkragen und schüttelte ihn. Zawech schob ihn mit festem, entschlossenem Griff zurück.

»Rühr mich nicht an.«

»Ist das einer deiner Scherze?«

»Seh ich so aus?«

Nafa hielt sich zurück. Omar dem Schrecklichen

konnte es nicht schaden, zur Abwechslung mal vom ärmsten Teufel der Kasbah schikaniert zu werden.

»Hör auf mit deinen Mätzchen, Zawech!« warnte Omar.

»Erst, wenn ihr gelernt habt, mich bei meinem wirklichen Namen zu rufen. Mein Leben lang habe ich eure Blödheiten ertragen. Und wenn ich nur einmal etwas lauter werde, regt ihr euch schon auf.«

»Das darf doch nicht wahr sein! Ich glaub, ich träume ...«

»Ich nicht. Ich sage: Basta! Mir reicht's! Das Schauspiel ist vorüber.«

Zawechs Gesicht war von einer unschönen Grimasse entstellt. Seine Hände zerpflückten die Schonbezüge, trommelten darauf ein, wirbelten wütend herum. Sein gesamter Körper hob und senkte sich im Rhythmus seines Brustkorbs. Sein Atem überschwemmte das Wageninnere. Übelriechend. Man hätte meinen können, er habe immer nur auf den Moment gewartet, die tausenderlei Demütigungen, die er sein Leben lang schlucken mußte, auszuspeien.

Er stieg aus, knallte die Tür hinter sich zu, ging ein paar Schritte und kam wieder zurück, um Omar Ziri, der wie vom Schlag getroffen dasaß, mit anklagendem Zeigefinger zu attackieren:

»Auch das Volk haben sie betrogen. Seit 1962 haben sie es zum besten gehalten. Und heute, da sagt dieses Volk: ›Basta, mir reicht's!‹ Genau wie ich. Es hat sich geschworen, Schlag für Schlag alles heimzuzahlen. Genau wie ich. Ich riskiere genausoviel wie ihr. Ich erwarte, daß man das zur Kenntnis nimmt. Ich bin keine Katze, die man einfach überfährt. Und ich habe nur dieses eine Leben. Verstehst du das, Omar Ziri ...? Ich bin ein Clown, kein Arschloch.

Ich weiß, was um mich herum passiert. Eure Gemeinheiten tun mir weh, auch wenn ich so tue, als merkte ich es nicht. Aber wie man so schön sagt: Die kürzesten Witze sind die besten. Auf Dauer wird es lästig. Ab heute ist Schluß mit der Spaßmacherei. Ich lege meine Clownsnase und meinen Spitznamen ab, ich steig von meiner Bühne herunter und begebe mich auf den Kriegspfad ...«

Er lief auf das Gehöft zu, machte aber noch einmal kehrt, um Omar Ziri ins Gesicht zu schreien:

»Ich werde euch beweisen, wozu ich fähig bin, *Bruder* Ziri.«

Und verschwand unter den Bäumen.

»Na so was!« Omar schluckte und wischte sich mit dem Ärmel über die Stirn.

Zawech wurde in der Nacht vor einem Feiertag getötet, als er gerade auf eigene Faust versuchte, in ein Militärlager einzudringen. In der Kasbah war man bestürzt, aber zugleich auch empört. »Er hat keiner Fliege etwas zuleide getan«, erklärte Imam Younes mit Tränen in der Stimme. »Ein armer Idiot, eine unschuldige Seele, grundlos gemeuchelt von einem dummen, ahnungslosen, übereifrigen Taghout ...« Und Zawech, der zu Lebzeiten als menschlicher Ausschuß par excellence gegolten hatte, wurde in den Rang eines Märtyrers erhoben und hatte Anspruch auf ein grandioses Begräbnis. Zu Hunderten geleiteten sie ihn zu seiner letzten Ruhestätte, allen voran die Notabeln von Bab El-Oued und der Kasbah, mit gesenktem Kopf, um eine widerspenstige Träne zu verbergen. Tagelang sprach man von nichts anderem als von diesem »feigen, absurden, niederträchtigen Mord«, der einer Nation zur Schande gereichte, für die der Einfältige im Geiste dem HERRN näher stand als der Tapferste unter den Sterblichen.

An diesem Tag konnte Ibrahim El-Khalil nicht weniger als dreißig neue Rekruten zählen, er, der auf ungefähr zehn gehofft hatte, um die Anerkennung seiner Auftraggeber zu erlangen.

Abou Mariem wiederum nutzte die allgemeine Betroffenheit, um endlich mit Sid Ali, dem Poeten, abzurechnen, den die Imame unablässig verteufelten und dessen Kopf der Emir höchstpersönlich verlangte. Sie überfielen ihn in aller Herrgottsfrühe in seinem Haus. Der Dichter wartete schon auf seine Scharfrichter. Er hatte von ihren Plänen erfahren und sich dennoch geweigert zu fliehen. Nur seine Gefährtin hatte er fortgeschickt, um allein seinem Schicksal entgegenzutreten.

Bevor er starb, hatte Sid Ali darum gebeten, den Flammen überantwortet zu werden.

»Warum?« wollte Abou Mariem wissen.

»Um ein wenig Licht in eure Finsternis zu bringen.«

13

Der Alte lag stöhnend im Wohnzimmer. Weder die häufigen Besuche des Arztes noch die Medikamente vermochten seine Schmerzen zu lindern. Die Krankheit hatte sich in ihm festgebissen, zerfraß ihn Faser um Faser, heimtückisch und mit Methode, als ob sie ihn stückweise dahinraffen wollte. Er hatte es aufgegeben zu kämpfen. Kraftlos, mit zittriger Stimme mobilisierte er seine letzten Reserven und flehte Gott an, seine Agonie zu verkürzen. Sein Kopf, um den ein feuchtes Frottiertuch geschlungen war, wirkte klein und verschrumpelt wie eine alte Quitte. Er ächzte und verdrehte zwischendurch die schleimverklebten Augen, während sein schlaffer, säuerlich riechender Körper unter den Decken immer mehr in sich zusammenfiel.

Die Mutter saß schwankend vor Übermüdung neben ihm und tauchte immer wieder einen Lappen in den Wassertopf, um ihn zu erfrischen.

Nafa hielt es kaum noch aus, ihrem Unglück ohnmächtig zusehen zu müssen. Selbst wenn er sich in seinem Zimmer einschloß, drangen die Geräusche aus dem Wohnzimmer doch Nacht für Nacht in seinen Schlaf.

Schicksalsergeben nahm er zwischen seinen Schwestern an einem niedrigen Tischchen Platz, schob mit einer Hand die paar gebutterten Scheiben Brot beiseite, die es zum Frühstück gab, und bat Amira, ihm eine Tasse Kaffee einzuschenken. Dann neckte er, um die Stimmung aufzuhellen, die kleine Nora, die gerade mit der Zunge über die Ränder ihrer Milchschale leckte.

»Heh! Du kitzelst mich.«

»Ich?«

»Ja, du. Ich habe gesehen, wie du deine Hand hinter meinen Rücken gestreckt hast.«

»Das war bestimmt ein Poltergeist.«

Nora zuckte die Achseln und fuhr fort, an ihrer Schale zu schlecken, während sie ihren Bruder aus den Augenwinkeln beobachtete.

Nafa machte sich Sorgen um Amira. Es war einfach nicht gerecht, dachte er. Trotz ihrer Schönheit und ihrer Aufrichtigkeit fand sich kein Abnehmer. Dabei hatte ihre Erscheinung damals, als sie noch aufs Gymnasium ging, alle Jungs im Viertel verrückt gemacht. Ihre großen Augen mit den Jadereflexen verhexten die Leute. Ihre Mitschülerinnen waren so neidisch auf ihren Charme und ihre schlanke Gestalt, daß sie sich hüteten, mit ihr zusammen gesehen zu werden. Wunderschön war sie, Amira, mit Grübchen in den Wangen wie eine Paradiesjungfrau und langem, wallendem Haar. Nafa litt um sie. Es war seine Schuld, wenn sich kein Kandidat mehr einstellen wollte. Er hatte sie alle abgelehnt. Er hatte sie Dahmane versprochen. Aber Dahmane hatte alle Zusagen vergessen, als er auf der Hotelfachschule von Tizi-Ouzou war. Dort waren die Mädchen *emanzipiert*. Dahmane hatte immer davon geträumt, eine Frau aus besseren Kreisen zu heiraten, die Partys geben und mit der man ausgehen konnte, die sich auf Small Talk mit der High Society verstand.

Und jetzt ging Amira auf ihre vierundzwanzig Lenze zu, und nicht eine Schwalbe hatte es bemerkt.

Nora stellte ihre Schale hin und rannte in ihr Zimmer, ihren Schulranzen holen.

»Bring du sie zur Schule, Souad«, sagte die Mutter. »Sag der Lehrerin, daß ich heute auch keine Zeit habe, um mit ihr zu reden.«

Souad nickte. Dann stand sie auf und nahm ihren Hijab. Souad war siebzehn. Im Gegensatz zu ihren Schwestern hatte die Natur sie nicht eben verwöhnt. Sie war stämmig und rundlich, mit einer plumpen Nase, die das Gesicht halb verdeckte, und sie litt von Jahr zu Jahr mehr unter ihrer Pummeligkeit. Vermutlich um ihr Aussehen zu vergessen, hatte sie sich in eine verbiesterte, verstockte Frömmigkeit geflüchtet. Nafa konnte sich nicht erinnern, sie in den letzten zehn Jahren auch nur einmal schallend lachen gehört zu haben.

Nachdem seine beiden Schwestern gegangen waren, rief Nafa nach der Mutter, um zu fragen, ob er ihr irgendeine Besorgung abnehmen könnte. Sie verzog das Gesicht, es fiel ihr nichts ein. Sie sorgte sich um den Alten, das ja, aber sie wußte, das gehörte nicht zum Aufgabenbereich ihres Sohns.

»Ich habe deine Tante gebeten, vorbeizukommen und mir zur Hand zu gehen. Der Schlafmangel macht mir zu schaffen. Weder ich noch deine Schwestern stehen das durch. Wir brauchen jemanden, der uns ablöst.«

Nafa hieß ihre Maßnahme gut.

Ehe er sich verabschiedete, sah er zu Amira hinüber und fragte sich, ob es nicht Zeit sei, einen Ehemann für sie zu suchen. Er hatte munkeln hören, daß der Imam nach einer Frau Ausschau halte und für Familie Walid die größte Wertschätzung hege.

»Aber mit Freuden ...«, hörte er sich flüstern, während er die Tür erreichte.

Hamza Youb wartete unten an der Treppe auf ihn, Schmuddelmütze tief ins Gesicht gezogen, farbbekleckster Monteursanzug und versiffte Leinenschuhe. Woraus Nafa folgerte, daß er nicht im Rahmen eines Auftrags da war; aber ihn hier auftauchen zu sehen beunruhigte ihn doch.

»Reg dich ab«, meinte der Anstreicher sogleich, »es brennt nicht.«

Wortlos begleitete er ihn zu dem Parkplatz, wo Nafa sein Taxi stehen hatte. Nafa sah nach dem Öl, überprüfte das Kühlwasser, trat ein paar Mal kräftig gegen die Reifen und ließ den Motor an.

»Also, was gibt's?«

»Ich werd's dir erklären.«

»Ich habe zwei Tage lang nicht gearbeitet«, warnte Nafa ihn.

Hamza trat beiseite, um ihn den Wagen herausfahren zu lassen, und kletterte dann auf den Beifahrersitz. Er schnipste mit dem Finger eine Dose Kautabak auf, entnahm eine Prise, schob sie sich unter die Lippe und wischte sich die Hand am Knie ab.

»Also«, begann er, »sie haben Rachid Abbas während einer routinemäßigen Ausweiskontrolle in einem Café verhaftet. Ich kann nur wiederholen, es brennt nicht. Abbas war nie an irgendwelchen Operationen beteiligt. Er ist ein Vertrauter des Imam, was ihm so manche Schinderei erspart. Bloß, bei Knaben seines Kalibers weiß man nie ... Abbas gehört nicht zu den Härtesten. Kann sein, daß er durchdreht. Der Imam hat beschlossen, auf Nummer Sicher zu gehen: Wir müssen für zwei, drei Tage verschwinden, solange, bis klar ist, was passiert.«

»Mein Vater ist schwerkrank.«

»Du bist kein Arzt. Es ist uns streng untersagt, uns leichtsinnig in Gefahr zu begeben. Das Überleben der Gruppe hängt von jedem einzelnen ab.«

»Abbas weiß doch kaum etwas über mich.«

»Mag sein, aber er könnte jemanden nennen, der besser informiert ist als er. Deshalb machst du jetzt mal die Fliege. Nur ein paar Tage. Ist doch nicht so wild.«

Hamza sprach sanft, mit tonloser Stimme, und betrachtete dabei die heruntergekommenen Gebäude des Viertels. Nafa traute dem Frieden nicht. Die Worte seines Fahrgastes waren klar und eindeutig. Sie duldeten keinen Widerspruch.

»Ich weiß nicht, wohin.«

»Nafa, mein Bruder, wann endlich wirst du begreifen, daß du nicht allein dastehst, daß wir über eine bestens eingespielte Organisation verfügen, die über jeden von uns und unsere Familien wacht ... Nachdem du mich abgesetzt hast, fährst du in die Kasbah zurück und läßt dein Taxi bei Daoud, dem Mechaniker, stehen. Auf dem Parkplatz würde es nur Mißtrauen erregen. Du sagst deiner Familie, daß du eine Panne hast und nach Sétif fahren mußt, um Ersatzteile zu besorgen.«

»Ich habe dir schon gesagt, daß mein Vater schwerkrank ist.«

»Wir kümmern uns um ihn. Abou Mariem holt dich um 11 Uhr bei Omar ab und bringt dich an einen sicheren Ort.«

Nach längerem Schweigen lehnte er sich entspannt zurück und schlug Nafa herzhaft auf den Schenkel.

»Entspann dich, mein Junge. Es brennt wirklich nicht, wenn ich's dir doch sage.«

Nafa wartete bis 13 Uhr bei Omar. Abou Mariem ließ sich nicht blicken. Am späten Nachmittag kam ein Telefonanruf und gab Entwarnung: Sie hatten Abbas Rachid freigelassen. Erleichtert kehrte Nafa zu dem Mechaniker zurück und holte sein Taxi ab.

Einen Monat lang passierte nichts, Nafa hatte weder »Transitreisende« zu befördern noch Gelder abzuholen. Er arbeitete normal und legal, kurvte kreuz und quer durch die Stadt und stellte fest, daß die Polizei rund um die neuralgischen Punkte herum ihre Präsenz verstärkt, ihre Sicherheitsvorkehrungen den Gefahren angepaßt und ihre Straßensperren mit Stacheldraht und Panzerwagen verstärkt hatte. Bis in die Kasbah und nach Bab El-Oued wagte sie sich zwar noch nicht vor, aber die Wohnviertel und die großen Boulevards hatte sie wieder unter Kontrolle. Es kursierten Gerüchte, denen zufolge die islamistischen Zirkel von Geheimdienstagenten unterwandert seien. Resultat: Jeder begann jeden zu bespitzeln. Die geringste Anomalie wurde angezeigt. Man engagierte sogar Kinder, um Taghout und Islamisten gleichzeitig zu überwachen. Der nächtlichen Sperrstunde, die die Polizei verhängte, setzte der Emir eine eigene Sperrstunde entgegen. Blutige Säuberungsaktionen fanden unter den Fundamentalisten statt, vor allem in Kreisen der Sympathisanten. Unter den zerstückelten Leichen, die der Zivilschutz im Niemandsland einsammelte, gehörten manche den Helfershelfern der Islamischen Heilsfront, die von ihresgleichen exekutiert worden waren.

Auch die Razzien wurden schärfer, und sie folgten den Attentaten Schlag auf Schlag. Ninja-DZ-Trupps, die Polizeielite, eroberten nach und nach das Terrain zurück, mit Methode und in höchst effizienter Weise. Sie tauchten mitten in der Nacht auf, isolierten ein verdächtiges Gebäude, schnappten sich ihre Beute und verschwanden wie der Blitz. Hier und da kam es zu regelrechten Gefechten. Während der Zusammenstöße übertönten obszöne Beleidigungen und Pöbeleien die Schüsse. Erste schwere Verluste schwächten die Bewaffneten Islamischen Gruppen der Innenstadt ernsthaft. In einer Nacht wurden neun Fundamentalisten in einem verfallenen Haus überwältigt. Im Morgengrauen warf man ihre verstümmelten Leichen auf einen Lastwagen und fuhr sie im Triumphzug durch die Straßen. Die Polizisten schossen im Siegesrausch in die Luft. Mit haßerfülltem Blick sahen die Leute ihnen zu, wie sie ihre Show abzogen. Die Rache der Emire ließ nicht lange auf sich warten. Eine Ninja-DZ-Patrouille wurde binnen weniger Minuten mitten in einem Souk umgelegt. Wieder standen die Leute gaffend daneben, schauten dem Gemetzel mit vor Abscheu verzogenen Mienen zu.

Nafa wurde in Ruhe gelassen. Hin und wieder geriet er in eine Verkehrskontrolle, man ließ die Fahrgäste aussteigen, filzte ihr Gepäck. Manchmal gingen einem Bullen die Nerven durch. Aber Nafa ließ sich nicht aus der Reserve locken. Er übte sich in Geduld, biß die Zähne zusammen und ließ nichts von seinem Haß an die Oberfläche dringen. Man ließ ihn eine Weile am Straßenrand schmoren, dann durfte er weiterfahren.

Zu Hause ging es langsam wieder aufwärts mit dem Alten. Zwar konnte er sich noch nicht auf den Beinen halten, aber manchmal nörgelte er schon wieder oder schrie herum, und alle waren überglücklich.

Nafa trug sich immer ernsthafter mit dem Gedanken, Amira zu verheiraten. Imam Younes verbarg seine Absichten nur schlecht. Er sprach zwar nur mit Dritten, seinen Vertrauten, darüber. Doch die ganze Kasbah wußte, daß er ein Auge auf die Tochter der Walids geworfen hatte. Es kam schon vor, daß die Leute aufstanden, wenn Nafa vorüberkam, man bemühte sich über die Straße, um ihm die Hand zu drücken, man schmeichelte ihm ganz unverhohlen, und die Inhaber der Cafés weigerten sich, ihn seine Getränke bezahlen zu lassen. Selbst Omar Ziri buckelte schon vor ihm.

Bis er eines Abends nach Hause kam und Polizeiautos vor der Tür stehen sah. Das Blut gefror ihm in den Adern. Auf der Straße war ein Menschenauflauf. Ganze Familien hingen in neugierigen Trauben auf den Balkonen.

»Sie sind gekommen, um dich zu holen«, warnte ein kleiner Junge ihn.

Nafa machte auf der Stelle kehrt. Je weiter er sich entfernte, um so heftiger begannen die Mauern seiner Kindheit zu schwanken, verflüchtigten sich wie eine Luftspiegelung. Sein Kopf dröhnte, in seinen Ohren summte es, seine Brust loderte heiß wie ein Ballen Stroh. Er hörte nur noch seinen hechelnden Atem, fühlte nur noch die Keulenhiebe in seinen Schläfen, sah nur noch diese Gassen, die ihn fallenließen, ihn aussetzten, auslieferten. Da packte ihn die Angst. Jäh wurde ihm klar, wie verwundbar er war. Und erst da begann er, halbtot und völlig orientierungslos, zu laufen, zu laufen, in einem fort zu laufen ...

»Hier kannst du unbesorgt schlafen.«

Nafa war schockiert. Nie hätte er gedacht, daß es solch

ein Elend geben könnte. Die Welt, durch die Abou Mariem ihn schleifte, spottete jeder Beschreibung. Hunderte grauenhafter Elendshütten drängten sich in einem Niemandsland: löchrige Dächer, Verschläge, zusammengehauen aus Wellblech und Autoteilen, Fenster, aus Kisten gestanzt und mit staubigem Plexiglas und vermoderter Pappe überzogen, Abwasserlachen, die vor Insekten wimmelten, ausgeschlachtete Lastwagenwracks, die die »Innenhöfe« abriegelten, Berge von Haushaltsabfällen, und mitten durch dieses danteske Universum irrten gespenstergleich menschliche Wesen mit nach innen gekehrtem Blick, die Gesichter wie in einem Krampf verzerrt. Sie waren in einem der Slums von El-Harrach, nur wenige hundert Meter von Algier entfernt. Nicht im Traum hätte Nafa Walid vermutet, daß solch menschlicher Verfall vor den Toren El-Bahjas* möglich sei, er, der in den fauligen Ruinen der Kasbah geboren und aufgewachsen war.

»Und da dachtest du, du wärst schon ganz unten angelangt, damals in Souk El-Djemâa«, bemerkte Abou Mariem, »aber du hast noch gar nichts gesehen.«

Vor allem fragte sich Nafa, wie Menschen es fertigbrachten, in einer derart schaurigen Umgebung überhaupt noch zu leben, zusammengepfercht inmitten dieses gräßlichen Schrotts und dieses bestialischen Gestanks. Wie die Kinder es schafften, sich zwischen Eisenstangen, Stacheldraht und zerrissenen Gitterzäunen nicht die Augen auszustoßen. Welchen Tempel diese Menschen geschändet, welchen Fluch sie auf sich geladen hatten, um ihre Strafe in einer solchen Kloake abzubüßen ...

* (arab.) die Heitere, Strahlende; Beiname Algiers.

»Jetzt begreifst du, wofür wir kämpfen, Bruder Nafa.«
»Ja«, seufzte dieser nur.
»Hier hast du nichts zu befürchten. Unsere Gastgeber würden den Teufel in Person beherbergen, wenn er sie nur von diesen Arschlöchern befreite, die ihnen alles, aber auch alles genommen haben.«
Nafa stand vor den Wellblechbuden und wollte umkehren, fliehen, egal wohin, nur weg, weit weg von diesem Museum des Horrors. Er war sicher, er würde es keine Nacht hier aushalten. Tiefe Verzweiflung packte ihn. Bilder schossen ihm durch den Kopf, und er haßte jedes einzelne dieser Bilder, die schönen wie die häßlichen, er haßte Freunde und Verwandte, die gestrigen, die heutigen, er haßte seine Hände, seine Füße, seine Augen, er haßte die ganze Welt. Wie war er hierhergekommen, was hatte er hier verloren, in diesem vergessenen, von allen guten und bösen Geistern verlassenen Winkel der Welt, was tat er hier?

Er zögerte lange, bevor er den Fuß in eine der Bruchbuden setzte.

Doch wie damals, in jener Nacht im Wald von Baïnem, stieß ihn eine finstere Macht mit der ruhigen Gewißheit des Scharfrichters, der den Gefolterten zum Schafott schiebt, seinem Schicksal entgegen. Und ihm wurde bewußt, daß er sich noch nicht einmal dagegen zu wehren versuchte, daß er weder den Wunsch dazu noch die Notwendigkeit verspürte.

Ein knochiger Alter hockte in einer Ecke und rührte mit einer Kelle in einem Kessel herum. Seine zerfetzte Hose gab den Blick auf sein Hinterteil frei, und sein Trikot war weit über seinen nackten, kadaverartigen Rücken nach oben gerutscht. Als er das Geräusch von Schritten hörte, warf er einen Blick in eine Spiegelscherbe, die an der Wand hing, aber er machte sich nicht die Mühe, sich umzudrehen.

»Hm, riecht ja gut hier!« rief Abou Mariem.

Der Greis schnupperte am Dampf, der von dem Kochtopf aufstieg, legte einen verbeulten Deckel darauf und erhob sich. Mit der Schuhspitze schob er eine Pritsche zur Seite, die ihm im Weg stand, stieg über einen niedrigen Tisch hinweg und begrüßte seine beiden Besucher. Er küßte Abou Mariem ausgiebig ab, umarmte Nafa flüchtig und trat einen Schritt zurück, um ihn zu mustern.

»Mag dein Kumpel Linsen?«

»Vor allem mag er ein gutes Lager für die Nacht.«

»Ach so, ein Durchreisender …«

»Die Polizei ist ihm auf den Fersen.«

Der Alte schaute Nafa über die Schulter.

»Ich sehe da draußen keine Bullen. Schade, wäre zur Abwechslung nicht schlecht gewesen, ein bißchen Fleisch im Eintopf.«

Abou Mariem lachte lautlos.

Und zu Nafa sagte er:

»Du hast bestimmt schon mal von Salah l'Indochine gehört.«

»Nein.«

»Na ja, also das ist er. Er hat den Indochinakrieg mitgemacht, die Revolution von 1954 und den Grenzkrieg gegen die Marokkaner von 1963. Er ist einfach nicht totzukriegen. Er klettert noch heute schneller die Berge hoch als jeder Schakal. Er ist unser Führer. Er kennt den Maquis besser als seine Hosentaschen.«

»Ist auch kein Kunststück«, bemerkte der Alte und zog die Zipfel seiner Taschen heraus, »da ist ja auch nichts Interessantes drin.«

Nafa spürte, wie sein Magen sich verknotete.

»Bringt er mich in den Maquis?«

»Nicht sofort.«

Der Alte bat seine Gäste, es sich bequem zu machen, und ging hinaus in den Hof. Nafa hatte nicht die Kraft, sich zu setzen. Er sah sich um wie ein gehetztes Tier. Er mußte mehrmals krampfhaft schlucken, um die Stimme frei zu kriegen.

»Ich bin noch nicht bereit für den Maquis«, stammelte er.

»Jetzt überstürz mal nichts. Jetzt versteckst du dich erst einmal hier.«

»Wie lange?«

»Das hängt von Cheikh Younes ab.«

Der Alte kam mit einem Tablett voll hartgekochter Eier, Oliven, Pfannkuchen und Orangensaftdosen zurück, stellte alles auf dem niedrigen Tischchen ab, setzte sich im Schneidersitz auf den Boden und wartete, daß die jungen Leute sich gleichfalls setzten.

Abou Mariem griff als erster zu.

Nafa bekam keinen Bissen hinunter. Sein Entsetzen betäubte ihn, verzerrte seine Züge.

»Hat dein Kumpel ein Problem?«

»Logisch, er ist heute zum ersten Mal hier.«

Der Alte verschlang ein ganzes Ei auf einmal, trank zwei Schluck Orangensaft dazu, schnalzte mit den Lippen und sagte:

»He, Kleiner, es wird schon werden. Am Anfang fühlt

man sich fremd. Ist normal. Wird nicht lange dauern, und es flutscht von ganz alleine.«

Nafa nickte ohne Überzeugung.«

»Glaubst du ans Schicksal, Kleiner?«

»Ich heiße Nafa.«

»Schön, Nafa. Glaubst du ans Schicksal?«

»Ich weiß nicht.«

»Wenn du davon ausgehst, daß dir nichts passiert, was nicht Gottes Wille ist, bist du gerettet. Das ist es, was man Schicksal nennt. Das wichtigste ist ein starker Glaube. Stimmt's, Abou Mariem?«

»Es stimmt.«

»Damals in Indochina, da war ich noch keine zwanzig. Ich erinnere mich, kaum waren wir gelandet, ging schon der erste LKW über einer Mine hoch. Wir hatten noch nicht mal Zeit, die Überreste unserer Kameraden zusammenzukratzen, da explodierte eine Granate mitten im Konvoi. Kannst dir ja denken, wie daneben ich war. Ich winselte wie ein im Dschungel verlorengegangenes Kleinkind. Die Nächte waren von Leuchtraketen und Explosionen erhellt. Es war die Hölle, mein Junge. Ich wurde fast wahnsinnig. Schlamm, Monsun, Fallen im Unterholz, aber wir schlugen uns durch. Unsere Macheten wurden stumpf im Kampf mit dem Gestrüpp. Mal geriet ein Späher, kaum daß er den Kopf hinter einem Baum hervorsteckte, voll in den Kugelhagel. Mal geriet der ganze Trupp, kaum daß er aus einem Reisfeld herausgestolpert kam, unter Beschoß und wurde mit blauen Bohnen übersät. Die Sanitäter wußten nicht, wo ihnen der Kopf stand. Manche drehten komplett durch und stürzten sich ins feindliche Mündungsfeuer, damit endlich

Schluß war ... Dann, eines schönen Morgens, sagte ich mir: ›Salah, du steckst seit Monaten bis zum Hals in dieser Scheiße, und du hast nicht einen Kratzer abgekriegt. Kannst du mir das mal erklären? Ich werde es dir erklären: Dir passiert nur, was Gottes Wille ist. Das ist die Wahrheit. Alles andere kann dir egal sein ...‹ Zwei Jahre lang habe ich mich da unten durchgeschlagen. Das war kein Land, das war ein riesiges Schlachtfeld. Wir haben mehr Zeit damit verbracht, unsere Toten zu begraben, als die Attacken der Schlitzaugen zu parieren. Ich höre noch immer das Knattern der Artillerie und das Dröhnen der Jagdbomber ... Als der Krieg zu Ende war, habe ich mir gesagt: ›Geschafft! Das Gewitter ist vorüber. Ich werfe meinen Helm weg und setz mir wieder meinen Turban auf.‹ Aber zu Hause wartete schon die Revolution auf mich. Nicht mal die Zeit, der Mama ein Küßchen zu geben ... Die Revolution, das war auch nicht gerade rosig. Brauch ich dir nicht zu erzählen. Nicht weniger als achtundzwanzig Hinterhalte. Und weder damals die Napalmbomben noch dann die Razzien haben mich erwischt. Weil es nicht Gottes Wille war.«

»Aber wie kommt es, daß du bei all den Kriegen nicht mal 'ne kleine Verwundung hattest?« neckte ihn Abou Mariem.

Der Alte richtete sich auf. Mit theatralischer Geste schob er sein Trikot hoch und zeigte auf seinen Nabel.

»Und das, was ist das, bitteschön? Da ist eine Kugel rein und hier wieder raus«, fügte er hinzu und steckte den Finger in den Hintern. »Vermutlich ein Spezialgeschoß, denn das Loch ist bis heute nicht vernarbt.«

Abou Mariem warf sich auf einen Ellbogen und schüttete sich aus vor Lachen.

Nafa lächelte nicht einmal.

Spät abends kam Hamza Youb vorbei. Er traf sie beim Essen an. Er wartete mit düsterer Miene auf einer Kiste, bis sie fertig wären. Nafa konnte seinen trüben Blick nicht ertragen. Er unterbrach seine Mahlzeit und ging zu ihm hin.

»Was ist?«

Hamza schaute Abou Mariem an. Der begriff sofort. Er nickte kurz, erlaubte ihm zu reden. Hamza legte seine Hände auf die Schultern des Taxifahrers, spürte, wie sie unter seinem Griff zu beben begannen, räusperte sich und sagte:

»Ich habe eine sehr schlechte Nachricht für dich, Bruder Nafa. Dein Vater ...«

»Sag bloß nicht, daß sie ihn festgenommen haben. Er ist ein Greis, sterbenskrank ...«

»Schlimmer, Bruder Nafa.«

»Nein, nein, das kann nicht sein ...«

«Die Taghout haben ihn umgebracht, zu Hause, vor den Augen der Familie. Ich bin untröstlich.«

»Nein, doch nicht ihn, nicht meinen Vater. Er hat nichts getan. Das ist doch absurd ...«

Nafa vergrub den Kopf in den Händen und driftete langsam ab ...

III

Der Abgrund

Willst du am Ende
Zum Frieden gelangen
So lächle dem Schicksal, das dich schlägt
Und schlage niemanden

Omar Chajjam

Meinen ersten Mann habe ich am Mittwoch, dem 12. Januar 1994, getötet, morgens um 7 Uhr 35. Er war Anwalt. Er kam aus dem Haus und war auf dem Weg zu seinem Auto. Seine sechsjährige Tochter lief vor ihm her, sie hatte blaue Schleifen in den Zöpfen und einen Ranzen auf dem Rücken. Sie kam an mir vorbei, ohne mich zu sehen. Der Anwalt lächelte ihr zu, aber in seinem Blick lag etwas Tragisches. Wie ein gehetztes Tier. Er fuhr zusammen, als er mich sah, wie ich da in einer Toreinfahrt auf ihn lauerte. Ich weiß nicht, warum er seinen Weg fortsetzte, als sei nichts. Vielleicht dachte er, er habe, wenn er so tat, als würde er die Bedrohung nicht wahrnehmen, eine Chance, sie abzuwenden. Ich zog meinen Revolver und lief ihm nach. Er blieb stehen und sah mich offen an. Im Bruchteil einer Sekunde wich ihm alles Blut aus dem Gesicht, und seine Züge wurden ausdruckslos. Einen Moment fürchtete ich, ich hätte mich in der Person geirrt. »Khodja?« fragte ich ihn.

»Ja«, antwortete er mit tonloser Stimme. Seine Naivität – oder Selbstsicherheit – verwirrte mich. Ich hatte alle Mühe, den Arm zu heben. Mein Finger verkrampfte sich auf dem Abzug. »Worauf wartest du noch?« rief Sofiane mir zu, »knall diesen Hurensohn endlich ab!« Das Mädchen schien nicht richtig zu begreifen. Oder weigerte sich, sein Unglück an sich heranzulassen. »Das darf doch nicht wahr sein«, nervte Sofiane weiter, »du wirst doch jetzt nicht schlappmachen. Das ist doch bloß ein mieses Aas.« Der Boden unter meinen Füßen begann zu schwanken. Mir

war speiübel, die Übelkeit überschwemmte mich, verknotete meine Eingeweide, ließ mich erstarren. Der Anwalt glaubte in meinem Zögern die Chance seines Lebens zu erkennen. Hätte er sich weiter ruhig verhalten, hätte ich wohl kaum die Kraft gefunden, es zu tun. Jeder einzelne Schuß ging mir durch Mark und Bein. Ich wußte nicht mehr, wie ich mit dem Schießen aufhören sollte, ich nahm weder die Detonationen wahr, noch hörte ich die Schreie des Mädchens. Wie ein Meteorit habe ich die Schallmauer durchbrochen und den point of no return Lichtjahre hinter mir gelassen: Ich war mit Leib und Seele in eine Parallelwelt eingetaucht, aus der es keine Rückkehr geben würde.

Sofiane reichte mir ein Glas Wasser:
»Wie fühlst du dich?
Ich fühlte – nichts, ich wollte nichts. Weder trinken noch essen, noch sprechen.

Ich saß zusammengesunken im Sessel, schaute aus dem Fenster und atmete gierig die frische Winterluft ein. Im Garten ging ein feiner Regen nieder. Der Wind spielte Bäumchen-schüttle-dich. In der Ferne hörte man Autoreifen über die nasse Fahrbahn zischen.

Ich hatte Mühe zu begreifen, was passiert war.

Ich hatte das undeutliche Gefühl, daß ich *einen* Schritt zu weit gegangen war, daß von jetzt an nichts mehr sein würde wie früher.

Ab und zu blitzte ein Bild durch das Dunkel meines Verstandes. Für Sekundenbruchteile sah ich ein Gesicht, einen Mund, blaue Schleifen in Zöpfen, die Pistole, wie sie sich meiner Hand verweigerte, und Himmel und Erde drehten sich, als ginge mir ein Mühlrad im Kopf herum.

Dann verstummte alles, erlosch. Nur ich war noch da, Auge in Auge mit meinem Gewissen. Ich klammerte mich an die Sessellehnen, um jede Reaktion zu unterdrücken ... Aber es kam keine Reaktion. Ich fühlte – nichts. Meine Hände zitterten noch nicht einmal.

Ich sah mich am Tatort wieder. Auf Zehenspitzen. Stockende Bilder. Sah den Körper wieder, der unter meinen Kugeln zusammenbrach, sich aufraffte, zusammenbrach, sich aufraffte, zusammenbrach, sich aufraffte, als ob der Film einen Riß hätte. Ich nahm weder die Detonationen wahr, noch hörte ich die Schreie des Mädchens. Ich muß vorübergehend taub geworden sein, während ich schoß. Sofiane packte mich mit beiden Armen und zog mich zum Auto. Ohne sein Eingreifen wäre ich, zur Salzsäure erstarrt, vor meinem Opfer stehengeblieben. Kein Sterbenswort war mir seitdem über die Lippen gekommen. Eine unsägliche Wut brannte in mir. Ich war wütend auf den Revolver, der sich nicht hatte beschwichtigen lassen, auf meine Faust, die das alles mit sich hatte machen lassen ... Aber vor allem war ich wütend auf diesen Mann, der sich in sein Schicksal gefügt hatte, einfach so, nur weil ein Unbekannter beschlossen hatte, ihn abzuknallen, mitten auf der Straße, wie ein Tier. Ich war wütend, daß er mich mitgerissen hatte in seinem Sturz, mich hineingezogen in seine Tragödie ... Und ich haßte die Menschen dafür, daß sie nichts weiter als Trugbilder waren, lächerliche Fliegen, Statuen auf tönernen Füßen, die eine Kugel, kaum halb so groß wie ein Würfel, von einer Sekunde zur anderen auslöschen konnte.

Ich wütete gegen die erschreckende Leichtigkeit, mit der ein Mensch sich verabschiedete, die Welt durch die

Hintertür verließ, ein Mensch, der doch das Abbild des allmächtigen Gottes war.

Mit ungeheurer Brutalität hatte ich soeben entdeckt, daß es nichts Verwundbareres, Erbärmlicheres, Unbeständigeres gab auf der Welt als ein Menschenleben ...

Es war bestürzend. Unerträglich. Empörend.

»Nach dem Dritten macht es einem nichts mehr aus«, tröstete mich Sofiane.

14

Man riet Nafa, nicht an der Beerdigung seines Vaters teilzunehmen und auch seine Familie nicht zu besuchen. Man fahndete in der Kasbah und in Bab El-Oued nach ihm, wo die Situation immer schwieriger wurde, nachdem die Polizei so viele Leute verhaftet hatte.

Nach achtundvierzig Stunden bei Salah l'Indochine hatte Nafa das Gefühl, verrückt zu werden. Er fühlte sich schuldig am tragischen Tod seines Vaters. Schweigend hockte er in einer Mauernische, marterte sich die Schläfen, brütete über seinem Kummer und seinen Haßgefühlen und flehte die Freunde an, ihn in Ruhe zu lassen. Er weigerte sich zu essen oder Vernunft anzunehmen und wies jede Sympathiebekundung schroff zurück. Am Ende war er soweit, daß er in den Maquis gehen wollte. Er hatte nur eines im Kopf: sich zu rächen.

»Laß dich nicht durch Rachegefühle verblenden«, warnte ihn Abou Mariem. »Dann ist dein Kampf von vornherein aussichtslos. Wer eine private Rechnung begleichen will, läuft Gefahr, sich zu isolieren. Wir müssen immer in der Gruppe bleiben und geeint durch dasselbe Ideal: die islamische Revolution. Dein Vater ist tot, feige ermordet. Da ist er weder der erste noch der letzte. Ganz im Ernst, nimm dich zusammen. Wir müssen einen kühlen Kopf bewahren. Der Haß ist ein schlechter Verbündeter, auf den ist kein Verlaß. Unser Krieg ist ein heiliger Krieg, keine Privatangelegenheit, Nafa. Er fordert Entschlossenheit von uns, aber zugleich auch Gerechtigkeit und

Hellsicht. Die Zukunft der Nation hängt davon ab. Wir werden die Mörder deines Vaters finden. Sie entkommen uns nicht, früher oder später gehen sie uns in die Falle und bekommen ihre gerechte Strafe. Bis dahin gedulde dich. Wir hatten schon etliche Mißverständnisse dieser Art zu beklagen. Der Friseur Okkacha hat seinen Sohn bei einer Razzia verloren. Ohne irgendwen um Rat zu fragen, hat er sich eine Rasierklinge geschnappt und dem erstbesten Bullen, der ihm über den Weg gelaufen ist, die Kehle durchgeschnitten. Eine unglückliche, unüberlegte Handlung. Der Polizist stand auf unserer Seite. Er war es, der uns über bevorstehende Polizeiaktionen in unserem Viertel informierte. Deshalb ...«

Nafa ließ nicht locker, er wollte in die Berge. Cheikh Younes war dagegen, gliederte ihn aber schließlich in Sofianes Gruppe ein.

Sofiane war ein gutaussehender Mann, dreiundzwanzig Jahre alt, groß und athletisch, mit langer, blonder Pferdemähne. Mit seinem Kindergesicht und seinem entwaffnenden Lächeln betörte er seine Umwelt und auch seine Opfer. Er leitete eine Gruppe, die aus acht handverlesenen Mitgliedern bestand, junge Leute aus der Oberschicht und aus Industriellenfamilien, keiner älter als einundzwanzig. Sie hatten ihr Hauptquartier an der Universität, wo sie Pläne aushecken, die chirurgische Maßarbeit waren.

Spezialisiert auf die Jagd nach Juristen, Kommunisten und Geschäftsleuten, waren sie mit der Zeit zu einem festen Team zusammengewachsen, diskret und von minutiöser Genauigkeit. Nichts überließ man dem Zufall. Alle Mitglieder waren Studenten, mit Sorgfalt gekleidet, gründlich rasiert und stets gutgelaunt. Manche trugen einen Pferdeschwanz, andere einen goldenen Ohrring. An der Uni hielt man sie für Bürgersöhnchen, die über jeden Verdacht erhaben waren. Eine Fatwa gestattete ihnen, in Nachtclubs und in der Schicki-Micki-Szene zu verkehren, wo sie Informationen über potentielle Opfer sammeln konnten. Dank ihres lässigen Outfits schlenderten sie unbehelligt auf den großen Boulevards umher, unterm Arm eine Aktenmappe, den Revolver in einer Zeitschrift versteckt.

Nafa fühlte sich auf Anhieb wohl in der Gruppe. Er fand etwas von der behüteten Atmosphäre im Hause Raja wieder, die funkelnden Lichter in den Wohnzimmern, den Duft von Wohlstand und weiter Welt, der im Vergleich zum Slum von Salah l'Indochine eindeutig weniger aufs Gemüt drückte.

Während der ersten Wochen wurde er von Farouk, dem Wasserträger der Gruppe, in einem Zimmer an der Universität einquartiert. Er mußte möglichst schnell in Vergessenheit geraten und nutzte die Zeit zu seiner ideologischen Weiterbildung. Er las theologische Literatur, betete viel und wurde nicht müde, die Predigten der ägyptischen, sudanesischen und orientalischen Cheikhs zu hören. Farouk besaß Dutzende von Kassetten dieser Art. Er selbst verfaßte Manifeste und rekrutierte neue Anhänger unter den Studenten.

Dann bot Sofiane ihm an, zu ihm überzusiedeln, in eine traumhafte Villa oberhalb von Benaknoune und mitten in Gärten gelegen. Hier wohnte Sofiane mit Hind, seiner vier Jahre älteren Ehefrau, einer kühlen, mürrischen Theopathin von marmorner Blässe, die einen unerhörten Einfluß auf die Gruppe ausübte. Niemand traute sich, ihr in die Augen zu sehen. Sie wies jeden sofort in seine Schranken zurück, eiskalt. Nafa erfuhr es schon bei der ersten Begegnung. Als er ihr auf der Türschwelle die Hand hinstreckte, empfahl sie ihm, von dieser »ketzerischen« Geste zutiefst angewidert, auf die Koranschule zurückzukehren, um seine Kenntnisse aufzufrischen. Nafa dachte, sie mache einen Scherz, und lächelte, doch sein Lächeln erstarb, als er in den Augen seiner Gastgeberin einen Glanz sah, der ihm frostige Schauer über den Rücken jagte.

Sie war es auch, die am Steuer saß, wenn sie ein Attentat durchführten. Dann trug sie europäische Kleidung, war geschminkt und ließ ihre lange schwarze Mähne offen über ihre Schultern fallen. Sie kam schneller durch die Straßensperren der Polizei als ein Krankenwagen.

Wieder zu Hause, schminkte sie sich in Windeseile ab, riß sich ihr Kostüm vom Leib, als sei es ein Nessushemd, und vertiefte sich in fromme Lektüre.

Nafa logierte im Erdgeschoß. Seine Gastgeber stellten ihm ein Zimmer mit einem riesengroßen Fernseher, einer reichbestückten Bibliothek und einem gefüllten Kleiderschrank zu Verfügung.

»Fühl dich wie zu Hause«, meinte Sofiane zu ihm.

»Du verwöhnst mich.«

»Noch etwas: Ich möchte, daß du dir einen Pferdeschwanz wachsen läßt. Du siehst gut aus, das sollten wir nutzen. Unsere Grundregel ist ganz simpel: das Nützliche mit dem Angenehmen verbinden, im Klartext, auf sein Äußeres achten, im richtigen Moment zuschlagen und sich wieder in Luft auflösen, als sei nichts gewesen.«

Am nächsten Tag unterwies man ihn im Keller der Villa im Gebrauch von Schußwaffen.

Eines Abends, während Algier allmählich im Nebel versank, tauchte Farouk auf. Er pinnte Fotos von einem etwa vierzigjährigen Mann an die Wand: ein Rechtsanwalt, dem die Bewegung vorwarf, einige *Brüder* miserabel verteidigt zu haben, die willkürlich von den Ordnungskräften verhaftet worden waren. Farouk entwarf ein komplettes Bild vom Leben des Anwalts: seine Gewohnheiten, seine Bekanntschaften, seine Wege ... Nafa hörte aufmerksam zu, nicht ahnend, daß es sich hier um sein erstes Opfer handelte. Und er dachte, ihm bleibe das Herz stehen, als Sofiane ihm versprach, daß die Sache kinderleicht sei und sie sich für alle Fälle an seiner Seite halten würden, falls etwas Unvorhergesehenes dazwischenkäme.

Nach der Hinrichtung des Anwalts dauerte es nicht lange, und Nafa paßte einen Richter ab, der von einem Fest kam, nachts um eins. Ein gebrechlicher Typ, der ein Bein nachzog und leise vor sich hin fluchte, weil es ihm nicht gelang, die Wagentür zu öffnen. Wieder zitterte Nafas Hand, als er den Revolver auf den borstigen Nacken des alten Mannes hielt. Der schien noch nicht einmal zu bemerken, daß eine Kanone seine Halswirbel kitzelte. Als der Schuß losging, flog ihm sein Gebiß aus dem Mund, prallte gegen die Kühlerhaube und zersplitterte auf dem Asphalt.

Um Nafas ersten Monat bei der Gruppe mit Bravour zu beschließen, machte Sofiane eine Ausnahme von der Regel und servierte ihm auf dem silbernen Tablett einen derart dickleibigen Polizisten, daß er sein gesamtes Magazin leerschießen mußte, um ihn zur Strecke zu bringen.

Sofiane hatte recht: Seit dem »Dritten« machte es ihm nichts mehr aus. Er verabschiedete sich von seinen Zweifeln und Gewissensbissen und begann, seinen nächsten Opfern mit der gnadenlosen Geduld des Schicksals aufzulauern.

»Na, was bringst du uns Schönes?« fragte Sofiane in der Eingangshalle, die Fäuste in die Hüften gestemmt.
Farouk säuberte seine Leinenschuhe auf der Fußmatte, ließ seine amerikanische Mütze über eine Kommode segeln und schwang seine Aktentasche:
»Einen Handlanger des Teufels.«
Hinter ihm zog sich Le Rouget fröstelnd seinen K-Way um die Schultern. Er zwinkerte Nafa zu, der in einem Sessel saß, grüßte unmerklich Hind und drückte dem Emir tänzelnd die Hand. »Heute gießt's ja fürchterlich.«
»In der Tat, das reinste Hundewetter.«
»Ich habe Bullen hier in der Gegend gesehen.«
»Wenn's ihnen Spaß macht.«
Le Rouget rieb sich die Hände und blies hinein. Sein hageres Gesicht, schmal wie eine Messerklinge, war mit Sommersprossen übersät. Sohn eines ehemaligen Ministers der Einheitspartei, hatte er lange Zeit auf einer Wolke gelebt und seine Ferien stets am anderen Ende der Welt verbracht. Mit siebzehn kam er schon im eigenen Coupé ins Gymnasium. Er umschwärmte die Mädchen, ging gern auf Partys und machte großzügige Geschenke.
An der Universität prophezeiten Professoren wie Kommilitonen ihm eine außerordentliche Karriere. Er war begabt, ein wahres Genie. Ohne daß er sich sonderlich anzustrengen schien, überflügelte er sämtliche Stu-

denten seines Jahrgangs. Er war in Naturwissenschaften wie in Allgemeinbildung gleichermaßen brillant, so daß selbst der Rektor ihm seine Bewunderung nicht versagen konnte. Doch das stieg ihm nicht zu Kopf, er studierte mit derselben Lässigkeit weiter, die so typisch für ihn war. Und nichts ließ vermuten, daß er sich in einen Killer von unerbittlicher Ausdauer verwandeln würde.

Sein Leben änderte sich mit dem Tag, an dem ihm Farouk in der Universität vorschlug, ihm im Komitee zur Hand zu gehen. Auch Farouk war ein begabter Student, Sohn einer vermögenden und sehr angesehenen Familie. Er sprach Französisch, aber er dachte nur FIS. Le Rouget vermochte seiner Beredsamkeit, der Klarheit seiner Visionen und der Schönheit seines Glaubens nicht zu widerstehen. In kürzester Zeit war er Farouks Verführung erlegen. Mit jedem konspirativen Treffen, jeder Predigt, jedem Besuch in der Moschee oder einer theologischen Fachbuchhandlung kam ihm die hohe Eitelkeit des schönen Scheins, die Verwerflichkeit des Lasters, die Seichtheit einer kurzlebigen Welt, deren geschmückte Fassaden ihren inneren Verfall nur schlecht verhüllten, immer stärker zu Bewußtsein. Fest entschlossen, sein Wissen in den Dienst der edlen Sache zu stellen, kam er von seiner Wolke herunter und ließ sich ein rotes Vollbärtchen wachsen, von dem er sich klaglos trennte, als Farouk ihm erklärte, daß die Revolution ein Vorgehen in größter Verschwiegenheit erfordere, wozu gehörte, daß sie ihre studentischen Gewohnheiten und ihren Umgang unverändert beibehielten. Le Rouget setzte die Lektion perfekt um. Nach außen hin das Bonzensöhnchen, verbarg er hinter dieser Fassade den hundertprozentigen Adepten, fühlte er sich als ein vom

Himmel Auserwählter, der in Bälde mit einem göttlichen Auftrag betraut werden würde.

Sein erstes Opfer sollte sein Lehrer werden, Doktor der Mathematik, ein kinderloser Witwer, der allein in einem alten Häuschen im Osten Algiers lebte und stolz auf seinen Schützling war. Er lud ihn oft nach Hause ein, um sein bescheidenes Mahl mit ihm zu teilen. Ganze Abende verbrachten sie gemeinsam, sie begeisterten sich für diesen oder jenen Wissenschaftler, für die russische Literatur oder die Bedeutung der marxistischen Philosophie. Le Rouget beklagte den Untergang des Sowjetreichs und verbarg nicht seine Sorge um die Zukunft der algerischen Kommunisten, die er neu zu formieren gedächte. Der Witwer war sehr angetan von der Einstellung seines Schützlings, er beruhigte ihn, was den Kommunismus im Land betraf, und versprach, ihm vorbehaltlos die Tore der Partei zu öffnen. So konnte Le Rouget in Ruhe eine Liste aller atheistisch gesinnten Professoren aufstellen, an ihrer Spitze, rot unterstrichen, der Name seines Förderers, den er am Abend seines fünfzigsten Geburtstags exekutierte, mit zwei großkalibrigen Kugeln als Geschenk.

Nafa hatte schon zweimal mit ihm zusammen einen Auftrag ausgeführt. Le Rouget besaß die Kompromißlosigkeit und Effizienz eines Profikillers. Er schlug schnell und präzise zu, und stets mit schallgedämpfter Pistole. War das Opfer tot, zupfte er mechanisch seine Hemdsärmel zurecht, steckte die Waffe zurück in die Aktentasche und entfernte sich gemächlichen Schritts, wie ein Spaziergänger bei einem Schaufensterbummel. Nie ließ das Flehen seiner Beute seine Hand erzittern, nie suchte der Geist des Ermordeten ihn hinterher heim. Kaum hatte ein Opfer die Seele ausgehaucht, war er in Gedanken schon beim nächsten.

Farouk öffnete seine Aktentasche, zog ein paar Fotos hervor und breitete sie auf dem Tisch aus.

»Noch so ein Scheißkerl von einem Kommunisten«, verkündete er.

Nafa runzelte die Stirn, als er den Filmemacher Rachid Derrag erkannte.

»Bist du sicher, daß der Kommunist ist?«

»Solange, bis du uns das Gegenteil beweist ...«, spottete Le Rouget. »Kennst du ihn?«

Nafa bemerkte seine Torheit und versuchte, seinen Lapsus zu überspielen. Er griff nach dem Foto und besah es prüfend.

»Verrückt, der sieht einem Briefträger, den ich kenne, zum Verwechseln ähnlich.«

»Der Typ da ist aber kein Briefträger. Der dreht subversive Filme und bekifft sich jeden Donnerstag im ›Lebanon‹.«

Farouk knallte eine Mappe auf den Tisch.

»Ich habe ein dickes Dossier über ihn: Rachid Derrag, siebenundvierzig, verheiratet, vier Kinder, wohnhaft in der Cité Amrane, Block C, Aufgang 1. Studium der Filmwissenschaft in Moskau. Notorischer Säufer ...«

»Ein Dreckskerl und ein gottloser Hund«, ergänzte Le Rouget. »Scheint, daß er gerade einen Dokumentarfilm über den Islamismus vorbereitet, den er auf einem Filmfestival in Europa zeigen will.«

»Ich hasse Künstler. Erst recht jene, die außerdem noch Kommunisten sind.«

Nafa zog die Mundwinkel nach unten zum Zeichen, daß er sich wohl in der Person getäuscht haben mußte. Als er den Kopf hob, begegnete er Hinds Augen, die ihn scharf musterten.

»Wie lange bist du jetzt bei uns?«

»Etwa zehn Wochen, wieso?«

»Haben wir dir je etwas vorenthalten?«

»Nein.«

»Hattest du das Gefühl, von irgend etwas ausgeschlossen zu sein?«

»Eigentlich nicht.«

Da schlug Hind mit der Faust auf die Aktenmappe und schrie:

»Und warum hast du dann kein Vertrauen zu uns?«

Nafa wich zurück.

»Aber sicher habe ich Vertrauen zu euch.«

Hind fletschte förmlich die Zähne. Ihre Augen zogen sich zu engen Schlitzen zusammen, deren gebündelte Energie einen verunsicherten Nafa traf.

»Ach ja? Du hast Vertrauen zu uns. Und deshalb tust du so, als ob du dieses Miststück auf den Fotos nicht erkennst!«

»Ich habe ihn verwechselt mit ...«

»Lüg nicht!«

Ihr Finger vibrierte drohend.

Farouk und Le Rouget wandten sich verlegen ab.

Sofiane nahm die Hände aus den Hosentaschen und versuchte sich einzuschalten. Hind bat ihn zu bleiben, wo er war, und beugte sich über Nafa, als ob sie ihn in seinen Schatten zurückstoßen wollte. Sie atmete heftig, ihr Gesicht war wutverzerrt, als sie ihre Lippen ans Ohr des ehemaligen Taxifahrers schob und zunächst fast unhörbar, dann immer aggressiver murmelte:

»Wir haben dich nicht in unser Team aufgenommen, um deinem Cheikh Younes eine Freude zu machen. Für Sentimentalitäten haben wir keinen Platz. Wir haben dein Dossier studiert, und für das, was da drinsteht, haben wir dich engagiert. Wir wissen, woher du kommst, wie weit du gehen kannst, bei wem du gearbeitet hast und in welchem Umfang du dich nützlich machen kannst ... Wir wissen, daß du schon alles mögliche probiert hast, nicht zuletzt das Kino, und daß du in einem furchtbaren Schmachtfetzen mitgespielt hast, den ausgerechnet dieses verkommene Subjekt da auf dem Foto gedreht hat.«

»Was soll das, Hind!« schaltete Sofiane sich betreten ein. »Nafa ist doch erst bei seinem fünften Attentat.«

»Seinem sechsten!«

»Sechstem oder zehntem, egal, was ich sagen will, ist, daß er noch nicht auf vollen Touren läuft. Wir sind Kämpfer, keine Tötungsmaschinen. Gott verlangt von den Seinen nur, was sie vermögen. Wenn Nafa sich heute noch nicht dazu in der Lage fühlt, einem alten Freund ins Auge zu sehen, dann ist das kein Verstoß gegen seine Verpflichtungen, und erst recht kein Eidbruch.«

»Und ob das einer ist!« kreischte sie und richtete sich wieder auf. »Beim Dschihad gibt es nicht zweierlei Maß. Wen die Bewegung verurteilt hat, der wird liquidiert. Ausnahmslos. Ganz gleich, ob Verwandter, Freund oder Bekannter. Wir dürfen kein Jota von diesem Prinzip abweichen, wenn wir unter den korrupten Typen, die uns regieren, wirklich aufräumen wollen.«

Erneut ging sie zum Angriff auf Nafa über.

»Erkennst du jetzt dieses Miststück auf den Fotos wieder?«

Nafa fuhr sich durch die Haare, starrte auf seine Schuhe, er hatte einen Kloß im Hals.

»Erkennst du ihn wieder?«

»Ja!«

»Ist dein Glaube stark genug, ihn umzulegen?«

»Das reicht jetzt!« brüllte Sofiane. »Du hast kein Recht, einen meiner Männer so zu behandeln! Ich verbiete es dir! Ausdrücklich! Ich gebe hier die Befehle! Ich bin der Emir!«

Hind hielt sekundenlang dem zornigen Blick ihres Mannes stand, dann sah sie auf Nafas gesenkten Kopf. Farouk und Le Rouget blieben beharrlich über die Fotos gebeugt, und so ballte sie schließlich die Fäuste und zog sich in ihr Zimmer zurück.

Rachid Derrag wird erdolcht werden. Unter den Augen seiner Kinder.

Nafa wird dabeisein.

Er wird noch so angestrengt die Augen zukneifen, um das Gemetzel nicht mit anzusehen, Rachids Entsetzensschreie werden ihn dennoch tage- und nächtelang verfolgen: »Das kann nicht wahr sein! Doch nicht du, Nafa! Dein Platz ist nicht auf *ihrer* Seite. Das ist doch nicht möglich! Du bist Künstler, mein Gott, Künstler ...!«

15

Nafa stand am Fenster und beobachtete, wie der Nebel vom Meer her die Stadt überzog: eine Horde Gespenster auf Landgang. Tausende gischtbeladener Leichentücher wehten flatternd um die Häuser, mumifizierten Stadtteil um Stadtteil, stiegen langsam den Hügel empor, legten sich unerbittlich über die Slums. Algier war allein mit sich selbst, lauschte dem Entsetzen, das in seinen Eingeweiden rumorte, dem Unglück, das seinen Geist zerstörte. Die Schatten, die an den Bauzäunen entlanghuschten, raubten ihm den letzten Schlaf. Das Wasser im Hafen plätscherte im Takt seiner Agonie. Algier trieb der ewigen Verdammnis entgegen. Befangen in seinem Schmerz, erwartete es nichts mehr von den Menschen, nichts von den befreundeten Nationen, es hatte den Glauben an den Himmel und an die Weite des Horizonts verloren.

Nafa versuchte, sich an die Zeit zu erinnern, als es noch Spaß machte, durch die Straßen zu ziehen, als die Kneipen noch voller Leben waren, Klänge von Haouzi-Musik in der Luft lagen und auf den Squares die Kinder herumtollten. Er dachte an die ausgelassenen Abende bei einer Tasse Kaffee, an die Scherze, die wie Feuerwerkskörper durch die Luft schwirrten ... Wie weit weg das alles war, dieses Leben von einst, tot und begraben!

»Kann ich abräumen?« fragte Hind.

»Natürlich«, antwortete Sofiane aus der Tiefe seines Sessels. »Bring uns bitte Tee.«

Im Spiegel der Fensterscheibe sah Nafa, wie Hind die Teller vom Tisch abräumte. An ihrem finsteren Blick erkannte er, daß sie ihm seinen Schwindel noch immer nicht verziehen hatte. Dabei hatte er versucht, es durch seine Teilnahme an zwei spektakulären Attentaten wiedergutzumachen, damals, bald nach dem Mord an Rachid Derrag, doch vergeblich. Sie ließ ihn weiterhin links liegen und bedachte ihn nur manchmal mit einem jener kalten, verächtlichen Blicke, die man einem zuwirft, der einen unwiderruflich enttäuscht hat.

Nafa sah wieder in die Nacht hinaus. Ein Polizeiwagen fuhr die Straße entlang. Sein Scheinwerfer malte blutige Aquarelle auf die Wände.

Da schrillte das Telefon.

Sofiane erhob sich und nahm ab.

»Hast du den Fernseher an?« keuchte eine Stimme am Ende der Leitung.

»Ja.«

»Was siehst du gerade?«

»Irgendeinen französischen Sender.«

»Schalte ENTV ein ... und bleib dran.«

Sofiane holte die Fernbedienung aus seinem Sessel und ging wieder ans Telefon. Die grüne Landschaft auf dem Bildschirm wich einem düsteren Anblick: ein Haus inmitten von Trümmern und Rauchschwaden. Davor standen Polizisten Wache und kontrollierten die Umgebung. Die Kamera glitt ins Innere des belagerten Gebäudes, durch einen mit Schutt übersäten Hausflur, an geschwärzten, von Kugeln durchsiebten Wänden und umgestürzten Möbeln vorbei, dann hinein in einen Hof, in dem mehrere Leichen inmitten von Gewehren, selbstgebastelten Granaten, Banknotenbündeln und raschelnden Dokumenten lagen.

»Hallo, bist du noch da?«

»Ja«, sagte Sofiane. »Ich verstehe das nicht.«

»Der Nationale Kommandostab hat sich austricksen lassen. Offenbar gibt es ganz oben einen Maulwurf. Das war ein Spitzentreffen, top secret. Selbst mich hatten sie nicht eingeweiht.«

»Ich habe sieben Leichen gezählt.«

»Sie waren zu acht. Wir müssen mächtig aufpassen. Der einzige Überlebende ist jetzt vielleicht in den Händen der Taghout.«

»Ich habe niemanden erkannt.« Sofiane wurde ungeduldig.

»Der komplette Generalstab, sag ich dir doch. Ein furchtbarer Schlag. Das wird schlimme Konsequenzen für die Bewegung haben.«

»Ist Emir Jaafer unter den Märtyrern?«

»Ja, er, dann der nationale Koordinator Cheikh Nouh, die regionalen Koordinatoren für den Westen und das Zentrum, der Emir von Zone 1, ein Vertreter der Organisation in Europa und ... ist Hind in deiner Nähe?«

»Sie wäscht gerade ab.«

»Sieh zu, wie du's ihr sagst.«

Sofiane zuckte zusammen.

Er schluckte mehrere Male, bevor er fragte:

»Abou Lhoul?«

Schweigen am Ende der Leitung, dann:

»Ja ... ihn haben sie auch getötet.«

Wie von einer Intuition alarmiert, erschien Hind im Türrahmen, verschränkte die Arme über der Brust und schaute unverwandt auf ihren Mann, dem der Schweiß herunterlief und der sich eiligst wieder umdrehte.

»Hallo!« rief die Stimme am Ende der Leitung.

»Ich bin noch da.«

»Sag ihr, wie leid es mir tut.«

»Ich werd's ihr sagen.«

»Paßt auf euch auf, Brüder. Das ist ein schrecklicher Schlag, aber wir werden drüber hinwegkommen.«

»Daran zweifle ich keine Sekunde. Ich ruf dich wieder an. Bis bald.«

Sofiane legte auf, wischte sich mit dem Handgelenk über seine verklebten Lippen. Nafa, der die Bilder im Fernsehen gesehen hatte, erriet, daß eine Katastrophe über die Bewegung hereingebrochen war. Er hatte auf dem Bildschirm niemanden erkannt, außer vielleicht dem Toten in der Mitte, der ihn an jemanden erinnerte, den er an einem gewissen Freitag bei Omar Ziri gesehen hatte. Gebannt hing er an den Lippen des Emirs.

Sofiane sah zu seiner Frau hin. Wie sollte er es ihr nur sagen.

»Es ist etwas Abscheuliches passiert, Hind.«

Nafa fühlte sich überflüssig. Er hüstelte in die Faust und erhob sich.

»Du bleibst«, sagte Hind.

Sie lehnte am Türrahmen, betrachtete den Leuchter im Wohnzimmer, fing den Blick ihres Mannes auf.

»Wer war am Apparat?«

»Ishaq.«

»Ach ...«

»Sie haben eben im Fernsehen gezeigt, was passiert ist. Der komplette Generalstab wurde ausgelöscht. Jaafer,

Cheikh Nouh, Abou Horeira, Abou Abderrahmane Zakaria, Slimane Abou Daoud, ein Bruder aus Europa ...
»Und Abou Lhoul«, ergänzte sie ruhig.
Sofiane zog die Brauen hoch.
»Woher weißt du?«
»Mein Bruder wich nie einen Schritt von Jaafers Seite. Wenn Jaafer tot ist, dann mein Bruder zwangsläufig auch.«
»Es tut mir so leid.«
Hind richtete sich langsam mit einem geschmeidigen Hüftschwung zu voller Größe auf und strich sich über die Arme, ohne ihren Mann aus den Augen zu lassen. Nicht die leiseste Regung in ihrem Gesicht. Sie wirkte gefaßt, beinahe heiter.
Sie nickte und sagte:
»Dann werde ich euch mal den Tee bringen.«

Wochenlang wartete man ab, wie es weitergehen würde. Im Land herrschte Waffenstillstand. Keine neuen Attentate, keinerlei Nachrichten aus dem Maquis. Der Schlag, der die Bewegung getroffen hatte, war in der Tat von seltener Härte. Wie hart, merkte man erst mit der Zeit. Sofiane befahl seinen Männern, alle Aktionen einzustellen, an die Universität zurückzukehren und auf neue Direktiven, so es welche gäbe, zu warten. Nun, da Jaafer beseitigt war, entbrannte die Frage der Nachfolge, gnadenlos. Jeder Emir, der unterging, riß im Sturz seinen ganzen Mikrokosmos mit. Sein Hofstaat und seine Leibgarde zerfielen automatisch, seine engsten Mitarbeiter wurden abgezogen, andere für den Übergang zunächst im Amt belassen, bis auch sie eines Nachts spurlos verschwanden.

Sofiane machte sich Sorgen. Dank der schützenden Hand seines Schwagers Abou Lhoul hatte sich seine Gruppe relativ großer Autonomie erfreut; jetzt jedoch mußte er befürchten, daß irgendein überspannter Emir das Netzwerk, zu dessen Vollendung er Jahre gebraucht hatte, lahmlegen könnte. Er fürchtete auch, seiner Funktionen enthoben und in eine Zone versetzt zu werden, in der er nicht würde aktiv sein wollen.

Diskrepanzen, bis hin zu Zerwürfnissen, spalteten die Bewegung zusehends. Nach der Bewaffneten Islamischen Bewegung gewannen andere bewaffnete Flügel an Boden. Die AIS, die Islamische Heilsarmee, wurde von den Bewaffneten Islamischen Gruppen, den GIA, überrollt, die aus dem Nichts auftauchten, bedrohlich und zerstörerisch; sie waren besser ausgerüstet, besser ausgebildet und verbreiteten Furcht und Schrecken. Per Handstreich hatten sie den Maquis im Zentrum, im Westen und Südosten des Landes in ihre Gewalt gebracht und glänzten durch Überfälle großen Stils und abenteuerlich wagemutige Angriffe auf Militärniederlassungen. Man hätte meinen können, eine Grenzarmee, die seit langem auf der Lauer lag und nur darauf gewartet zu haben schien, daß sie sich im passenden Moment auf das geschwächte Land stürzen konnte, um ihm den Todesstoß zu versetzen. Die Gründungsmitglieder der FIS fühlten sich betrogen und überrannt. Ihre Autorität verfing nicht mehr. Mit jedem Attentat, das Unbekannte für sich verbuchten, bröckelte ihr Charisma ein bißchen mehr. Die Zeit der hehren Ansprachen war vorbei. Das Messer hatte das Wort verdrängt, es ausgestochen. Die Cheikhs kuschten vor den

Emiren, der Politiker vor dem Krieger. Manche Imame schwenkten die weiße Fahne und lieferten sich der Staatsgewalt aus. Ohne zu zögern, stellten sie sich im Fernsehen zur Schau, entmystifizierten den Mejless, säten Zwietracht. Die Verantwortlichen im Exil widersprachen sich gegenseitig, setzten einander wechselseitig ab. Auf die Forderungen der einen folgte die Empörung der anderen. Im Land selbst war es noch schlimmer. Allenthalben brachen Konflikte aus, die das Fundament des Dschihad zersplitterten. Die Clans lauerten auf die geringste Gelegenheit, das Wettrennen um die Führung wieder aufzunehmen: Iraner, Afghanen, Hijra wa Takfir, die Salafiten, Jaz'ara, die Gefährten Saïd Makhloufis, die Schüler des selbsternannten »Generals« Chebouti, daneben viele andere okkulte, unterirdische und machiavellistische Strömungen, die allesamt die trüben Wasser aufwühlten, um Zwist und Verwirrung zu nähren.

Tag um Tag schlich Sofiane durchs Wohnzimmer, in der Nähe des Telefons, die Finger auf dem Rücken verknotet, das Kinn gesenkt. Jeder Name, der vorgeschlagen wurde, jeder potentielle Kandidat für den Emirsposten tauchte ihn in eine Art Hysterie, die bald enthusiastisch, bald deprimiert ausfiel. Er schlug seinerseits Namen vor, widersprach, drohte mit Abspaltung. Ishaq, sein Gesprächspartner, empfahl ihm, ruhig Blut zu bewahren, und sicherte ihm seine bedingungslose Unterstützung zu.

Nafa, der Zeuge dieser höchst intensiven Telefonate war, teilte die Gemütszustände seines Emirs, geriet in Verzweiflung, wenn er ihn schimpfen hörte, schöpfte Hoffnung, wenn Sofiane sich entspannte.

Hind wiederum schloß sich in ihrem Zimmer ein. Seit

dem Tod ihres Bruders hatte sie sich in theologische Lektüre und ins Gebet geflüchtet und tauchte nur auf, um die Mahlzeiten zuzubereiten, von denen sie selbst kaum etwas aß.

Eines Abends dann, gegen 20 Uhr, klingelte das Telefon.

Eigenartigerweise befiel Nafa und Sofiane, die im Fernsehen die Nachrichten verfolgten, sofort ein ungutes Gefühl.

»Ja?« fragte der Emir mit gepreßter Stimme.

Er hörte lange zu, nickte und legte wieder auf.

Er kam schleppenden Schrittes zurück und ließ sich resigniert in den Sessel fallen.

»Da haben wir eine Fülle grauer Eminenzen in der Bewegung, und dann wird so ein blöder Bauer, so ein verstockter Analphabet zum Oberkommandierenden ernannt ... Grotesk, einfach grotesk ...«

Ein aufgeschlagenes Buch auf den Knien, saß Nafa dösend unter einem Birnbaum. Es hatte am Vorabend geregnet, und der Garten, eingelullt vom Vogelgezwitscher, dampfte unter der Sonne. Der Himmel spannte über der Stadt seine makellos blaue Leinwand. Der Frühling stolzierte umher, im prachtvollen Sultansgewand, Blume im Knopfloch, auf dem Turban eine Schwalbe. Mit seligem Lächeln im Gesicht, das von den Anfechtungen des Dschihad gezeichnet war, überließ Nafa sich der heilenden Berührung durch die Wärme und träumte von den glücklichen Zeiten der Sommerfrische, da er Chauffeur beim staatlichen Fremdenverkehrsbüro war.

Ein Schatten verdunkelte seinen Sonnenstrahl. Er wartete, daß er weiterzöge. Er zog nicht weiter. Da schlug Nafa die Augen auf und sah Sofiane vor sich stehen, die Hände in den Hosentaschen, eine Falte auf der Stirn.

»Du wirst mir fehlen, alter Junge«, verkündete Sofiane und stupste mit der Spitze der Schuhsohle einen Grashalm an.

»Du gehst weg?«

»Du bist es, der geht, Nafa. Ich habe Order erhalten, dich einem gewissen Salah l'Indochine zu überstellen. Ich habe versucht zu verhandeln, damit du bei uns im Team bleiben kannst, aber sie wollten nichts davon wissen.«

Nafa schnellte aus seinem Korbstuhl hoch. Sein Buch fiel zu Boden, er merkte es nicht.

»Mich Salah l'Indochine überstellen?«

»Hat man mir so gesagt. Du kennst ihn?«

»Bloß einer aus dem Umkreis der Sympathisanten.«

»Vielleicht sollst du in einem der Hilfsdienste eingesetzt werden.«

»Glaubst du, ich war unter deinem Kommando nicht auf der Höhe?«

»Du warst fantastisch. Ich versichere dir, ich kann nichts dafür.«

Nafa hob den Kopf und sah zum Fenster im ersten Stock hinauf.

Sofiane bremste ihn sofort.

»Hind weiß noch gar nicht, daß du gehst. Sie ist hart, aber Gegenschläge sind nicht ihre Art.«

Nafa verkrampfte die Kiefer, er versuchte nachzudenken, das Mißverständnis zu erklären. Es gelang ihm nicht, sich zu konzentrieren.

Er schüttelte angewidert den Kopf.

»Wann muß ich los?«

»Heute.«

»Na dann ...«

Sofiane faßte ihn um die Schultern.

»Ich habe dein korrektes Verhalten immer sehr geschätzt, Bruder Nafa. Du warst tapfer, umgänglich und diskret. Ich kann dich gut leiden. Wirklich, du wirst mir fehlen. Ich hätte dich gern behalten, nur, bei den ganzen Umwälzungen weiß keiner mehr, wie die eigene Zukunft aussieht.«

»Ich verstehe ...«

»Wenn du mich brauchst, weißt du ja, wo du mich findest.«

Nafa dankte ihm.

Er zwang sich ein Lächeln ab, um zu zeigen, daß er es schon packen würde, und ging mit unsicherem Schritt zur Villa zurück.

Nafa wartete, bis es Nacht war, dann machte er sich auf den Weg zu Salah l'Indochine. Hinter El-Harrach setzte Sofiane ihn ab und wünschte ihm alles Gute.

»Du bist uns immer willkommen, Nafa.«

»Gewiß.«

»Paß gut auf dich auf.«

»Ich werd's versuchen.«

Der Wagen setzte zurück, wendete, streifte eine Mülltonne und gab Gas. Nafa stand aufrecht in der menschenleeren Straße und sah ihm nach, wie er in der Ferne verschwand. Bis auf einen Laden, der noch geöffnet hatte, war alles verödet. Der Vollmond gähnte vom Himmel herab. Die Ausdünstungen des Flusses hingen in der

Luft und zeigten die Grenzen des Reservats derer an, die von der Menschheit vergessen worden waren.

Nafa schlängelte sich an einer Hecke entlang und schlug einen Steilpfad ein, der zur Barackensiedlung führte. Ein paar Hunde bellten sich die Seele aus dem Leib, andere tauchten mit schäumender Schnauze aus dem Schatten auf, ehe sie mit eingeklemmtem Schwanz das Weite suchten, von ein paar Steinwürfen verjagt.

In der wieder einsetzenden Stille hörte man Säuglinge hinter Blechverhauen wimmern.

»Ich habe mich schon gefragt, ob du dich hast einlochen lassen!« kläffte Salah l'Indochine ihm zur Begrüßung entgegen.

Fünf junge Leute hockten mißvergnügt im Raum. Sie schienen alles andere als begeistert, hier zu sein. Nafa erkannte Abou Tourab wieder, den Leutnant von Abou Mariem. Er saß in einer Ecke, hatte die Arme um die Knie geschlungen und war übelster Laune. Neben ihm Amar der Trödler, der zerstreut seine Chechia durchwalkte. Die drei anderen, die auf einem Haufen schmutziger Wäsche hockten, unterhielten sich leise.

Salah begann sie einander vorzustellen.

»Das ist Nafa, ein Bruder aus der Kasbah.« Die anderen standen auf und umarmten ihn. »Abou Tourab und Amar kennst du ja ... Der da ist Abdoul Bacir, der Sohn des Imams von Kouba. Ein Bombenbastler, der nicht seinesgleichen hat. Die Explosion vom letzten Monat trägt seine Handschrift. Und das hier ist Mouqatel aus Belcourt ... Der letzte, das ist Souheil, ein desertierter Soldat. Hat am Attentat auf die Admiralität teilgenommen.«

Nafa setzte sich gegenüber Abou Tourab hin.

»Kaffee?« fragte sein Gastgeber.

»Ich sehe so schon schwarz genug.«

Salah hockte sich hin und schlug ihm aufs Knie.

»Na, du machst ja ein Gesicht. Was ist denn los?«

»Das sag du mir mal. Mir ging's gut auf meinem letzten Posten. Warum hat man mich dir überstellt? Bist du auch befördert worden?«

»Ach, du bist nicht informiert?« staunte Abou Tourab.

»Informiert worüber?«

»Über die Umbesetzung. Cheikh Younes ist abgesetzt und in den Maquis geschickt worden. Jetzt steht Ibrahim El-Khalil den Gruppen von Algier-West vor. Er hat Abou Mariem zum Stellvertreter ernannt und sein Fußvolk aus Kouba um sich versammelt. Er hat sich unsere Hochburg, die wir eigenhändig aufgebaut haben, einfach unter den Nagel gerissen.«

»Achte auf deine Worte«, ermahnte ihn Salah.

»Ist doch die Wahrheit.«

»Aber du ziehst gerade über einen Emir her.«

»Was ist das für eine Geschichte!« rief Nafa aufgebracht. »Und wo sind die anderen?«

»Mußten alle dran glauben«, brummte Abou Tourab. »Ibrahim hat vorläufig nur die behalten, die ihm genehm sind. Die ›Widerspenstigen‹ hat er alle aus dem Weg geräumt. Du hättest mal sehen sollen, mit welcher Dreistigkeit er Cheikh Younes verjagt hat. Zum Kotzen. Dann hat er sich über das Umfeld der Sympathisanten hergemacht. Hat die Hauptverantwortlichen hinrichten lassen. Wegen Bagatellen.«

»Nicht wegen Bagatellen«, protestierte Salah. »Das waren alles skrupellose Hunde.«

»Was weißt du denn schon davon?«

»Ich weiß, daß ein Emir immer recht hat. Das ist die oberste Regel. Ammi Bachi, der war ein Schweinehund. Hat die Frauen unserer Märtyrer mißbraucht. Und ganz Bab El-Oued hat zugeschaut. Der andere, der Bucklige, hat ein doppeltes Spiel gespielt. Man traf ihn oft da an, wo er nicht hingehörte. Und was Omar Ziri betrifft, der bediente sich munter aus der Kriegskasse, um seine Villa in Cheraga zu bauen.«

Nafa fuhr auf:

»Omar Ziri ist tot?«

»Und wie!« jubelte Salah l'Indochine. »Ich war dabei, und es war ein prachtvolles Schauspiel. Wir haben ihn in seinem Hinterzimmer angetroffen. Er hing über einem Tisch und mampfte wie ein Schwein. Ein königliches Mahl für ihn allein: eine riesige gebratene Pute, gefüllt mit Champignons, Körbe voll mit sündhaft teurem Obst, Bananen aus Kolumbien, Äpfel aus Frankreich, importiertes Dessert, kurz, Volksfest im Dorf. Er prasste und schmatzte nach Herzenslust. Er war so darein vertieft, sich Finger und Lippen zu lecken, daß er uns gar nicht kommen hörte. Plötzlich spürte er unsere Gegenwart und erstarrte. Als er uns sah, wäre er fast erstickt. Ibrahim sagte zu ihm: ›Stopf dich nur weiter voll, du Sau. Und kau vor allem gut. Nicht daß dir ein Knöchlein im Hals steckenbleibt. Wär unangenehm, wenn meine Klinge stumpf würde.‹ Mehr brauch ich euch nicht zu erzählen, Brüder. Es war, als ob ein Luftballon plötzlich zusammenschrumpft. Omar Ziri, der große Macho, der Gauner aller Gauner, hat sich in die Hose gemacht. Ich schwör euch, es ist wahr. Innerhalb einer Sekunde hat seine

Scheiße die Luft verpestet. Erst hat er versucht, alles zu leugnen, was ihm zum Vorwurf gemacht wurde. Da das niemanden erweichte, hat er sich vor den Emir geworfen und ihn angefleht, ihn zu verschonen. Ein unglaubliches Spektakel. Als ob ein Faß voll mit frischem Blut plötzlich am Boden zerschlägt. Ich verberge es euch nicht: Ich mußte mich zurückhalten, um das nicht aufzuschlecken. Ich war auf Wolke sieben. Wenn man bedenkt, wie lange er sich schon für Gottvater persönlich hielt ...«

Die fünf Männer starrten den Alten entsetzt und empört zugleich an.

Nafa wischte sich mit einem Taschentuch über die Stirn.

Mit trockener Kehle stammelte er:

»Kann mir vielleicht einer erklären, was ich hier soll?«

»Sag's ihm«, brummte Abou Tourab, an Salah gewandt.

»Wieso ich? Hast du deine Zunge vielleicht beim Stiefellecken vergessen?«

Abou Tourab unterdrückte seine Wut und erklärte:

»Ibrahim ist dabei, sich die alte Clique von Cheikh Younes vom Halse zu schaffen, vor allem die, die er nicht riechen kann.«

Nafa erinnerte sich an die Auseinandersetzung, die er an einem gewissen Freitag in Omar Ziris Kneipe mit Ibrahim El-Khalil gehabt hatte. Eine große Mattigkeit überkam ihn.

»Er ist ungeheuer nachtragend«, erzählte Amar. »Mehr als jeder andere. Vor Jahren hatten wir mal in Peshawar einen Streit. Wegen einem albernen Bettlaken. Ibrahim brauchte es für ich weiß nicht mehr was. Ich habe ihm gesagt, soll er doch sein eigenes nehmen. Er hat mich beleidigt, ich habe ihn beleidigt. Da ist er auf und davon und hat es mir bis heute nicht verziehen.«

»Mir«, fuhr Abou Tourab fort, »wirft er vor, den Dichter Sid Ali abgeknallt zu haben. Dabei hatte doch Abou Mariem das Kommando.«

»Einspruch«, unterbrach ihn Salah. »Der Emir hatte verlangt, daß man diesem Mistkerl die Kehle durchschneidet. Und du, du wolltest ihn austricksen.«

»Du liebe Güte, er war der Sänger der Kasbah. Das Volk hat es sehr übel aufgenommen, als es erfuhr, daß man sein Idol erschossen hat. Ihn zu erdolchen, das wäre …«

»Dummes Geschwätz! Der hat doch bloß die Einfältigen eingewickelt. Der hat die Leute auf ihrer eigenen Scheiße eingelullt. Der Emir hat seinen Kopf verlangt. Er mußte ihn kriegen, und damit basta.«

»Okay, okay!« Nafa hob genervt die Arme. »Ich wollte ja auch nur wissen, warum ich dir überstellt worden bin.«

»Ich bin ein Führer.«

»Ja, und?«

»Ich werde euch heute nacht noch in den Maquis bringen.«

Nafa merkte, daß alle ihn ansahen. Er ahnte, daß sich auf seinen Zügen die blanke Panik spiegelte. Er biß die Zähne zusammen, um sich in den Griff zu bekommen.

»Na, wenn's weiter nichts ist!« seufzte er ergeben. »Wann geht's los?«

»Eine Stunde vor Beginn der Sperrstunde.«

»Ich muß vorher meine Alte besuchen. Ich habe sie seit dem Tod meines Vaters nicht wiedergesehen.«

»Das ist dein Problem. Ich setze Punkt 22 Uhr die Segel. Auf Nachzügler wird nicht gewartet.«

Nafa sah auf die Uhr und erhob sich.

»Ich werde pünktlich zurücksein.«

»Ich begleite dich«, sagte Abou Tourab.

Sie war sehr gealtert, die Mutter Walid. Ein paar Monate hatten gereicht, das zuwege zu bringen, was den langen Jahren der Schinderei und der Strapazen im Haushalt nicht gelungen war. Von ihrem Gesicht von einst, diesem mütterlichen, so tröstlichen Gesicht, war nichts als eine rissige, düstere, traurige Maske geblieben, in der zwei trübe Augen wie Wachskerzen in den Tiefen eines Totengemachs flackerten.

Es gab Nafa einen Stich. Die alte Frau hielt sich nur mit Mühe auf den Beinen. Ihre Hand, die den Türgriff umklammert hielt, verriet, daß sie unter Schwindelanfällen litt.

Offensichtlich hatte Omar Ziri vergessen, sie auf die Liste der bedürftigen Familien zu setzen.

Im Hausflur stand Nora und rührte sich nicht. Die Rückkehr ihres Bruders schien sie nicht zu begeistern. Sie schaute zu Boden und spielte mit ihren Zöpfen. Souad und Amira hatten sich in einem toten Winkel in der Küche verkrochen, nicht ahnend, daß sich ihre Silhouette hinter dem Vorhang abzeichnete.

»Was willst du?« fragte die Mutter.

»Darf ich nicht reinkommen?«

»Du hättest nicht fortgehen dürfen.«

»Ich mußte doch den Vater rächen.«

»Er hat dich um nichts gebeten.«

»Das brauchte er auch nicht. Die Taghout haben ihn getötet. Der Rest war meine Sache.«

»Du hast ihn getötet. Die Polizisten waren hinter dir her. Sie haben alles durchsucht. Dein Vater hat protestiert. Sie haben ihm gezeigt, was du in deinem Schrank versteckt hattest. Da hat er sich mit der Hand an die Brust gefaßt und ist tot umgefallen. Sein Herz hat versagt. Er ertrug es nicht, daß sein Junge, sein einziger Sohn, auf den er all seine Hoffnung gesetzt hatte, ein Terrorist sein sollte.«

Nafa senkte den Kopf.

Unten an der Treppe überwachte Abou Tourab die Straße. Etwas zersprang in der Dunkelheit.

»Ich bin gekommen, um dir zu sagen, daß ich in den Maquis gehe.«

»Deshalb hättest du dich nicht herbemühen müssen.«

»Ich wollte euch auf Wiedersehen sagen.«

»Das hast du jetzt.«

Nafa biß sich auf die Lippe.

Der Kummer beugte ihm den Kopf.

»Ich werde wohl nicht deinen Segen bekommen, nehme ich an.«

»Der von deinen Cheikhs dürfte genügen.«

Er nickte, machte kehrt, hielt auf der ersten Treppenstufe an.

Ohne sich umzudrehen, nach einer Weile nachdenklichen Schweigens, sagte er:

»Ich bin kein Terrorist.«

Er hörte, wie die Tür sich schloß.

Er begann die Stufen hinunterzugehen.

Wie ein Verdammter, der in die Hölle hinabsteigt.

16

Ein Sympathisant brachte sie mit einem klapprigen Kleinlaster aus der Stadt heraus, wo er sie einem anderen Fahrer übergab, der schon in einem einsamen Gehöft auf sie wartete. Nach einer kurzen Rast kletterten sie auf einen Traktor und fuhren lange Zeit durch Obstplantagen, bis an den Rand eines bewaldeten Hügels. Den Rest der Strecke mußten sie zu Fuß zurücklegen. Zwischen Erdkuppen und klaffenden Rissen lavierend, gelangten sie zu einer im Mondlicht taghell schimmernden Ebene.

»Von jetzt an könnt ihr lauthals singen«, sagte Salah l'Indochine. »Hier gehört die Nacht uns. Keiner dieser Hurensöhne von Taghout würde sich bis hierher vorwagen.«

Von den sieben Männern war Salah als einziger bewaffnet: mit einer abgesägten alten Schrotflinte.

Sie marschierten durch schweigende Nester, in denen es grabesfinster war, die Fenster waren vernagelt, die Türen verbarrikadiert. Man ahnte, daß die Bauern ihre Decken umklammert hielten, die Augen nur halb geschlossen, das Herz auf einem glühenden Brasero. Das leiseste Knacken, das unschuldigste Knistern hatte auf ihre Eingeweide die Wirkung eines Tropfens Nitroglyzerin.

Das wußte Salah.

Und dann nahm er, von wer weiß welchem morbiden Kitzel getrieben, am Ende eines Weilers seine Waffe und schoß ein paarmal in die Luft.

»Ich schrecke ihren Harem auf!« scherzte er, als die Gruppe ihn tadelte. »Man sollte das Völkchen daran erinnern, daß Papa über alle wacht.«

Beim ersten Licht der Morgenröte legten sie an einer Quelle im Wald eine Rast ein. Salah bat sie, auf ihn zu warten, und nach zwanzig Minuten kam er mit einem Sack voll Proviant zu ihnen zurück.

»Wir werden uns den Bauch vollschlagen, bis wir nicht mehr können«, verkündete er und breitete auf einem Felsen Konservendosen, Mineralwasserflaschen und Kekse aus.

»Was seht ihr mich so an? Ich bin Magier! Ich kann sogar Frauen aus meinem Hut hervorzaubern, wenn ihr wollt.«

Dann wurde er wieder ernst und erklärte ihnen, daß der Ort ein Transitlager sei. Die *Brüder* stapelten hier Lebensmittel für umherziehende bewaffnete Gruppen.

Sie aßen und schliefen im Gebüsch.

Am Nachmittag führte Salah sie durch ein endloses grünes Labyrinth. Das Gelände war unwegsam. Die Männer waren erschöpft, ihre Füße brannten, ihre Waden wurden steif. Der Alte verweigerte ihnen jede Ruhepause. Es schien ihm eine niederträchtige Freude zu bereiten, immer die schwierigsten Wege zu wählen, um ihnen auch noch den letzten Nerv zu töten.

»Ist doch was anderes als eure gemütlichen Unterkünfte, nicht wahr!« höhnte er.

Die Nacht überfiel sie am Grunde einer Schlucht, als sie sich keuchend von Strauchwurzel zu Strauchwurzel vorwärtskämpften. Oberhalb der Böschung stand im Schutz eines Eukalyptus eine baufällige Hütte.

Salah lud seine Flinte.

»Da brennt Licht. Ich gehe mal nachsehen. Wenn ihr Schüsse hört, haut schnell ab.«

Es war offensichtlich, daß er dramatisierte, aber seine Begleiter waren viel zu müde, um ihm das unter die Nase zu reiben. Salah schloß die Augen, rief den Namen des Herrn an und begann zu beten. Er war ein glänzender Komödiant. Zu anderen Zeiten hätte er als Spaßvogel durchgehen können, und doch war etwas Unheimliches an ihm. Im Bewußtsein seiner »Straflosigkeit« ließ er seiner Phantasie freien Lauf, wohl wissend, daß er die anderen damit zur Weißglut brachte. Vielleicht war gerade das sein Ziel: sich verhaßt zu machen.

Er kroch durchs Dickicht, lief um eine Einzäunung herum, näherte sich der Hütte von hinten. Ein Hund bellte.

Nach zehn Minuten wurde Nafa ungeduldig.

»Was er nur treibt?«

»Hoffentlich haben sie ihn umgelegt«, knurrte Abou Tourab. »Ich habe die Nase voll von seinen Faxen.«

Eine alte Frau machte sich auf einer kleinen Anhöhe bemerkbar und winkte ihnen, heraufzukommen.

»Das ist eine Falle«, sorgte sich Abdoul Bacir.

»Da macht dieser Blödmann mal wieder seine Witzchen.«

In der Tat hockte Salah l'Indochine auf einem Strohsack und ließ es sich gutgehen; die Jacke hatte er an einen Nagel gehängt, die Schuhe aufs Fensterbrett gestellt. Er hatte sich das Gesicht gewaschen und schlürfte mit wichtigtuerischer Miene einen Tee. Er lächelte ironisch.

»Wirklich amüsant«, brummte Abou Tourab.

Ein Greis saß im Schneidersitz mitten im Raum. Sein eiförmiger Schädel glänzte im Schein einer Öllampe. Er war mindestens achtzig Jahre alt, hatte ein runzliges Gesicht und große knochige Hände. Er trug Lumpen am Leib und roch nach feuchtem Stroh.

»Ich hätte mir gewünscht, euch ein Lamm anbieten zu können«, sagte er mit meckernder Stimme. »Doch alles, was ich noch habe, sind etwas Kuskus und ein paar Scheiben Dörrfleisch. Meine Frau und ich sind sehr arm. Unsere Kinder sind in die Stadt gegangen, um dort ihr Brot zu verdienen, und der Regen meidet meine Felder.«

»Das macht nichts, Haj«, beruhigte Salah ihn. »Es gibt nichts Besseres, um wieder zu Kräften zu kommen, als einen guten Beduinen-Kuskus ... Sag mal: Wo stecken hier eigentlich die Taghout?«

»Wer?«

»Die Soldaten, die Gendarmen.«

Der Alte lächelte. Sein zahnloser Mund klaffte ihm im Gesicht wie eine gräßliche Wunde.

»Seit der Unabhängigkeit habe ich keinen mehr gesehen. Selbst zu de Gaulles Zeiten waren es nicht viele. Das hier ist das Vorzimmer zum Jenseits. Kein Mensch kommt hier vorbei oder nach hier zurück. Meine Frau und ich, wir haben keine Nachbarn. Wir leben ganz für uns allein.«

Die Frau brachte eine randvolle Schüssel mit dampfendem Kuskus.

Sie speisten, tranken, ruhten sich aus ...

»So«, entschied Salah, »es ist Zeit, aufzubrechen.«

Er bat seinen Gastgeber, ihnen den Weg zu zeigen, der zum Marabout Sid El-Bachir führte. Im Gänsemarsch kletterten sie einen Ziegenpfad hoch. Plötzlich schlug Salah sich an die Stirn.

»Ich habe meine Tasche in der Hütte vergessen.«

Er befahl dem Greis, die Gruppe bis zum Marabout zu führen, und lief zur Kate zurück.

Das Kuppelgrab von Sid El-Bechir war nur noch ein Trümmerhaufen, zerstört von einer selbstgebauten Bombe. Das Grabmal des Heiligen war gewaltsam geöffnet und angezündet worden. Auf dem Katafalk kündeten rote Buchstaben davon, daß die GIA hier durchgekommen war.

Der Alte führte einen Stein an den Mund, küßte ihn ehrfürchtig und legte ihn auf ein Grasbüschel.

Salah l'Indochine kam atemlos wieder bei der Gruppe an. Er bat seine Gefährten, schon einmal ohne ihn weiterzugehen, immer geradeaus, er hätte dem Gastgeber noch ein paar wichtige Hinweise zu geben. Als Nafa und die anderen in den Wäldern verschwunden waren, wandte Salah sich zu dem Alten um.

»Danke für den Kuskus, Haj.«

»Ach, das gehört sich doch so.«

Salah griff nach seinem Messer und stach blitzschnell zu: einmal in die Nieren, das zweite Mal in den Bauch. Der Alte riß überrascht die Augen auf und fiel auf die Knie.

»Warum, mein Sohn?«

»Hey, was soll ich dir sagen, Haj? Gottes Wege sind unerforschlich.«

Gesagt, getan: Er packte ihn am Schädel, bog seinen Kopf nach hinten und schnitt ihm die Kehle so tief durch, daß die Klinge die Halswirbel zertrennte. Ein gewaltiger Blutstrahl schoß ihm ins Gesicht. Salah l'Indochine schlürfte ihn genießerisch ein und bäumte sich wie beim Orgasmus auf.

Am nächsten Morgen bemerkte Abou Tourab das geronnene Blut auf der Brust und dem Kragen ihres Führers.
»Du hast ihn umgebracht?«
Salah breitete die Arme aus:
»Die Instruktionen sind klar: keine Spuren hinterlassen.«
»Wenn das so ist, verstehe ich nicht, warum du die Alte verschont hast!«
Salah rollte verschmitzt die Augen.
»Ich habe doch gar keine Tasche.«
Und lachte schallend los.

Nafa hatte das Gefühl, daß Salah l'Indochine sie im Kreis laufen ließ. Seit Stunden kämpften sie sich durch einen Urwald, zwischen riesigen Bäumen und undurchdringlichem Gebüsch hindurch. Das Tageslicht erstarb im Blattwerk, man konnte kaum ein paar Meter weit sehen. Eine unberührte Gegend. Keine Spur von Wanderern oder Jägern. Nichts als querliegende Baumstämme, die von wildwuchernden Pflanzen überwachsen waren, stachliges Flechtwerk spannte sich durch das Nichts, Sträucher mit tiefhängenden Zweigen verstellten den Blick auf den Horizont. Salah l'Indochine stürmte drauflos, flink wie ein Wiesel, die Flinte im Anschlag. Noch immer tat er so, als befänden sie sich in unmittelbarer Gefahr, und er tat alles, um seine Gefährten in die Irre zu führen, die schwankend hinter ihm herkeuchten, am ganzen Körper zerkratzt.

Am nächsten Morgen stießen sie auf ein Islamistencamp, das in einem Hohlweg versteckt lag. Es war ein medizinischer Versorgungsposten, bestehend aus Unterständen, die sich unter dichtem Geäst verbargen. Geleitet wurde er von einem watschelnden, kahlköpfigen, kurzsichtigen Arzt, dem vier Krankenschwestern in Drillichuniform zur Seite standen. An die zwanzig Krieger in afghanischer Kleidung sicherten den Hohlweg.

Die Ankunft von Salah l'Indochine erweckte den Ort, der in tiefer Lethargie gelegen hatte, zu neuem Leben. Scherzhafte Zurufe auf beiden Seiten, Küsse, Umarmungen, ein kräftiger Schlag auf den Rücken. Salah kannte alle Welt, einschließlich der Mädchen, die sich sichtlich freuten, ihn wiederzusehen.

Im Inneren der Unterstände sah Nafa Verletzte auf Pritschen liegen. Andere, schon halb genesen, humpelten auf behelfsmäßigen Krücken herum oder dösten unter den Bäumen vor sich hin. Ein kräftiger Junge, dem sie beide Beine amputiert hatten, saß auf einer Schwelle und las im Koran. Nafa grüßte ihn. Der Krüppel antwortete nicht. Er hob nur sein Buch etwas an, um sich dahinter zu verstecken. Nafa suchte nach einem bekannten Gesicht unter all diesen Männern, doch vergeblich. Man bot ihm einen Napf Reis an, dann hatte man ihn schon vergessen. Er aß schweigend, danach verdrückte er sich auf eine kleine Lichtung und zog die Schuhe aus, um seine Füße zu kühlen. Seine Socken waren voll Blut. Er krempelte seine Hose bis über die Knie hoch und streckte die Beine in der Sonne aus. Ohne es zu merken, nickte er ein.

Als er aufwachte, saß ein Mann neben ihm, den Karabiner zwischen die Schenkel geklemmt. Der Kerl trug eine Fallschirmspringerjacke und eine verblichene Leinenhose. Sein struwweliger Bart verlor sich im langen weißen Haupthaar, das ihm bis auf den Rücken hinabfiel.

»Wer hätte das gedacht, daß ich dich hier wiederfinde«, sagte der Kerl.

Nafa stützte sich auf die Ellenbogen und musterte ihn.

»Kennen wir uns?«

»Also, so was! Da wo andere ihre Birne haben, hast du wohl ein Sieb!«

Nafa kramte in seinem Gedächtnis, umsonst. Der Blick kam ihm vertraut vor, aber er paßte nicht zu dem Lächeln, er wußte einfach nicht, wo er ihn unterbringen sollte.

»Der Krieg verändert die Menschen, das kannst du wohl sagen!«

Die Stimme sagte ihm etwas, es fragte sich nur, was. Der Mann klaubte eine Gewehrkugel aus seiner Patronentasche, wog sie in der Hand, schloß die Hand zur Faust, pustete hinein und öffnete die Faust wieder. Die Kugel war verschwunden.

»Yahia, der Chauffeur der Bensoltanes!« rief Nafa aus, erleichtert, daß er endlich einen alten Bekannten gefunden hatte. »Der Musiker, der meinte, seiner Mandoline Huris entlocken zu können.«

»Wie er leibt und lebt!«

Sie umarmten sich lachend.

»Na, Schauspieler, hast du endlich doch dein Lager gewählt?«

»Da bin ich, wie ich sehe, ja nicht der einzige. Bist du hier im Einsatz?«

»Nur vorübergehend. Ich habe einen Verletzten hier abgegeben. Und du?«

»Ich weiß nicht. Ich war im Zentrum von Algier im Einsatz. Aber der neue Emir hat beschlossen, auf meine Dienste zu verzichten. Wie ist es denn hier so?«

Yahia verzog das Gesicht.

»Mir fehlt meine Mandoline.«

»Bist du schon lange bei der GIA?«

»Rund zwei Jahre. Erst war ich in Sidi Moussa. Meine Gruppe ist hopsgegangen. Da habe ich mich nach Chréa durchgeschlagen.«

Er bohrte mit dem Gewehrkolben ein Loch in den Boden.

»Es war häßlich, sehr häßlich.«

»Aber das ist doch das, was du wolltest.«

»Am Anfang glaubt man, etwas Bestimmtes zu wollen. In Wahrheit nimmt man, was kommt, und sieht zu, wie man sich damit arrangiert.«

Verbitterung überkam Yahia. Um sich zu fangen, faßte er mit der Hand nach Nafas Kragen, zog die Kugel daraus hervor und rollte sie traurig in seiner Hand.

»Mit der Kugel dauert es länger. In puncto Zaubertricks geht nichts über ein gutes Geldstück ... Und das Ärgerliche am Gewehr ist, daß seine Musik nicht sonderlich originell klingt. Was würde ich nicht dafür geben, meine Mandoline wiederzuhaben. Stimmt, ich hatte damals eine Stinkwut. Mein Frust hat meine Weltsicht verzerrt. Hätte ich gewußt, wohin mich das führen würde, ich wäre mit Vergnügen der arme Teufel geblieben, der ich war ...«

Er verstummte für einen Moment, betrachtete seine Kugel und fuhr fort:

»Ich bin nicht aus Überzeugung in den Maquis gegangen. Als sie begonnen haben, wahllos Leute umzulegen, die mit dem System überhaupt nichts zu tun hatten, bin ich ausgeschert. Das war nicht das, was ich von der islamischen Revolution erwartet hatte. Aber man ließ mir keine Wahl. Mein Ältester war bei der FIS. Er wurde nach Reggane deportiert. Ich habe mir gesagt, das mußte ja so kommen, und hab's akzeptiert. Bloß die Gendarmen, die ließen mir keine Ruhe. Jede Woche tauchten sie bei uns auf, hinterließen ein Chaos und schleppten regelmäßig einen oder zwei meiner Jungs ab, um sie höllisch zugerichtet wieder nach Hause zu schicken. Ich bin hin, um mit ihrem Offizier zu sprechen. Der hat mich als dreckigen Islamisten beschimpft, eingesperrt und gefoltert. Nach der Entlassung, ich hatte kaum meine Wunden verbunden, da stand schon die Polizei vor der Tür. Meine Frau wurde zuckerkrank. Es war die Hölle. So ging das monatelang. Irgendwann konnte ich nicht mehr. Da habe ich meine beiden Jungs genommen und gebrüllt: ›Tod den Bullen!‹ Alles hat seine Grenzen, kho. Lieber krepieren als solche Ausschreitungen tolerieren ... Meinen Jüngsten haben sie in Sidi Moussa getötet. Er ist in meinen Armen gestorben ... Du hast wohl keine Kinder?«

»Nein.«

»Dann kannst du nicht wissen, wie man sich fühlt. Wenn ein Engel mich trösten gekommen wäre, ich hätte ihn eigenhändig erwürgt. Ich war verrückt vor Kummer. Der Anblick einer Uniform ließ mich ausrasten. Zehn Uniformierte habe ich in Sidi Moussa umgepflügt. Je mehr Kehlen ich aufschlitzte, nach um so mehr Kehlen lechzte ich. Nichts besänftigte meinen Schmerz. Ich wartete noch

261

nicht einmal die Nacht ab, um loszulegen. Ich habe sie am hellichten Tag überfallen, mitten auf der Straße, vor aller Augen, kho. Ich war für klare Verhältnisse. Sie oder ich. Dann wurde mein Zweitältester verwundet. Ich habe ihn mit hinauf in die Berge genommen. Sie gaben mir das Kommando über eine *saria** von fünfzehn erfahrenen Kämpfern. Ich habe Schulen und Bauernhöfe in Brand gesteckt, Brücken und Fabriken in die Luft gejagt, falsche Straßensperren errichtet und ganze Dörfer in den Exodus getrieben ... Dann, ich weiß nicht warum, hat eine Kämpferin meinen Sohn bezichtigt, sie sexuell belästigt zu haben. Das war natürlich falsch. Mein Sohn war zutiefst fromm. Er rührte nicht mal die Frauen an, die wir von den Razzien mitbrachten. Er war wirklich sehr stark im Glauben, er kämpfte aus tiefer Überzeugung. Der Emir wollte nichts davon wissen. Sie haben meinen Jungen am selben Vormittag hingerichtet, an dem sein älterer Bruder, sie hatten ihn aus dem Internierungslager entlassen, bei uns eintraf. Manchmal gibt es Zufälle im Leben, die sind derart grausam, daß man ihren Sinn nie begreift. Sicherheitshalber haben sie mich entwaffnet. Ohne meinen Ältesten, der mit einem einflußreichen Ratsmitglied bekannt war, hätten sie mich gleich mit liquidiert. Heute kümmere ich mich um den Abtransport der Verwundeten. So steht's um mich.«

Nafa schwieg.

Er wußte nicht, was er hätte sagen sollen.

Yahia fing wieder an, mit der Kugel zu spielen.

»Komisch. Ist das erste Mal, daß ich das jemandem erzähle. Sobald du hier plauderst, machen sie dich einen Kopf kürzer.«

* (arab.) Zug, Trupp

Nafa verstand, daß der ehemalige Chauffeur der Bensoltanes ihm plötzlich mißtraute. Er schlug ihm auf den Schenkel.

»Von mir hast du doch nichts zu befürchten.«

»Entschuldige ...«

»Und entschuldigen mußt du dich auch nicht.«

Yahia entspannte sich.

»Das war einfach stärker als ich. Das mußte mal raus ...«

»Nur zu, Kumpel. Ich bin verschwiegen wie ein Grab.«

Ein buntgefiederter Vogel landete vor ihnen, hüpfte durchs Gras. Yahia beobachtete ihn nachdenklich. Schließlich seufzte er tief und sprach:

»Einmal hatte Sid Ali, der Dichter, auf einer Wiese eine Gottesanbeterin gefangen. Es war ein schöner Frühlingstag. Überall Blumen. Sid Ali zeigte mir das Insekt und fragte mich, ob ich wüßte, daß die Gottesanbeterin ursprünglich mal ein Blatt war. Ich sagte nein. Da hat Sid Ali mir die Geschichte von einem rebellischen, arroganten Blatt erzählt, das schwer daran knabberte, von seinem Ast abgeworfen zu werden, nur weil der Herbst kam. Es hielt sich für zu bedeutend, um unter all dem welken Laub dahinzumodern, das der Wind pfeifend durch den Schlamm blies. Wie demütigend! Es hörte auf herumzutoben und nahm sich vor, künftig vernünftig und erwachsen zu sein, sich auf niemanden zu verlassen als auf sich selbst. Es wollte die Jahreszeiten überleben. Die Natur war beeindruckt von seinem Eifer und seiner Willenskraft und verwandelte es in ein Insekt, nur um zu sehen, wie es sich entwickeln würde. So entstand die Gottesanbeterin, exaltiert und schweigsam und ehrgeiziger denn je. Das Wunder stieg ihr zu Kopf. Sie begann, die Nase über ihren

Ast zu rümpfen, ihm den Rücken zu kehren, ihn zu malträtieren. Sie wurde grausam, räuberisch und machtgierig, und da keiner sie in ihre Schranken wies, war sie bald derart verblendet, daß sie anfing, um wer weiß was zu beweisen, alles, was ihr über den Weg lief, zu verschlingen – einschließlich derer, die sie liebten.«

Der Vogel flog davon.

»Eine schöne Fabel«, sagte Nafa anerkennend.

»Ja ... wir hätten auf den Dichter hören sollen.«

»Hey, schöner Knabe!« schrie Salah l'Indochine von einem Fels herab. »Wir wollen weiter!«

Nafa schlüpfte in seine Schuhe, rollte die Hosenbeine herunter und stand auf.

»Ich muß los, Yahia. Bin froh, dich getroffen zu haben.«

»Bis bald, Schauspieler. Wenn du wieder hier durchkommst, frag nach Issam Abou Chahid. Das ist mein Kriegername. Ich bin in der Katiba El-Forkane. Würde mich freuen, dich wiederzusehen.«

»Ich kann dir von mir keine Adresse geben. Keine Ahnung, wohin es geht.«

»Kein Problem. Das krieg ich schon raus.«

Sie drückten sich die Hand, vermieden es, sich ins Gesicht zu sehen, so bewegt waren sie, und umarmten einander wortlos eine Minute.

»Paß auf dich auf, Nafa.«

»Leb wohl.«

Nafa sprang über einen Busch und eilte seiner Gruppe hinterher. Als er sich oben auf dem Felsen noch einmal umdrehte, sah er Yahia auf der Lichtung stehen, wie er die Hand auf Schulterhöhe sachte hin und her bewegte.

Sie sollten sich nie wiedersehen.

Yahia wurde gegen Ende des Sommers getötet. Sein Emir ließ ihn, genervt von seinen Zauberkunststückchen, wegen Hexerei hinrichten.

17

Der Weiler Sidi Ayach hielt den Repressalien der Islamisten nicht lange stand. Es schien, als würden seine Gebete trotz der Nähe zum Himmel nicht erhört. Geduldig ließen die Leute Erpressungen, Schikanen, Gewalttaten über sich ergehen, hungerten sie, um die Belagerer zu ernähren, doch am Morgen nach dem Massaker an den Familien eines Dorfwächters und eines Armeeveteranen luden die Dörfler Kind und Kegel auf ihre Holzkarren und verschwanden auf Nimmerwiedersehen.

Die Katiba* nahm ihre Hütten in Besitz, richtete im Dorf ihre Kommandozentrale ein und beschlagnahmte alles herrenlose Gut.

Von Wäldern und Schluchten umgeben, kauerte das Dorf auf der Spitze eines schwindelerregend hohen Felsens, der die gesamte Zone überragte und die einzige Straße kontrollierte, die sich um den Berg schlängelte. Das Risiko einer militärischen Operation war minimal. Die geringste Feindbewegung ließ sich aus weiter Ferne erkennen. Eine einzige Bombe, unter einer Brücke versteckt, würde für Ruhe sorgen.

Die Katiba zählte etwa hundert Mitglieder, die auf das Kommando eines gewissen Chourahbil hörten, eines Emirs, der aus der Gegend stammte. Sein Heimatdorf lag nur wenige hundert Meter bergab. Er war ein riesiger Kerl mit wolliger Mähne und herkulischen Kräften, der mit einem Fausthieb einen Esel erschlagen konnte. Er war

* (arab.) Schwadron

Afghanistanveteran, befehligte eine Truppe, die mehrheitlich aus Verwandten und Nachbarn bestand, und herrschte unangefochten über seinen Bezirk, war Bürgermeister, Richter, Notar und Imam zugleich. Die Bevölkerung verehrte ihn. Dank ihm mußte keiner darben. Wenn Chourahbil die staatlichen Versorgungszentren plünderte, verteilte er drei Viertel seiner Beute an die Armen und an seine Nächsten. Und wenn er im Winter ganze Lastwagenladungen mit Gasflaschen beiseite schaffte, dann zweigte er lediglich ein paar Flaschen für den eigenen Gebrauch und die Herstellung von Bomben ab, den Rest leitete er an verbündete Stämme weiter. Er war ein »Seigneur«. Er sorgte sich um die Gesundheit der Alten und der Kinder, er brannte niemals eine staatliche Schule nieder, ohne nicht zugleich eine Koranschule zu eröffnen, befreite die Dörfer von den Blutsaugern des Regimes und begeisterte die Jugend durch mitreißende Predigten. Die Leute kamen mit ihren Klagen, ihren Sorgen, ihren Streitigkeiten zu ihm, er studierte aufmerksam jeden einzelnen Fall. Seine Entscheidungen waren unwiderruflich. Er segnete Hochzeiten und Beschneidungen, sprach Scheidungsurteile aus, regelte uralte Zwistigkeiten in Übereinstimmung mit der Scharia und machte seine Untergebenen auf diese Weise mit dem Verwaltungssystem des künftigen islamischen Staates vertraut.

Chourahbil war gerecht. Seine Strenge stand seinem Charisma in nichts nach. Feind und Freund fürchteten ihn gleichermaßen. Er hatte seinen Bruder zum Stellvertreter ernannt, einen Cousin zum Koranexegeten, einen Schwager zu seinem Sekretär und einen Neffen zum Schatzmeister der Einheit. Seine Leibgarde bestand nur aus Einheimischen, darunter viele Verwandte. Die Mitglieder der Leibgarde genossen grenzenlose Privilegien. Sie konnten sich eine Frau aussuchen und mit ihren Familien im Dorf leben. Sie wohnten in den schönsten Patios, konnten sich bewegen und nahmen sich, was sie wollten. Der Rest der Katiba bestand aus einem Sammelsurium von Deserteuren, entflohenen Gefangenen, des Landes verwiesenen Delinquenten, aus den Städten vertriebenen Lehrern und Ingenieuren sowie jungen Leuten vom Land, die bei diversen Streifzügen zwangsrekrutiert worden waren. Diese Gruppe von Kämpfern war drakonischen Regeln unterworfen, man mißtraute ihnen, ließ sie für den geringsten Verstoß mit dem Leben bezahlen, und sie mußten auch selbst zusehen, wo sie ihr Essen herbekamen.

Nafa und seine Gefährten wurden noch nicht einmal vom Emir empfangen. Der hatte einen Horror vor den Städtern und deutete ihre Versetzung zu ihm als Disziplinarmaßnahme. Amar und Mouqatel schickte er sofort zu einer anderen Katiba weiter, behielt jedoch Abdoul Bacir, dessen Bombenbastlertalent Salah in den höchsten Tönen lobte, und übergab Abou Tourab, Souheil und Nafa Walid einer Art Korporal, einem sarkastischen, schikanösen Typen, der sich weigerte, ihnen Waffen auszuhändigen, und sie statt dessen zum Arbeitsdienst schickte. Er erklärte ihnen, daß sie die Leibgarde und die anderen Kämpfer strikt zu meiden hätten und ihre Aufgabe in der Versorgung der Einheit mit Trinkwasser bestünde, welches talwärts von einem kilometerweit entfernten Brunnen zu holen sei, ferner im Bau von

Ersatzunterständen für den Fall eines Rückzugs, in der Versorgung der Maultiere und Gäule und gegebenenfalls im Entsorgen ihrer Kadaver. Gleichzeitig mußten sie wie die neuen Rekruten am Nahkampf-Training teilnehmen und bei den Schulungen anwesend sein, die ein Mufti jeden Morgen und jeden Abend abhielt.

Souheil hatte mit einem weniger schroffen Empfang gerechnet. Er war Unteroffizier bei der Marine gewesen und hatte sich bei der Admiralität ein gewisses Ansehen erworben. Nachdem er seine Einheit verraten, nebenbei einen Zimmerkameraden und zwei Soldaten getötet hatte und dann mit fliegenden Fahnen und einem Haufen Waffen übergelaufen war, war er überzeugt gewesen, binnen kürzester Zeit zum Emir ernannt zu werden. Hatte er nicht drei Maschinengewehre, zwei Faustwaffen, eine Munitionskiste voll Granaten und die komplette Liste aller Offiziere mit eingebracht? Hatten die Brüder ihm nicht versprochen, ihn so schnell wie möglich an einen der Stützpunkte in Europa zu entsenden und ihn bis dahin ausschließlich in städtischem Gebiet einzusetzen? Seine Marineausbildung hatte ihn weder auf die Zumutungen des Biwaks vorbereitet noch auf die Tücken des unwegsamen Geländes. Er war Funker gewesen, hatte in seiner molligen Kabine gehockt, mit einem immer makellosen Matrosenkragen und zarten Händen wie ein Pianist. Sidi Ayach empfand er als persönliche Katastrophe. Nicht nur kam er sich völlig verloren vor, auch seine Angst vor den Männern der Katiba wurde immer größer. Sie waren schmutzig und abstoßend, hatten buschige Brauen und einen giftigen Blick. Fraßen wie die Tiere, schliefen wie die Tiere, lachten nie, beteten die ganze Zeit, ohne sich vorher zu waschen oder die Schuhe auszuziehen, und kannten nur ein Gesprächsthema: die Schärfe ihrer Messerklingen.

Souheil weihte Nafa in seinen Plan ein, nach Algier zurückzukehren. Nafa riet ihm, sich ruhig zu verhalten und abzuwarten. Souheil wartete eine Woche lang ab. Eines Morgens fehlte er beim Appell. Horrido! Das war ein Fest fürs Dorf. Auf zur Hetzjagd!

Am nächsten Morgen konnte, wer zum Morgengebet unterwegs war, Souheil auf dem Dorfplatz baumeln sehen, nackt und an den Füßen aufgehängt; man hatte ihm die Haut abgezogen und die Kehle von einem Ohr zum anderen aufgeschlitzt.

Nafa schwor sich, niemals so zu enden.

»Klarer geht's nicht mehr, das leuchtet jedem Kind ein«, erklärte der Mufti der Katiba den Rekruten, die sich in der Lichtung um ihn geschart hatten. »Es gibt nicht tausend verschiedene Wege, es gibt nur zwei: den Weg des Herrn und den Weg des Teufels. Und die sind einander diametral entgegengesetzt. Gehen wir von einem x-beliebigen Punkt aus. Je weiter wir vorankommen, desto mehr nähern wir uns dem einen Pol, um so weiter entfernen wir uns vom anderen. Man kann nicht mit einem Bein im Osten und mit dem anderen im Westen stehen. Das geht nicht. Wenn man sein Ziel gewählt hat, dann verfolgt man es. Es gibt Wegstrecken, die sind derart schmal, daß man gerade eben einen Fuß vor den anderen setzen kann. Man kann nicht kreuz und quer laufen, ohne die Ordnung der Dinge zu stören, einzelne Wegmarken umzuwerfen und sich folglich zu verirren.«

Die Rekruten nickten stumm.

Der Mufti strich seinen langen hennaroten Bart mit einer Hand von durchscheinender Blässe, klopfte mit dem Finger auf einen umfangreichen Band Hadithen und fügte mit dunkler, singender Stimme hinzu:

»Ihr müßt nicht meinen, wir seien privilegiert. Gott erleuchtet ausnahmslos alle seine Geschöpfe. Es gibt Menschen, die sich Seiner Größe öffnen, andere, die sich ihr verschließen und lieber in düsterer Verblendung verharren. Wir haben das Glück, zur ersten Gruppe zu gehören – weil wir auf allen falschen Glanz verzichtet und den Weg der Blöße beschritten haben, einen Weg, auf dem alles klar und deutlich ist, keine Schminke, keine Kostümierung. Am Tag des Jüngsten Gerichts werden die schönen Fassaden einstürzen, wird der Blick des Allmächtigen auf die nackte Wahrheit unserer Taten fallen. An jenem Tag brauchen wir nicht über unsere Blöße zu erröten. Und heute ist sie der Beweis unserer Aufrichtigkeit, sie zeigt, daß wir nichts zu verbergen haben ... Wir alle, die wir hier sind, sind die Soldaten Gottes. Jene, die sich uns nicht angeschlossen haben, verkommen im Schatten der Dämonen. Für uns sind sie schon gestorben. Wir müssen sie ausrotten wie Unkraut. Unser Weg wird dadurch leichter begehbar, keine rebellische Wurzel hemmt wuchernd unseren Schritt. Die GIA ist unsere einzige Familie. Der Emir ist unser aller Vater, unser Führer und unsere Seele. Er trägt das prophetische Wort in sich. Folgen wir ihm mit geschlossenen Augen. Er wird uns zu den Gärten der Gerechten führen, und unser werden die Ewigen Freuden sein ...

Wenn euer Erzeuger nicht auf eurer Seite steht, dann

ist er nicht länger euer Vater. Wenn eure Mutter nicht auf eurer Seite steht, dann ist sie nicht länger eure Mutter. Wenn eure Schwestern und Brüder, eure Cousins und eure Onkel nicht auf eurer Seite stehen, dann steht auch ihr nicht mehr auf ihrer Seite. Vergeßt sie, verbannt sie, sie sind nichts weiter als morsche Äste, die abgeschnitten werden müssen, um die Reinheit des Stamms zu bewahren.

Zwischen Gott und euren Eltern gibt es keine Wahl. Man vergleicht den Himmel nicht mit einer Seifenblase. Man wählt nicht zwischen dem Universum auf der einen und einem gewöhnlichen Staubkorn auf der anderen Seite.«

Ein ganz junger Mann hob die Hand und brach den Zauber des Augenblicks. Seine Nachbarn stießen ihn in die Seite, damit er den Arm wieder sinken ließe. Doch er wedelte so lange mit dem Finger, bis der Mufti ihn anzuhören geruhte.

»Ja, mein Junge?«

Er brachte vor Aufregung kein Wort heraus.

»Du möchtest mir eine Frage stellen, mein Junge?«

»Ja, Cheikh«, stotterte er schließlich. »Welche Haltung müssen wir gegenüber Verwandten an den Tag legen, die … die … in der Islamischen Heilsarmee kämpfen?«

Entrüstetes Flüstern machte sich auf der Lichtung breit, rasch von der ehrwürdigen Hand des Muftis gedämpft.

»Die AIS ist ein Schlangennest, mein Junge. Das sind Boughat, sie sagen zu allem Ja und Amen und würden sogar mit dem Satan flirten, wenn er sie eine Ecke von seinem Thron berühren ließe. Diese Leute sind wankelmütig, sie sind demagogisch und berechnend. Opportunisten im Gewand barmherziger Samariter, Wölfe im Schafspelz, Wahrsager, die sich berufen fühlen, die Elenden auf ihren Brennesseln einzuschläfern und sie glauben zu machen, das Wunder reife im Traum heran ... Sie sind schlimmer als die Taghout, ihre Verbündeten. Sie instrumentalisieren den Glauben zu kommerziellen Zwecken, feilschen mit den offiziellen Obergaunern um ihren Teil am Gewinn und pfeifen auf alles andere ...

Die GIA feilscht nicht. Sie wird sich niemals mit den Feinden des Heiligen Wortes an einen Tisch setzen. Sie wird sich durch keine Konzession ködern lassen, durch keine Gewinnbeteiligung, kein Privileg ... Wir können nicht diplomatisch sein, wenn Gott beleidigt worden ist. Wenn es sein muß, werden wir gegen ganze Völker kämpfen, nur für Ihn. Und dieses morsche, verdorbene Land, welches unser ist, das unserer Sünden wegen unter der Dürre dahinsiecht, es leidet und fleht uns an, es vom Joch der Gottlosen, aus den Klauen der Geier zu befreien. Der Schwur der GIA heißt: Krieg, nichts als Krieg, radikale Ausrottung aller Taghout, aller Boughat, aller Laizisten, aller Freimaurer, aller Lakaien – vor allem der Lakaien, denn es gibt nur eine Art, die Welt wieder aufzurichten: sie von all denen zu befreien, die das Rückgrat beugen.«

»Dann müssen wir also alle Verwandten, die in der AIS kämpfen, als Feinde ansehen!« schloß der junge Mann freudestrahlend.

»Absolut.«

»Da hast du's!« bemerkte er zu einem Nachbarn, der blitzschnell den Kopf einzog. »Was habe ich dir gesagt?«

Dann, an den Mufti gewandt: »Darf man versuchen, sie auf unseren Weg zu bringen?«

»Das lohnt sich nicht. Wie viele sind sie denn schon in der AIS? Ein paar hundert Straßenräuber, eine Handvoll Vogelscheuchen, die höchstens noch als Kinderschreck taugen! Die brauchen uns nicht zu kümmern. Für uns sind das Tote, denen man das Begräbnis verweigert. Das Schicksal der Nation ist in unseren Händen, es liegt bei uns. Wir sind zu Tausenden im Maquis, zu Millionen in den Städten, wir sind bereits das Volk von morgen. Seht euch um, dann habt ihr den Beweis: die Berge, in die sich nicht ein Taghout wagt, die Menschenmengen, die das Geräusch unserer Schritte in Panik versetzt, die Straßen, die unter der Explosion unserer Bomben erbeben, die Friedhöfe, die sich Tag für Tag mit den Kadavern der Korrupten füllen, so daß sie bald gänzlich ausgerottet sein werden ... Habt ihr noch irgendeinen Zweifel?«

»Nein, Cheikh.«

»Ich habe nichts gehört.«

»NEIN, Cheikh!«

»Wer es wagt, an unserem Wort zu zweifeln, der zweifelt am Wort des HERRN. Die glühende Lava der Hölle wird seine Schreie in brennende Fackeln verwandeln. Hütet euch vor dem Bösen, meine Brüder. Es lauert auf die leiseste Schwäche in eurem Inneren, um sich festzukrallen. Ein Mudschahid muß immer auf der Hut sein. Zweifelt nie, nie, nie an eurem Emir. Gott redet durch seinen Mund. Überlegt nicht lange, grübelt nicht über euren Taten, verjagt alle Gedanken aus eurem Kopf, jedes Zögern aus eurem Herzen, begnügt euch, der Arm zu sein, der die Schläge führt und der die grüne Standarte des Islam schwingt. Und denkt an eines, denkt daran bei Tag und bei Nacht: Wenn euch irgend etwas schockiert, während ihr Tod und Feuer sät, sagt euch, das ist der Böse, der euch anfechten will, der euch im Wissen um euren bevorstehenden Sieg vom rechten Weg abbringen will.«

Energisch schlug der Mufti das Buch zu. Der militärische Ausbilder, der im Schutz eines Strauchs vor sich hin gedöst hatte, erhob sich und klatschte in die Hände. Die Rekruten sprangen auf, bildeten ein Karree und verschwanden, Fäuste vorm Brustkorb und Knie unterm Kinn, unter Kommandogebrüll in den Wäldern. Der Ausbilder, ein ehemaliger Fallschirmspringer, schrie knüppelschwingend die Nachzügler an, er bestand darauf, daß der Trupp dicht zusammenblieb. Der donnernde Gesang seiner Wolfsjungen folgte dem Rhythmus, in dem der Boden erbebte.

Abou Tourab ging auf den Mufti zu, der auf einem Teppich saß und damit beschäftigt war, in einer Spiegelscherbe Gesichter zu schneiden.

»Noch nie habe ich einen so faszinierenden Redner wie dich gehört, Meister.«

Der Mufti kniff ein Auge zu, listig wie ein Dschinn.

»Weil du bisher zu faul warst, dir die Ohren zu waschen.«

»Wirklich, Meister«, heuchelte Abou Tourab weiter. »Deine Worte haben die Wirkung eines Zaubertranks. Sie stärken einem die Seele.«

»Aber leider vermögen sie nichts dagegen, daß die deinen entsetzlich falsch klingen, Bruder Abou Tourab.«

»Ich meine es ehrlich.«

Der Mufti ließ seine Spiegelscherbe in einer unsichtbaren Tasche seines Kamis verschwinden und erhob sich. Er war zwei Kopf größer als Abou Tourab und Nafa, was ihn noch hoheitsvoller erscheinen ließ.

»Mein lieber Bruder, wenn ich eine Schwäche für Sirenengesang hätte, dann säße ich jetzt irgendwo auf einem Riff und faselte vor mich hin. Gott sei Dank ist mein Gehör fein und unfehlbar. Es hat mich immer rechtzeitig gewarnt. Wenn das Schicksal mich zum König bestimmt hätte, mit solchen Ohren, wie ich sie habe, dann sähe es in meinem Palast heute wie in einem Beinhaus aus. Meine Höflinge hätte ich samt und sonders an der Zunge aufgehängt und die Verschwörer schneller, als sie denken können, unschädlich gemacht. Und weißt du, warum?«

»Nein, Meister.«

»Weil ich jedes Wort, das ich höre, gleich auseinandernehme, um zu sehen, welcher Gedanke sich dahinter verbirgt. Schmus prallt an mir ab wie Hagel an einem Panzer. Also bitte, erspar mir dein Gesülze und komm zur Sache.«

»Sehr wohl, Meister. Vorhin sagtest du doch, daß ein Mudschahid nicht an seinem Emir zweifeln darf.«

»Exakt.«

»Darf man denn an einem Mudschahid zweifeln?«

Der Mufti warf den herabhängenden Zipfel seines Turbans über die Schulter und erklomm einen kleinen Abhang.

»Worauf willst du hinaus, Abou Tourab?«

»Wir sind im Frühling hier in der Katiba angekommen, Bruder Nafa und ich. Jetzt geht der Sommer dem Ende zu, und bis heute hat man uns keine Waffe ausgehändigt.

Es wurden schon wieder neue Rekruten ausgebildet und ihrer Feuertaufe entgegengeschickt. Doch Nafa und ich, wir kümmern uns nach wie vor nur um die Maultiere und drehen Däumchen. Dabei haben wir uns doch schon in Algier bewährt und einen Haufen Gottloser getötet.«

»Was glaubt ihr, warum eure früheren Emire euch nicht behalten haben?«

»Es ist unsere Pflicht, nicht nach Antworten zu suchen. Vermutlich haben wir unwissentlich gefehlt. Wenn das der Fall ist, wollen wir es wiedergutmachen. Ich war Abou Mariems Leutnant. Vielleicht habe ich ihn enttäuscht, ohne es zu merken, aber verraten habe ich ihn nie. Wir möchten, daß man uns auf die Probe stellt. Wenn wir wieder ins Straucheln geraten, mag man uns endgültig im Staub liegen lassen. Der Arbeitsdienst, Meister, erniedrigt uns. Der Krieg tobt, und wir möchten dabeisein. Wir haben zu den Waffen gegriffen, um zu siegen oder zu sterben.«

»Dann wendet euch doch an den Emir.«

»Du kannst viel besser für uns sprechen, als wir selbst das je zustande brächten. Dein Gehör ist unfehlbar: Ich bin sicher, daß du meine Aufrichtigkeit jetzt heraushörst.«

Der Mufti räusperte sich und musterte die beiden Männer. Er zog eine Gebetskette hervor, ließ Perle um Perle durch die Finger gleiten und dachte nach.

»Nun gut«, erwiderte er, »ich will sehen, was ich für euch tun kann. Kehrt inzwischen zu euren Maultieren zurück. Manchmal ist deren Gesellschaft lehrreicher als die der Pferde.«

»Wir sollen euch also glauben, daß ihr keine Drückeberger seid?«

Abou Tourab und Nafa Walid waren in ihrem Verschlag und bereiteten gerade das Mittagessen vor, da donnerte hinter ihnen Abdel Jalils mächtige Stimme. Sie hielten inne und erhoben sich, überrascht, vom kühnsten Krieger der ganzen Katiba Besuch zu erhalten.

Abdel Jalil war ein Riese, so kolossal, daß es für seine Füße kein passendes Schuhwerk gab. Hochgewachsen und breitschultrig, wie er war, Machete am Koppel, Patronentaschen quer über der Brust, hätte er nur die Augen zusammenzukneifen brauchen, um seine Beute zu töten. Er schien wie einem Alptraum entstiegen, mit seinem geflochtenen Haar, das an ein Medusenhaupt erinnerte, und seiner Stimme, die weiter als ein Karabiner trug. Wenn er die Parade abnahm, ließ sein Raubtiergeruch seine Männer von Kopf bis Fuß erschauern.

Abdel Jalil war nicht aus Fleisch und Blut: er war der wandelnde Tod.

Als Cousin von Chourahbil führte er das Oberkommando über die mobile Einsatztruppe, die irgendwann, irgendwo aus dem Nichts auftauchte und blitzschnell zuschlug, verheerend wie eine Epidemie.

»Der Emir hat mich beauftragt zu sehen, was ich mit zwei Strolchen wie euch anfangen kann.«

»Es ist eine Ehre für uns, unter deinem Kommando zu dienen!« schrie Abou Tourab.

»Ich bin nicht taub.«

Er mußte sich bücken, um in den Verschlag hineinzukommen.

Er inspizierte jede Ecke im Raum, drehte mit der Fußspitze einen Strohsack um, hockte sich vor den Kochtopf, hob den Deckel an und fragte:

»Und was braut ihr zusammen?«

»Ein Ragout.«

»Ich rede doch nicht von diesem Scheiß, sondern von dem, was in euren Köpfen vorgeht.«

Er erhob sich, zog die Machete aus der Scheide, ließ sie über die flache Hand schnellen.

Nafa erstarrte vor Schreck.

Abou Tourab kämpfte mit sich, um keine weichen Knie zu kriegen. Es war sonnenklar, ihr Schicksal hing von den folgenden Sekunden ab. Er konzentrierte sich, atmete tief durch und antwortete mit fester, deutlicher Stimme:

»Wir haben nur einen Kopf, und das ist der Kopf des Emirs.«

Abdel Jalil schwang seine Klinge, ließ sie im Lichtstrahl aufleuchten, der durch ein Loch in der Mauer drang, wedelte elegant mit ihr unter Abou Tourabs Nase herum und führte sie zuletzt unter Nafas Kinn spazieren.

»Wer ein falsches Spiel spielt, wird bei mir nicht alt. Was ich mit Verrätern mache, übersteigt jede Vorstellungskraft.«

»Anderes haben sie auch nicht verdient«, bestärkte ihn Abou Tourab, wobei sein Herz fast zersprang.

Abdel Jalil streckte witternd die Lippen vor. Seine Augen flackerten irr, sie sahen sich lauernd um, nach einem verdächtigen Zucken, einem ausweichenden Blick. Schließlich räusperte er sich zufrieden und paradierte vor den beiden Männern, die in Habachtstellung vor ihm standen wie zwei Kamikaze-Kandidaten, die für die Nachwelt posierten.

Er steckte sein Messer wieder in die Scheide und verschwand ohne ein Wort.

Abou Tourab entfuhr ein tiefer Seufzer.

Nafa brauchte etwas länger, bis er begriffen hatte, daß es vorüber war.

Einige Tage später gab man ihnen Jagdgewehre, Patronen und kugelsichere Westen, die aus sandgefüllten Schlauchstücken gebastelt waren, und teilte sie Abdel Jalils Trupp zu.

Die erste Operation führte sie etwa fünfzig Kilometer weit in ein Tal, in dem die Armee gerade ein Lager errichtet hatte. Chourahbil legte Wert darauf, die Taghout in seinem Bezirk gebührend willkommen zu heißen. Zwei selbstgebaute Bomben, die auf der Piste versteckt wurden, rund dreißig Krieger im Hinterhalt, und der Überfall kostete in weniger als zehn Minuten siebzehn Soldaten das Leben. Der Katiba brachte er zehn Maschinengewehre, zehn kugelsichere Westen, dazu Munitionskisten und ein Radio ein, außerdem wurden ein Jeep und ein Laster zerstört.

Zurück in Sidi Ayach, wurden die Helden gebührend gefeiert. Der Erfolg der Operation begeisterte sogar den Emir der Zone, das heißt den Befehlshaber über sämtliche Katibas der Region. Er erschien an der Spitze seiner Eskorte, um Abdel Jalil persönlich zu gratulieren.

»Das Land ist unser«, erklärte er feierlich.

Und so war es. Das Land war fest in den Händen der bewaffneten Islamisten. Die Katiba bewegte sich ungehindert in der ganzen Region. Sie beschlagnahmte Lastwagen, die ihr bei vorgetäuschten Straßensperren in die Hände fielen, oder stahl sie gleich aus den Fuhrparks der

Gemeinden, sie verhöhnte die Ordnungskräfte, paradierte am hellichten Tag durch die Dörfer, das Haupt höher erhoben als die Fahne. Man empfing sie mit allen Ehren, bejubelte sie, klatschte Beifall. Sobald sie irgendwo am Horizont auftauchte, kamen die Kinder ihr entgegengesprungen, die Bauern ließen ihre Karren stehen, um sie zu begrüßen, und die Frauen sandten ihre Jubeltriller weit über die Felder. Auch die Dorfoberen ließen sich nicht lumpen. Sie fuhren ein Dutzend Mechiouis auf, dazu Kuskus in großen Schüsseln, wilden Honig und grünen Tee. Fromme Gesänge stiegen zum Himmel empor, das einfache Volk bebte vor Rührung und vergoß Freudentränen beim Anblick der *Erlöser*. Manchmal bestieg Chourahbil eine weiße Stute. Mit seinem strahlenden Turban, seinem Seidenburnus und seinen goldbestickten Babuschen verkörperte er in solchen Augenblicken wahrhaftig einen messianischen Imam, dessen Erscheinen kollektive Hysterie auslöste. Nach dem Festmahl, zu dem jeder geladen war, versammelte man die Bevölkerung um die Moschee, und der Mufti ließ seinen Theorien freien Lauf. Er sprach von einem sagenhaften Land in funkelndem Licht, in dem die Menschen frei und gleich wären und das Glück für jeden erreichbar … einem Land, in dem man es des Nachts in den Gärten des HERRN wispern hören würde, so wie man jeden Morgen den Ruf des Muezzins vernimmt.

Der Herbst floh vor dem Vormarsch der Katiba. Chourahbil wurde zur Legende. Er hatte eine Angetraute in jedem Dorf und ein Vermögen in jedem Maquis. Säckeweise transportierte man die Spendengelder ab, und die Dörfer, die sich sträubten, wurden drangsaliert. Manchmal, um die »Verbündeten« noch stärker zu knechten und die »Widerspenstigen« gefügig zu machen, massakrierte man hier eine Familie, brannte dort ein Gehöft nieder – wo man gerade vorüberkam. Hatte ein Dorf sich nichts vorzuwerfen, fand sich immer ein mißliebiger Würdenträger oder ein verwerfliches Verhalten, um eine Züchtigung zu rechtfertigen. Radio und Fernsehen waren verpönt, wer ein Gerät besaß, wurde ausgepeitscht. Gnadenlos wurden Verschwörer und unbotsame Imame verfolgt, aber auch andere einst geachtete Persönlichkeiten, allzu selbstbewußte Frauen und natürlich die Verwandten der Taghout. Ihnen wurde die Kehle durchgeschnitten, sie wurden enthauptet, geviertelt oder bei lebendigem Leibe verbrannt, und ihre Leichen wurden auf dem Dorfplatz zur Schau gestellt.

Gleichzeitig scheuchte man die Fraktionen der AIS aus ihren Verstecken und trieb sie fort, weit weg von allen größeren Ansiedlungen und sonstigen neuralgischen Punkten. Man isolierte sie von ihren Versorgungsbasen und hungerte sie aus, um sie zu zwingen, vor der GIA in die Knie zu gehen. Hier und da flackerten ein paar lachhafte Scharmützel auf. Miserabel ausgerüstet und nicht halb so fanatisiert wie die Kämpfer der GIA, ergriffen die Boughat schleunigst die Flucht, ließen Schlupfwinkel und Dokumente im Stich. Manchmal ergab sich eine Gruppe, die in die Enge getrieben worden war, von selber. Sie wurde regelrecht versklavt und endete früher oder später in der Grube.

Und die Armee, wenn sie denn einmal eine Razzia unternahm, kam stets unverrichteterdinge zurück. Sie bewegte sich schwerfällig, verriet sich von Anfang an und traf immer zu spät am Zielort ein. Chourahbil brauchte nur abzuwarten, bis das Gewitter vorüber war, und die versprengten Einheiten auf der Rückkehr von ihrem Einsatz anzugreifen. Dank Abdoul Bacir konnten sie Pisten und Fahrzeuge verminen, die sie absichtlich irgendwo stehenließen, und dem Feind Verluste zufügen, ohne ihm unmittelbar gegenüberzutreten.

Die Bevölkerung kooperierte mit dem Emir. Sie informierte ihn rechtzeitig über die Bewegungen der Militärs, ihre Streckenführung, ihre Zusammensetzung und Absichten. Sobald die Armee irgendwo Quartier aufschlug, wurde es augenblicklich identifiziert und taxiert. Die Gendarmerieposten, die man unter Wahrung »strengster Geheimhaltung« baute, flogen am Vorabend ihrer Inbetriebnahme in die Luft; manchmal verwandelte eine Bombe auch den Tag der feierlichen Einweihung in ein Blutbad. Je mehr die Taghout darauf aus waren, Terrain zu gewinnen, desto stärker erweiterte die GIA ihren Aktionsradius. Neue Attentate erschütterten die Zentren der Städte und Dörfer, die bäuerliche Bevölkerung strömte in Scharen in die Vorstädte, die Angst ging um, unter den Augen von Wachtposten wurden Menschen entführt, Straßensperren wurden zerstört und Patrouillen überfallen, Armeekasernen bombardiert, kurz, eine Lawine von Anschlägen und Störmanövern schwächte die staatlichen Institutionen und spielte den Rest von Algerien, das offene Land und das geamte Straßennetz den Katibas in die Hände. Man konnte förmlich zusehen, wie der Feind immer stärker isoliert wurde und sein Einfluß rapide abnahm, während die Raffgier der Emire wuchs, die im Rausch ihrer Straffreiheit maßlose Ambitionen nährten und von fantastischen Imperien zu träumen begannen.

Der Dämon der Zwietracht erwachte.

Die Gier wurde unersättlich.

Der Thron wankte unter Bündnisgefechten und heftigen inneren Auseinandersetzungen.

Eines Morgens herrschte in Sidi Ayach eine fieberhafte Aktivität, was höchst ungewöhnlich war. Man machte sich ans Großreinemachen, teilte neue Tennisschuhe an die Rekruten aus und kleidete alle in Afghanenkutten: Ein bedeutender Befehlshaber sollte die Katiba mit seinem Besuch beehren. Chourahbil zog seine Festtracht an, die er während seiner Tourneen durch die jubelnden Dörfer trug. An die zwanzig Schafe wurden geschlachtet. Und zum ersten Mal mischte sich Chourahbils »Prätorianergarde« unter die gewöhnlichen Kämpfer, um ihre purpurnen Gesichter und ihre Fettwänste zu verbergen. Mittags kamen die ersten Vorboten der Delegation, inspizierten das Lager und stellten überall Wachen auf. Spät abends traf Emir Zitouni mit einem eindrucksvollen Troß ein. Er blickte säuerlich, weigerte sich, am Festmahl teilzunehmen, und schloß sich stundenlang mit den wichtigsten Anführern der Katiba im Haus von Chourahbil ein. Nach der Besprechung verließ er das Dorf gleich wieder. Es war tief in der Nacht.

Abdel Jalil erklärte seinen Männern, daß eine Fraktion von vierhundert Dissidenten die Einheit der GIA bedrohe.

»Salafiten!« tobte er und tat, als ob er sich übergeben müsse, »Scheißkerle, die sich noch nicht mal den Hintern wischen! Na, wir werden sehen, ob sie auch ebensoviel Arsch in der Hose wie Verrat in den Köpfen haben.«

Die Rede war von den Truppen Kada Benchihas, eines Barbiers aus Sidi Bel-Abbes, ein größenwahnsinniger Klumpfuß, der eine Katiba im Westen des Landes befehligt hatte, bevor er vom Nationalrat abgesetzt und zum Tode verurteilt wurde. Er war eine mythische Figur, berühmt geworden durch mörderische Überfälle auf wichtige Garnisonen in der Gegend von Oran. Seine Männer waren extrem gefährliche Afghanen. Sie verfügten über die denkbar beste Kriegsausrüstung und waren die einzigen, die Artilleriegeschütze und Bazookas besaßen. Der Emir hatte einen Teil ihrer Armada eingefordert, um die Truppen in Algier damit auszurüsten. Aber Kada Benchiha hatte nicht nur abgelehnt, sondern außerdem noch verlangt, in die Führungsspitze der GIA berufen zu werden, und marschierte mit seinen Truppen jetzt auf das nationale Hauptquartier zu, um es mit Gewalt einzunehmen.

Chourahbil zog seine Truppen zusammen und setzte sich unverzüglich Richtung Westen in Bewegung. Unterwegs schlossen sich ihm andere Katibas an. Hunderte von Männern, manche auf dem Rücken ihrer Maultiere, andere auf gestohlenen oder von der Bevölkerung geliehenen Lastwagen, kamen aus allen Ecken des Maquis zum Ouarsenis-Massiv geströmt, wo die Salafiten schon auf sie warteten. Es waren Titanenkämpfe, und es gab Dutzende von Toten. Ein seltener Glücksfall für die Armee, die die Präsenz der beiden sich bekriegenden Fraktionen nutzte, um sie am Ort des Gefechts kurz und klein zu schlagen.

Der Rückzug erfolgte in planlosem Durcheinander. Helikopter jagten die Islamistenhorden, die Artillerie schnitt ihnen die Fluchtwege ab, Fallschirmspringer fielen über sie her. Abou Tourab wurde am Rücken verletzt und kam nur dank Nafa mit dem Leben davon. Abdel Jalil lud seine Gefallenen auf Anhänger, seine Verletzten auf Maultiere und bahnte sich wundersamerweise einen Weg durch den Feuervorhang. Er brauchte mehrere Tage, bis er wieder bei seiner Katiba war, die schwer angeschlagen Richtung Süden flüchtete.

Aber bald waren die Verluste vergessen. Man beurteilte die Schlacht von Ouarsenis einhellig positiv. Die Salafiten waren vernichtet worden, das war das Wichtigste. Emir Zitouni verbarg nicht seine Erleichterung, aber er hielt das Klima noch immer für vergiftet. So ordnete er eine umfassende Säuberungsaktion an. Der Emir, der die Zone befehligte, wurde vor ein Kriegsgericht gestellt und wegen Einverständnisses mit den Salafiten, Amtsanmaßung und Häresie zum Tode verurteilt. Sein Kopf wurde in seinem Heimatdorf auf einen Laternenmast gespießt. Andere Anführer ereilte dasselbe Geschick. Ganze Einheiten wurden aufgelöst oder blutig verlegt. Danach herrschten wieder klare Verhältnisse.

Chourahbil wurde neuer Emir über die ganze Zone. Um seine Beförderung zu feiern, begab er sich in sein Heimatdorf und heiratete eine Cousine. Nach dem Ende der Hochzeitsfeierlichkeiten schickte er zwei alte Männer los, um den Soldaten zu erzählen, daß der Emir im Sterben läge und acht »Terroristen« im Dorf seien, die nur darauf warteten, ihn zu beerdigen. Ein verlockender Köder. Nicht lange, und es tauchte ein Militärkonvoi auf. Hinter einer Kurve über einem Steilhang ging er in die Falle. Der erste und der letzte LKW flogen in die Luft.

Der Rest der Kompanie saß in der Klemme und tanzte im Kugelhagel. Dreißig Soldaten wurden getötet, die Verletzten auf ein Fahrzeug gestapelt, mit Benzin übergossen und bei lebendigem Leibe abgefackelt. Ihre Schreie hallten noch lange in den Bergen wider, wie ein Chor der Verdammten. Weder der eisige Winterwind noch die starken Schneefälle vermochten ihnen Kühlung zu verschaffen.

»Nun komm schon rein!« brüllte Abdel Jalil und wies auf ein Schaffell, das am Boden lag.

Nafa gehorchte. Er setzte sich im Schneidersitz an den bezeichneten Ort und faltete die Hände im Schoß.

Der Raum war schwach erleuchtet. Eine Räucherpfanne erfüllte ihn mit süßlichen Aromen. Keinerlei Möbel, nur ein niedriges Tischchen mitten im Raum. An den nackten Wänden ein paar Kriegstrophäen: zwei gekreuzte Säbel, ein zerbeulter Soldatenhelm und ein *sahd*, eine selbstgebastelte Panzerfaust, von einer AIS-Einheit erbeutet, unbrauchbar und lächerlich.

Abdel Jalil thronte auf einem mit Matratzen ausgelegten Podest, hatte eine Gebetskette am Finger baumeln und einen herrschaftlichen Burnus über die Schultern geworfen. Seit er zum neuen Befehlshaber über die Katiba ernannt worden war, brauchte er sich nicht mehr mit Patronentaschen und Macheten zu behängen. Sein Wort war Gesetz, sein Gebrüll Urteilsspruch. Und wer den wahren Glauben hatte, konnte in der Aura, die ihn umgab, sogar den verstohlenen Flügelschlag des Engels wahrnehmen.

»Wie geht es deinem Freund?«

»Er ist über den Berg, Emir.«

Abdel Jalil nickte mit seinem ganzen Vollbart, diesem gesegneten Bart, der eine wehende Standarte war.

Er sammelte sich, dann verkündete er:

»Du hast mich überzeugt, Bruder Nafa.«

Ein junger Kämpfer brachte eine Kanne Tee, goß erst dem Emir, dann Nafa ein und schlich auf Zehenspitzen wieder davon.

»Entspann dich und trink erst mal.«

Nafa nahm einen Schluck, der ihm den Gaumen verbrannte, einen zweiten und dritten, bis seine ganze Kehle brannte. Er merkte noch nicht einmal, daß das Gebräu nicht gezuckert war.

»Ich beobachte dich seit deiner Ankunft bei uns. Ich habe dich im Ouarsenis und während des Rückzugs nicht aus den Augen gelassen. Du warst tapfer. Und du scheinst keinerlei persönliche Interessen zu verfolgen. Du bist, alles in allem, ein selbstloser Typ. Demütig und effizient. Genau der Typ Mann, den ich gern unter meinem Kommando hätte.«

»Ich bin sehr ...«

»Sag nichts«, unterbrach er ihn und stand auf.

Er schritt durch den Raum, die Hände auf dem Rücken verschränkt.

»Und doch gibt es da etwas sehr Beklagenswertes an dir.«

Nafa stellte sein Glas ab, mit einemmal in Panik.

Abdel Jalil baute sich vor ihm auf.

»Eine Schwachstelle in deinem Panzer, Bruder Nafa ... Ein wunder Punkt, höchst ärgerlich: deine Augen. Du senkst sie zu schnell.«

Verwirrt senkte Nafa den Kopf.

»Siehst du? Du siehst zu oft auf deine Füße, und das ist

nicht gut. Du weißt ja gar nicht, wo du hingehst ... Kopf hoch, Bruder Nafa. Wer deinen Mut hat, ist es sich schuldig, den Kopf oben zu behalten, sehr weit oben ... Weißt du, warum ich dich habe kommen lassen?«

»Nein, Emir.«

»Um dir Holzscheite unters Kinn zu klemmen. Damit dein Rückgrat gerade bleibt ...«

»Die Holzscheite werden künftig nicht nötig sein, Emir.«

»Dann drück den Rücken durch, denn ab heute wirst du die mobile Einsatztruppe befehlen.«

»Ich?«

»Siehst du hier sonst noch jemanden ...? Ein harter Brocken, diese Truppe. Die mußt du mit eiserner Faust führen, das laß dir gesagt sein. Deine Ernennung wird so manchen mit Neid erfüllen. Es gibt Kämpfer, die qualifizierter sind als du und schon länger dabei und die vor Ungeduld mit den Hufen scharren. Ihr Problem ist, daß ich die Eiligen, die Ehrgeizigen nicht ausstehen kann. Die bringen es fertig und gehen über die Leichen ihrer Nächsten, um ihr Ziel zu erreichen. Und das lehne ich ab. Habe ich mich klar genug ausgedrückt?«

»Ja, Emir.«

»Na schön. Dann steh jetzt mal auf.«

Nafa erhob sich.

Abdel Jalil legte ihm beide Hände auf die Schultern, erdrückte ihn fast unter seinem Gewicht. Ein Ausdruck höchster Wertschätzung.

»Meinen Glückwunsch, *Emir* Nafa. Gott leite deine Schritte und Schläge. Jetzt bist du ein Chef. Du kommst in den Genuß sämtlicher Vorrechte, die dir zustehen, und trägst ganz allein eine große Verantwortung. Deine Befehle werden wortwörtlich ausgeführt. Du duldest kein Zögern, keine Einwände. Deine Männer sind die Finger deiner Hand, nicht mehr und nicht weniger. Hast du verstanden?«

»Ja, Emir.«

»Ich verlaß mich darauf, daß du das deinen Untergebenen eintrichterst. Ich erwarte, daß du mit harter Hand durchgreifst, den Kopf auf den Schultern behältst und die Augen weit offen.«

»Sehr wohl, Emir.«

»Neider machst du fertig. Wenn es nicht anders geht, hast du das Recht, ein Exempel zu statuieren und ein oder zwei Leute zu liquidieren.«

»Ich hoffe, daß ich das nicht tun muß.«

»Das erledigen andere für dich.«

Nafa nickte.

Dann kehrte Abdel Jalil ihm den Rücken zu.

Die Unterredung war beendet.

Es war nicht nötig, mit harter Hand durchzugreifen. Abdel Jalil hatte zu seiner Zeit die Saria nachhaltig geprägt. Nafa hatte keinerlei Mühe, sich durchzusetzen. Bis auf Khebbab, einen ehemaligen Luftwaffenkapitän, der heute Bomben baute, kuschten alle. Die Sektion war ohnehin der Schatten ihrer selbst. Ihre Niederlage im Ouarsenis hatte sie auf den Boden der Tatsachen zurückgebracht. Mit ihren zehn Toten und acht Verletzten hatte sie kein Recht zu murren.

Die Härte des Winters begrenzte die Einsätze im Raum wie in der Zeit. Nafa begann seine Herrschaft mit bescheidenen Streifzügen hierhin und dorthin, einigen symbolischen Straßensperren, danach kehrte er nach Sidi Ayach zurück und ruhte sich auf seinem Lorbeer aus.

Emir zu sein enthob ihn einer Reihe alltäglicher Sorgen. Er brauchte sich fortan weder um sein Lager noch um sein Essen zu kümmern. Ein Bursche trottete ergeben hinter ihm her, bereit, seine Wünsche mit der Eilfertigkeit eines guten Geistes zu erfüllen.

Er wohnte in einem passablen Patio. Tag und Nacht brannte Feuer in seinem Kamin. Morgens fand er neben einem üppigen Frühstück warmes Wasser für die religiösen Waschungen vor.

Er war Emir.

Er entdeckte, wie berauschend die Macht und wie angenehm die Ehrerbietigkeit der anderen war. Es gab nichts Schöneres auf der Welt, stellte er fest. Gleich den himmlischen Auserwählten, die in den Paradiesgärten flanieren, brauchte er nur mit dem Finger zu schnipsen, und schon wurden Träume wahr. Oft mußte er noch nicht einmal das. Seine Männer dachten für ihn. Alle mühten sich, ihn gnädig zu stimmen und in gute Laune zu versetzen.

Nafa war überrascht, wie einfach die Dinge und die Menschen doch waren. Sein Wechsel vom Soldaten zum Emir vollzog sich mit sagenhafter Leichtigkeit.

Es war geradezu magisch.

Die Schneeschmelze kündigte sich im Glucksen der Wälder an. Das Plätschern der Wasserfälle ertränkte die Stille mit kristallinen Symphonien. Gärten tauchten aus milchigen Landschaften auf. Die Erde begann unter einem warmen Himmel zu grünen. Wenn Nafa die Augen über »sein« Territorium schweifen ließ, fühlte er sich wie im Paradies. Er tat nichts lieber, als hoch oben auf einem Felsen zu stehen und Stunde um Stunde dem Wind zu lauschen und seinen knatternden Mantelschößen. Hoch über Bergen und Menschen stehend, brauchte er nur die Arme auszubreiten, um davonzufliegen.

18

Ein Pfeifen zerriß die Luft, gefolgt von einem lauten Knall. Nur wenige hundert Meter vom Dorf entfernt stieg aus dem Wald eine Staubwolke auf. Nafa Walid sprang aus dem Schlafsack und stürzte ins Freie. Eine Gruppe von Kämpfern stand wie angewurzelt da und schaute in die Richtung, aus der die Explosion gekommen war.

»Was ist das?«

»Vermutlich einer von Khebbabs Schülern, Emir.«

Nafa runzelte die Stirn. Er kehrte ins Schlafzimmer zurück, holte seinen Feldstecher und suchte die Landschaft rundum gründlich ab. Nichts Verdächtiges zu erkennen. Der Tag brach an, es begann gerade erst zu dämmern. Die Straße, die sich in Serpentinen um den Bergsockel schlang, glänzte vor Tau und lag verlassen da. In der Ferne verblaßten die Lichter der Weiler in der aufziehenden Morgenröte.

»Seht mal nach, was da los ist.«

Jetzt traten auch Abdel Jalil und seine Frau vor ihr Haus. Mit einer Handbewegung erkundigte sich der Emir, was passiert sei. Nafa rief ihm zu, daß er seine Männer schon losgeschickt hätte, um nach dem Rechten zu sehen.

»Wahrscheinlich hat einer unserer Bombenspezialisten nicht aufgepaßt.«

Abdel Jalil nickte. Als er sich gerade wieder zurückziehen wollte, zischte es tausendfach über den Himmel, ein

Geräusch wie ein seidener Vorhang, den man zerreißt. Gleich darauf explodierten die hintersten Hütten vom Dorf. In einem Wirbelsturm aus Flammen und Staub flogen Steine und Zinkblech durch die Luft.

»Artilleriegeschütz!« brüllte Abdel Jalil. »Alle Mann in die Schutzräume in den Wäldern!«

Eine zweite Salve schlug mitten auf dem Dorfplatz ein und raffte ein paar Maultiere dahin. Die Hütten fingen Feuer, krachten zusammen, verstopften die Gassen mit ihrem Schutt. Schreie, kreischende Frauen, Chaos. Die Kämpfer kamen aus Fenstern und Türen gesprungen und rasten in wildem Durcheinander davon, ihre Frauen hinterher. Eine dritte Salve erschütterte die Felsspitze, fegte eine Koppel und einen Schuppen hinweg. Verletzte lagen röchelnd unter Trümmern, andere schleppten sich, an den Wänden Halt suchend, voran. Rauch legte sich in dichten bräunlichen Schwaden über das Dorf, während auch im Wald Feuer ausbrach und sich auszubreiten begann.

Am Fuße des Berges rückten die ersten LKW eines endlosen Militärkonvois auf der Straße vor.

Abdel Jalil befahl Khebbab, mit seinem Bombenlegertrupp loszuziehen und die Brücke zu sprengen. Der ehemalige Luftwaffenkapitän lud seine selbstgebastelten Bomben auf Maultiere und verschwand im Unterholz.

Im brennenden Dorf gingen noch immer Granaten nieder, kopflos liefen die noch Überlebenden hin und her.

Plötzlich hallten auch von unten Schüsse, gefolgt von kräftigen Salven.

Nafa rief Khebbab über Funk:

»Was ist denn das jetzt wieder für ein Radau?«

»Unmöglich, an die Brücke heranzukommen«, antwortete der Hauptmann. »Alles voll mit Fallschirmspringern.«

»Spinnst du, oder was?«

»Ich sage dir doch, rund um die Brücke sind Fallschirmspringer. Was soll ich jetzt tun?«

»Die Pisten verminen.«

»Dann stoße ich mit ihnen zusammen.«

»Bring deine Bomben an den Zufahrtswegen an. Das ist ein Befehl!«

Ein Schwarm von Hubschraubern tauchte hinter dem Berg auf.

»Verdammte Scheiße!« brüllte Abdel Jalil. »Das war aber nicht vorgesehen.«

Die Katiba rettete sich Hals über Kopf ins Dickicht, Tote und Verwundete hinter sich lassend.

Die Hubschrauber glitten im Tiefflug über das Dorf. Ihre Raketen pfiffen durch die Luft, pusteten reihenweise die Hüttchen um. Sie drehten ab und kamen noch einmal zurück, um die Ortsränder zu bombardieren und dann im Schutz des Rauchs, der den Berg einhüllte, zu landen. Fallschirmspringertrupps sprangen heraus und rannten auf die Anhöhen zu, um dort Stellung zu beziehen und sich zum Angriff neu zu formieren.

Die Leute der Katiba, die in ihren Schutzräumen hockten, waren unfähig, irgendein Manöver, irgendeinen Gegenschlag zu unternehmen, ohne sich erneut den Luftangriffen auszusetzen. An der Brücke war das Dauerfeuer verstummt. Khebbab informierte den Emir, daß er keine Munition mehr habe und sich zurückziehen werde. Der Militärkonvoi unterhalb des Berges rückte gnadenlos vor.

»Wir treten auf der Stelle den Rückzug an«, entschied Abdel Jalil, »sonst sind wir erledigt.«

Ein Trupp blieb vor Ort, um die Fallschirmspringer festzuhalten und ein paar Ablenkungsmanöver zu versuchen. Der Rest der Katiba stieß tief in die Wälder vor, um der Hubschrauberjagd zu entgehen. Gegen Mittag gelangten sie zu einem undurchdringlichen Krater, etwa zehn Kilometer talwärts. Der Sicherungstrupp meldete, daß die Hubschrauber Verstärkung brächten und die Mannschaften aus dem Konvoi sich am Nordhang des Berges formierten, um das Gebiet zu durchkämmen. Von seinem Beobachtungsposten auf einer Felsspitze aus sah Nafa, wie andere Konvois von Osten und Westen eintrafen, um den Berg zu umzingeln.

»Jetzt hilft nur noch ein Wunder«, fluchte er.

Innerhalb weniger Stunden hatte die Armee den Wald dichtgemacht. Hunderte von Soldaten kämpften sich durchs Unterholz, jagten die Verstecke in die Luft, verbrannten den Proviant, den sie dort fanden und okkupierten die Wasserstellen. Die Katiba versuchte die feindlichen Linien zu durchbrechen. Sie wurde zurückgeschlagen. Sie versuchte es ein Stück weiter erneut und stieß auf denselben Widerstand. Ihre Verluste beliefen sich noch vor Einbruch der Dunkelheit auf fünfundzwanzig Tote und ebensoviele Verletzte. Unmöglich, so weiterzumachen. Abdel Jalil befahl seinen Truppen, aufzugeben und sich in Richtung Krater abzusetzen. Es gelang der Katiba, sich durch die Hohlwege zu schlängeln, bis hin zu einem ausgetrockneten Flußbett, das völlig zugewuchert war; dort versteckten sie ihre Frauen und Verletzten in tiefen Höhlen, dann kletterten sie das Ufer wieder hinauf, um den Feind zu provozieren und ihn vom Krater wegzulocken. Die Zusammenstöße waren heftiger denn je. Langsam aber, zur großen Erleichterung der Krieger, verschob sich die Gefechtsachse. Die Taghout rückten auf mehreren Fronten gleichzeitig vor, riegelten die verdächtigen Orte ab, belegten sie mit Granatbeschuß und kämmten sie zuletzt durch. Man hörte, wie sie per Funk die Bilanz ihrer Angriffe sowie die Zahl der eingesammelten Islamistenleichen durchgaben. Dank dieser Informationen gewann die Katiba sowohl wertvollen Spielraum als auch Zeit.

»Wir müssen um jeden Preis bis Einbruch der Dunkelheit durchhalten«, erklärte Abdel Jalil. »Dann nähern wir uns den feindlichen Linien und suchen nach einer Lücke.«

»Wie das?« fragte Nafa entmutigt.

»Ganz einfach. Wir rücken vor, wir schießen. Kommt eine Antwort, ziehen wir uns zurück und fangen ein Stück weiter von vorne an, solange, bis wir auf keinen Widerstand mehr stoßen – das Zeichen, daß der Weg frei ist.«

Die Kriegslist des Emirs zahlte sich aus. Noch vor Morgengrauen fanden die Männer der Katiba eine Bresche und schlüpften unverzüglich hindurch. Sie stürzten sich in ein bewaldetes Tal hinab, wo sie sich bis zum Ende der Razzia versteckt hielten, volle fünf Tage lang. Der Himmel surrte vor Hubschraubern, aber die Kämpfer harrten reglos unter den Bäumen aus und ernährten sich von eßbaren Pflanzen und wilden Früchten. Als die Militärs die Belagerung aufhoben, mußte Abdel Jalil feststellen, daß er nicht mehr nach Sidi Ayach zurückkehren konnte. Die Armee hatte zwei Detachements dort oben installiert, und die Anfahrtswege waren gespickt mit Straßensperren.

Nafa wurde beauftragt, zum Krater zurückzukehren und die Frauen und Verletzten zu bergen, von denen ein Drittel mangels ärztlicher Versorgung und Lebensmittel ihren Verwundungen bereits erlegen war. Für alle begann nun ein elendes Nomadenleben. Die Region war verseucht mit Hinterhalten, und Patrouillen durchstreiften die Wälder. Von Zeit zu Zeit kreisten Hubschrauber über den Hügeln, belegten die verdächtigen Stellen mit massivem Feuer und warfen, bevor sie abdrehten, körbeweise Flugblätter ab, die die Islamisten aufforderten, die Waffen niederzulegen und sich zu ergeben. An jenen Tagen leuchtete der Himmel kunterbunt von lauter Papierchen, die wie große Schmetterlinge durch die Lüfte flatterten, ehe sie zu Tausenden in die Lichtungen fielen. Doch wehe dem, der es wagte, ein Blättchen aufzulesen ... Dürstend, erschöpft, von allen Seiten gehetzt und ausgehungert, baten die Männer der Katiba um die Genehmigung, zum Hauptquartier der Zone kommen zu dürfen. Chourahbil lehnte kategorisch ab. Er befahl Abdel Jalil, den Taghout unter keinen Umständen den Berg zu überlassen und auch nicht den Kontakt zu den verbündeten Stämmen zu verlieren, da diese von den nichtunterworfenen Dörfern bei der ersten Gelegenheit massakriert werden würden.

So entschied Abdel Jalil sich für ein verlassenes, von der AIS aufgegebenes Lager auf halber Strecke zwischen Sidi Ayach und Chourahbils Heimatdorf. Der Ort besaß zwei Quellen, er war bewaldet und auf einer Anhöhe gelegen, doch von begrenzter Aufnahmekapazität. Man grub zusätzliche Schutzräume aus und verminte die Umgebung mit Sprengkörpern, um einen eventuellen Angriff der umliegenden Dörfer abwehren zu können, die der GIA feindlich gesonnen waren. Für die Katiba war es die Hölle. Man vegetierte unter unsäglichen Bedingungen dahin. Schlafzeug, Kleidung, Kochgeschirr, Medikamente, Lebensmittel, alles war in Sidi Ayach zurückgeblieben. Man mußte von Null anfangen, und alles aus eigener Kraft. Vorbei das Palastleben, die Häuser aus Stein, das Feuerchen im Kamin und die satten Lebensmittelreserven. In den Schutzräumen und Höhlen des neuen Lagers machten sich Verbitterung, Erschöpfung, Resignation breit. Der Wind pfiff hindurch, es war dunkel und ungemütlich, und wer die Nacht dort verbrachte, dem gefror das Blut in den Adern. Zum Schlafen verkroch man sich in einen Winkel, lag zusammengekrümmt auf der bloßen Erde, ohne Decke, die Hände zwischen die Oberschenkel geklemmt und die Knie am Kinn. Morgens waren die Glieder steif vor Frost, und den zähesten Burschen entfuhren Schmerzensschreie. Angesichts des rapiden Verfalls der Moral beschloß Abdel Jalil zu handeln. Es war noch zu riskant, die benachbarten Dörfer um Hilfe zu bitten. Eine Indiskretion würde genügen, um die Ordnungskräfte wieder auf den Plan zu rufen. Geschwächt, wie sie war, und ganz auf sich gestellt, würde die Katiba eine zweite Razzia nicht überleben. Nafa und seiner Saria blieb weiter nichts übrig, als in großer Entfernung vom Lager zu agieren, um dieses letzte Refugium nicht zu gefährden. An der Spitze seiner härtesten Männer streifte er tage- und nächtelang durch Hügel und Wälder, entwendete auf einer abgelegenen Straße einen LKW, stahl

Vieh aus einsamen Gehöften, erleichterte umherziehende Händler um ihre Ware und kehrte, sorgsam alle Spuren verwischend, zum Lager zurück. Einmal griff er sogar ein Behindertenzentrum und eine Moschee an, um Verpflegung, religiöse Literatur und Teppiche zu requirieren.

Unterdessen verschärfte sich die Lage erheblich. Die Armee ließ nicht ab von ihrer Verfolgungsjagd, die bewaffneten islamischen Gruppen mußten sich immer weiter zurückziehen und den Taghout ein immer größeres Terrain überlassen. Bis in die Wälder hinein wurden Kasernen errichtet, andere mitten in den Dörfern. Gleichzeitig setzte bei der Bevölkerung ein Umdenken ein. Hier und da bildeten sich erste Bürgerwehren gegen die Islamisten, die sogenannten »Patrioten« ...

Eines Abends wurde Nafa vom Emir bestellt. Abdel Jalil empfing ihn mit düsterer Miene in seiner mit gestohlenen Teppichen ausgelegten Höhle. An seiner Seite saß seine Gattin Zoubeida, eine Frau wie Eisen und Marmorstein, bunt gewandet, in Leinenschuhen, im Gürtel eine Pistole. Sie war hochgewachsen und sehr schön. Ihr magnetischer Blick entwaffnete Nafa jedesmal, und er wagte es nicht, ihm länger als zwei Sekunden standzuhalten. Hinter ihr saß Othmane, einst Imam in Blida, auf einer Matte im Schneidersitz und sah höchst beunruhigt drein. Ihm gegenüber stand auf stämmigen Beinen ein gewisser Ramoul und knetete seine Finger.

Ramoul war ein reicher Viehhändler der Region. Sein Hof lag am Ortsende von Ouled Mokhtar, auf der anderen Seite des Waldes. Er war ein Mann um die Fünfzig und strotzend vor Gesundheit, aber er fühlte sich sichtlich unwohl, seine Augen huschten unstet unter seinem schmierigen Turban hin und her. Er drückte Nafa die Hand und verneigte sich tief wie ein Diener.

»Ihr kennt euch?« fragte der Emir.

»Hin und wieder kreuzen sich unsere Wege.«

»Na schön. Also, Si Ramoul ist gekommen und hat uns bestätigt, daß die Gerüchte über die Mobilisierung eines Teils der Bevölkerung gegen uns der Wahrheit entsprechen. Was wir für eine von den Taghout lancierte Propagandaaktion gehalten haben, trifft tatsächlich zu. Manche Dörfer bereiten sich auf den Empfang ganzer militärischer Detachements vor, die ihnen helfen sollen, eigene Widerstandsgruppen aufzubauen. Die Dörfer Matmar, Chaïb und Boujara und die Stämme der Ouled Mokhtar, der Tiah und der Messabih sind schon dabei, ihre Bastarde gegen uns aufzuhetzen. Es scheint, wie Si Ramoul berichtet, so zu sein, daß täglich bei der Gendarmerie Gesuche um Bewaffnung eingehen.«

»So ist es«, sagte Ramoul und nickte betrübt.

Abdel Jalil trommelte auf ein Tischchen ein, um ihn zur Ordnung zu rufen. Seine Augen waren nur mehr zwei schmale Schlitze, als er fortfuhr:

»Gott sei Dank hat das Krebsgeschwür unser Territorium noch nicht zersetzt. Aber erste Anzeichen für eine Infektion gibt es bereits. Dem Emir der Zone liegt viel daran, daß die Infektion sich nicht ausbreitet. Er hat eine Roßkur verordnet, damit ein für allemal Ruhe einkehrt.«

»So ist es«, bekräftigte Ramoul wieder und nahm eine Prise Schnupftabak. »Das darf nicht um sich greifen. Ich bin Viehhändler und komme viel herum. Was ich gesehen habe, ist unglaublich. Wißt ihr, daß es in der Kabylei so viele Bürgermilizen gibt, daß die Bevölkerung bereits auf die Armee verzichtet? Ich schwör's euch, es ist die Wahrheit. Ich habe es mit eigenen Augen gesehen. Ich war auch im Dahra unterwegs, auf den Viehmärkten zwischen Algier und Oran, um eine hundertköpfige Herde abzusetzen, und was habe ich da gesehen, so deutlich, wie ich euch vor mir sehe? Patrioten, die dabei waren, Straßensperren zu errichten. Erst habe ich gedacht, das sind welche von uns, aber es waren Gendarmen dabei, die gingen ihnen zur Hand. Ich schwör's euch, das ist die Wahrheit. Wenn ich es nicht mit eigenen Augen gesehen hätte, so klar und deutlich, wie ich euch vor mir sehe, ich hätte es nicht geglaubt. Und bei Tiaret, da war's noch schlimmer. Da haben die Patrioten schon Patrouillen aufgestellt, die fallen aus dem Hinterhalt über unsere Leute her. Unsere Gruppen können sich nicht mehr frei bewegen wie früher. Manchmal finden sie nicht mal mehr was zu essen ...«

Abdel Jalil hieb mit der Faust auf den Tisch.

»An deiner Stelle, Si Ramoul, würde ich meine Worte sorgsam wägen.«

»Warum?«

»Du führst geradezu subversive Reden.«

»Ich?«

»Schweig!«

Ramoul stolperte unter dem Anschiß des Emirs zwei Schritt zurück.

»Du solltest dir auf deine dreckige Zunge beißen, ehe du solche Eseleien von dir gibst.«

Der Viehhändler merkte, wie ihm die Knie weich wurden. Sein Gesicht verfärbte sich grau. Er konnte sich nicht länger aufrecht halten und setzte sich zitternd hin. Sein Adamsapfel hüpfte auf und ab wie ein schadhafter Kolben.

»Wenn man dich hört, könnte man glauben, die anderen hätten jetzt die Oberhand. Wir sind noch immer Herr der Lage. Das ganze Theater ist weiter nichts als Schaumschlägerei. Sicher gibt es eine Handvoll Hosenscheißer, die sich von den Taghout haben einwickeln lassen, aber das ist doch kein Weltuntergang. Wie viele sind es denn in Ouled Mokhtar, die mit den gottlosen Hunden paktieren?«

»Sechs«, stotterte Ramoul und zog ein zerknittertes Stück Papier aus der Tasche.

»Und das nennst du eine Miliz?«

»Nein, Sidi. Ich habe bewußt übertrieben, damit wir die Sache entsprechend ernst nehmen.«

»Das ist nicht dein Problem.«

»Ganz richtig, Sidi.«

»Bist du auf deinem Hof schon belästigt worden?«

»Nein, Sidi.«

»Dann halt's Maul!«

Fiebernd und leichenblaß wischte sich Ramoul mit dem Daumen über die Mundwinkel und sackte in sich zusammen.

Abdel Jalil reichte Nafa die Liste.

»Si Ramoul wird dir zeigen, wo diese Hunde wohnen. Ich möchte, daß ihre Köpfe am Eingang vom Gemeindehaus aufgespießt werden.«

Nafa erwischte vier der sechs Abtrünnigen um drei Uhr morgens in ihrem Haus. Es waren ein Greis, ehemaliger Kämpfer des Unabhängigkeitskrieges, sein Sohn, sein neunzehnjähriger Enkel und ein weiterer Bauer. Er fesselte sie mit Draht und schleifte sie auf den Dorfplatz, wo die Bevölkerung unter dem wachsamen Auge von dreißig Islamisten bereits zusammengetrieben war. Er verkündete, daß jeden, der es sich einfielen ließe, vom Staat Waffen zu erbitten, um sich der islamischen Revolution und Gott zu widersetzen, dieselbe Strafe ereilen würde. Imam Othmane psalmodierte eine Sure, in der davon die Rede war, wie mit Ungläubigen zu verfahren sei, er erklärte der versammelten Menge, daß es ihre Pflicht sei, den Regierungsleuten, die sie in teuflische Machenschaften verstricken wollten, zu mißtrauen, er verkündete, der Tag des Sieges sei nahe, und überließ dann den Scharfrichtern den Platz, damit die vier Verräter geköpft werden konnten.

Himmelweit davon entfernt, sich einschüchtern zu lassen, bestatteten die Ouled Mokhtar ihre »Märtyrer« und schworen auf den frischen Gräbern, daß nie wieder ein islamistischer Mörder lebendig aus ihrem Dorf herauskäme. In Erwartung der Waffen, die sie bei den Behörden angefordert hatten, fertigten sie Säbel und Steinschleudern an, bereiteten Molotowcocktails vor und organisierten die Verteidigung ihrer Ehre. Als Nafa ein zweites Mal kam, um sie fertigzumachen, wurde er mit Steinwürfen und Brandsätzen davongejagt.

In den darauffolgenden Wochen bezogen drei Abteilungen der Gemeindewache im Umkreis des Lagers Position und drängten die Katiba in ein anderes Waldgebiet, weiter im Hinterland, ab.

Das Gerücht, es werde bald Wahlen geben, verbreitete sich wie ein Lauffeuer im Maquis und löste ungläubiges Staunen und Bestürzung aus: Es hieß, ein neuer Staatspräsident würde gewählt werden. Da die Islamisten vom Rest der Welt abgeschnitten lebten – Zeitung und Radio waren tabu, es wurden nur die Kommuniqués des Nationalrats verteilt –, hatten derlei Nachrichten die Wirkung eines Keulenschlags auf die Truppenmoral. Mancherorts kam es zu Meutereien, doch sie wurden regelmäßig blutig niedergeschlagen. Die blinde Tyrannei der Emire, die durch die unerwartete Wendung der Ereignisse in ihrer Herrschaft angeschlagen waren, die entsetzliche Verelendung ihrer Männer, die aus ihren »Zitadellen« vertrieben und zum Vagabundieren verdammt waren, um Luftangriffen und Razzien zu entgehen, dazu der spürbare Rückzug der verbündeten Dörfer, deren Hilfsnetze sich zusehends auflösten – das alles stürzte die Guerilla in tiefschwarze Nacht. Argwohn und Zwietracht gingen um und dünnten die Reihen der Islamisten aus. Täglich waren es weniger Kämpfer beim Appell, die einen hatte man aufgrund simpler Verdächtigungen hingerichtet, die anderen hatten es vorgezogen, sich eher bedingungslos zu ergeben, als mit einem Damoklesschwert über dem Haupt weiterzuleben. Nach jeder Fahnenflucht mußte die Katiba wieder aufs neue auf die Straßen. Die Überläufer kollaborierten mit den Taghout, sie zeigten ihnen den Weg zu den Lagern und nahmen als Führer an den militärischen Einsätzen teil. Um den Desertionen einen Riegel vorzuschieben, verhängte Chourahbil Ausgangssperre und sah jeden Kämpfer, der außerhalb seines Quartiers angetroffen wurde, als auf der Stelle zu exekutierenden Verweigerer an.

»Du solltest Omar und Haroun im Auge behalten«, flüsterte Abou Tourab Nafa ins Ohr. »Sie sind so seltsam in letzter Zeit. Sie sondern sich viel zu sehr von den anderen ab und kleben aneinander wie die Kletten.«

»Ja und?«

»So sind sie erst, seit der Hubschrauber die Flugblätter abgeworfen hat. Meiner unmaßgeblichen Meinung nach könnte es nicht schaden, wenn du mal einen Blick auf ihre Sachen wirfst.«

Nafa ließ sich das nicht zweimal sagen. Er suchte die beiden Verdächtigen auf, kontrollierte ihre Habseligkeiten und stieß auf ein Flugblatt der Taghout, das sie in ihrem Rucksack versteckt hatten.

»Was soll das?«

Ohne eine Erklärung abzuwarten, zog er seine Pistole und jagte jedem von ihnen eine Kugel in den Kopf, vor den Augen der gesamten Saria, die gerade zu Mittag aß. Der Warnschuß machte sich bezahlt. Der Terror erstickte jeden Gedanken an Aufruhr im Keim. Man krepierte auf abschüssigen Pfaden, ließ sich von Granaten oder Jagdbombern zerfetzen, aber man dachte nicht eine Sekunde daran, die Horde im Stich zu lassen. Zu derart selbstmörderischen Absichten gehörten mindestens zwei – um sich Mut zu machen und um Fluchtpläne zu schmieden. Doch noch nie hatte sich der einzelne Kämpfer so vereinzelt gefühlt. Der flüchtigste Blick, die leiseste Geste konnte ein Unwetter heraufbeschwören, und so vergrub er sich lieber in seinem Schweigen. Sein Heil lag in seiner Fügsamkeit. Er durfte sich weder übereifrig noch achtlos zeigen, er mußte einfach gehorchen. Wie ein Automat. Antworten, wenn man nach ihm pfiff. Sprechen, wenn man es von ihm verlangte.

Bei einer Versammlung im Hauptquartier der Zone gab Chourahbil sich optimistisch. Er versprach, daß die Präsidentschaftswahl ein Fiasko werden und die Bevölkerung sie boykottieren würde, da, so die Meinung der Experten im Nationalrat, das Volk die totale Absetzung des korrupten Regimes, das das Land regierte, verlange. Dennoch empfehle es sich, für alle Fälle abschreckende Maßnahmen zu ergreifen. Chourahbil sollte sich täuschen. Die Bombe, die Khebbab in einem Wahllokal deponierte, tötete zwölf Menschen und verletzte weitere sechzig, aber die Wahlen fanden trotzdem statt. Schlimmer noch, die Bevölkerung gewährte dem Wahlzirkus, den die Taghout veranstalteten, ihre massive Unterstützung. Es war die größte Katastrophe seit Menschengedenken. Strafexpeditionen gegen die Dörfer, Massaker auf offener Straße, Bombenattentate in den Souks ... aber auch Ströme von Blut und Tränen vermochten Chourahbils Rachedurst nicht zu stillen.

19

»Ich kann nicht länger warten«, sagte Abdel Jalil. »Ich muß zu Chourahbil und mit ihm reden. Die Wiederauffüllung unserer Truppenkontingente, die er mir zugesagt hat, zieht sich hin. Unter solchen Umständen kann ich nicht arbeiten. Der Ramadan rückt näher, und fünfzig Kämpfer sind bei weitem nicht genug, um die ungläubigen Hunde daran zu hindern, in aller Ruhe zu fasten.«

Er rückte seine Afghanenkutte zurecht, nahm sein Maschinengewehr vom Haken und legte seine Raubtierpranken auf Nafas Schultern.

»Ich vertraue dir die Katiba an. Unternimm nichts in meiner Abwesenheit. Unsere Männer sind total geschafft. In acht Tagen bin ich zurück.«

»Brauchst du eine Eskorte?«

»Nicht nötig. Handala und Doujana begleiten mich. Die sind so viel wert wie eine ganze Saria. Meine Frau kommt auch mit.«

»Gott schütze euch.«

Abdel Jalil überprüfte mechanisch das Magazin seiner Waffe, dann verließ er den Unterstand. Handala und Doujana warteten schon auf dem Pfad, neben sich ein Maultier voller Geschenke für Chourahbil. Zoubeida in ihrer Drillichuniform strahlte wie eine Amazonenkönigin. Ihr Blick suchte vergeblich den von Nafa.

»Also«, sagte Abdel Jalil, »dann mal auf Wiedersehen. Mach den Männern keinen Streß. Keine Extravaganzen in meiner Abwesenheit. Ich hoffe, ich bringe einen ganzen neuen Trupp mit zurück. Sonst weiß ich nicht, wie wir unseren Pflichten während des heiligen Monats nachkommen sollen.«

»Verstanden, Emir.«

»Noch etwas: Sei absolut wachsam. Geht schnell, daß sich einer absetzt.«

»Wird nicht vorkommen.«

Er lief zu seiner Frau und bat die beiden Gefährten, ihnen vorauszugehen.

Die Sonne ging unter. Die Schatten der Bäume breiteten sich wie Fangarme aus, bereit, die Nacht aufzunehmen. In den Wäldern sang ein Kuckuck ein Spottlied auf eine Amsel. Nafa sah seinem Chef nach, wie er sich entfernte. Zoubeida drehte sich um. Ihre Hexenaugen sagten ihm Lebewohl. Er lächelte. Es war das erste Mal, daß er der Frau eines Emirs zulächelte, und er fragte sich, ob das nicht ein böses Omen sei.

Zwei Tage später meldete der Funker, daß Abdel Jalil verletzt sei. Nafa nahm eine Eskorte und einen Krankenpfleger und machte sich auf, seinem Vorgesetzten zu Hilfe zu eilen. Er fand ihn in einer verlassenen Hütte auf einer Decke liegend, mit einer schrecklichen Wunde im Bauch.

»Wir haben ein einsames Haus gesehen und beschlossen, da die Nacht zu verbringen«, berichtete Zoubeida. »Als wir die Tür aufstoßen wollten, begann eine Frau auf uns zu schießen. Abdel Jalil hat die ganze Schrotladung aus nächster Nähe abgekriegt.«

Der Pfleger untersuchte den Verletzten mit skeptischem Blick. Er reinigte die Wunde, legte einen Verband an und empfahl Nafa, den Emir schnellstmöglich ins

Lager zu transportieren. Abdel Jalil kämpfte mit der Energie der Verzweiflung gegen den Tod an. Er lag quer über dem Maultier, zitternd vor Fieber, im Delirium. Er hatte Unmengen von Blut verloren.

Man brachte ihn in seinen Schutzraum und überließ ihn dem Pfleger.

Der Funker informierte Nafa, daß Chourahbil eingeschlossen sei und es ihm unmöglich wäre, einen Arzt zu schicken.

»Das macht nichts«, sagte Abdel Jalil.

Kurz bevor er den Geist aufgab, bemerkte er:

»Schöne Bescherung! Abdel Jalil, von einer Frau getötet! Das wird mir noch im Paradies anhängen ...«

Man begrub ihn unter einem Olivenbaum, der einsam auf einem Hügel stand. Imam Othmane vergoß heiße Tränen und legte einen heiligen Eid ab, an der Stelle, da der Märtyrer ruhte, ein Denkmal zu errichten, zu dem im künftigen islamischen Staat die Schulkinder pilgern würden.

Chourahbil beklagte den Verlust seines Cousins und ermahnte die Katiba, sich seines Opfers würdig zu erweisen. Solange, bis ein neuer Emir ernannt werde, möge Nafa die Vertretung übernehmen.

»Wieso nur die Vertretung?« protestierte Zoubeida. »Die Katiba fällt dir doch rechtmäßig zu.«

Der Funker, der die Instruktionen vom Hauptquartier überbracht hatte, senkte den Kopf.

Zoubeida bat ihn, sie mit Nafa allein zu lassen.

»Wär's dir lieber, daß ein anderer dir den Rang abläuft und dich zum simplen Soldaten zurückstuft?«

»Was soll ich denn deiner Meinung nach tun? Es ist Chourahbil, der die Entscheidungen fällt.«

»Rufen wir den Mann zurück und sagen wir ihm, daß es nicht nötig ist, einen Chef zu suchen, da schon einer vor Ort ist.«

»Dann wird er uns der Meuterei bezichtigen.«

»Laß dir von denen nicht auf der Nase herumtanzen. Am Ende machen sie dich noch platt.«

»Hör auf, mich zu bedrängen. Ich habe keine Lust, im Fadenkreuz von ihrem Zielfernrohr zu enden.«

Zoubeida trat an ihn heran, berückender denn je, legte ihm eine Hand auf die Schulter, ließ ihre Finger zu seinem Hals hinwandern, kraulte ihm den Bart.

Nafa wandte sich ab.

»Verbirg nicht das Blau deiner Augen vor mir«, murmelte sie. »Du beraubst mich der Farbe des Himmels, der Farbe, die mir die liebste ist.«

»Ich bitte dich«, stammelte Nafa. »Abdel Jalil ist erst seit einer Woche tot.«

»Tote haben kein Zeitgefühl.«

Nafa spürte, wie sich ein Sog in seinem Bauch bildete. Etwas in ihm geriet ins Wanken. Einen Moment lang hätte er am liebsten nach der Hand auf seinem Bart gefaßt und sie an seine Lippen geführt. Er beherrschte sich, stieß die Witwe zurück und floh.

Nafa lag auf seinem Strohsack und starrte auf den Docht der Petroleumlampe. Wie sehr er sich auch abzulenken suchte, Zoubeidas Hand brannte noch immer auf seinem Hals. Die *sabaya** konnte ihm noch so hingebungsvoll

---

* (arab.) Bezeichnung für die Frauen und Mädchen, die bei Massakern oder vorgetäuschten Straßensperren entführt werden. Sie gelten als Kriegsbeute und bestücken das Feldbordell der Islamisten. Bei den ersten Anzeichen einer Schwangerschaft werden sie umgebracht.

die Beine massieren, es war die Hand der Witwe, die er begehrte. Sein Fleisch erschauerte, und der heiße Sog, der sich einige Stunden zuvor in seinem Bauch gebildet hatte, verwandelte sich in Feuer. In der Hoffnung, es zu besänftigen, richtete er sein Augenmerk auf die Sabaya, ein junges Mädchen, das er während einer Strafexpedition entführt und persönlich entjungfert hatte. Sie war sehr schön, mit festen Brüsten und vollen Hüften, doch obwohl er sie jede Nacht besaß, hatten weder sie noch die anderen Mädchen bei ihm je eine so starke Begierde ausgelöst wie diese Hand, die seine Schulter, seinen Hals, seinen Bart betastet hatte. Zoubeida hatte ihn schon immer fasziniert. Er träumte von ihr seit dem Morgen, da er sie in Sidi Ayach zum ersten Mal erblickt hatte.

Wie von Zauberhand ging der Vorhang auf, und Zoubeida trat ein. Nafa schnellte so rasch in die Höhe, daß sein Kopf gegen einen Balken stieß.

Da stand sie, hatte die Hände in die Hüften gestemmt, blickte die Sabaya herausfordernd an und herrschte sie an zu gehen. Das junge Mädchen sah erwartungsvoll zu seinem Herrn hin.

»Troll dich«, sagte der.

Da erhob sie sich und ging in die Nacht hinaus.

Zoubeida verschränkte die Arme vor der Brust. Ihr brennender Blick schweifte durch den Verschlag, legte sich auf die Petroleumlampe, verschmolz schließlich mit dem des Emirs.

»Seit einer Ewigkeit schielst du heimlich hinter mir her, und jetzt, wo ich frei bin, läufst du davon.«

»Ich lauf nicht davon.«

»Dann sage die Fatiha auf.«
»Warum?«
»Ich will deine rechtmäßige Frau sein.«
»Findest du nicht, dafür ist es ein bißchen zu früh?«
»Wir sind im Krieg. Kein Mensch kann vorhersehen, was morgen passiert ... Es sei denn, du wolltest mich nicht mehr.«
»Ich?«
»Worauf wartest du dann noch, die Fatiha aufzusagen?« fragte sie und rollte bereits begehrlich ihren Gürtel auf.

Nafa legte beide Hände nebeneinander, mit den offenen Handflächen nach oben, und rezitierte die erste Sure aus dem Koran. Er zitterte wie ein kleiner Junge.

Zoubeida schüttelte ihre lange Mähne, die ihr über den Rücken fiel, und begann ihre Jacke aufzuhaken. Der Anblick ihres imposanten Busens verschlug dem Mann die Sprache.

»Sag, daß ich dir gefalle, *mein Gatte*.«
»Du gefällst mir.«
»Sag, daß du mich willst.«
»Ich will dich.«
»Mach das Licht aus.«
»Ich möchte dich aber vorher noch anschauen.«

Sie kniete sich hin, schob sein Gewand hoch, glitt mit den Lippen über seine flaumigen Beine und sachte, ganz sachte, über die muskulösen, bebenden Schenkel nach oben.

»Du hast mir vom ersten Tag an gefallen, als du in Sidi Ayach angekommen bist«, säuselte sie ihm ins Ohr. »Deine blauen Augen haben mich betört. Nur ihretwegen habe ich bis heute überlebt, um mich eine Nacht lang in ihrem Licht zu baden.«

Nafa löschte die Lampe.

Es war die schönste Nacht seines Lebens.

»Ich habe lange nachgedacht«, sagte sie und knabberte an seiner Lippe. »Wenn die Katiba einen Emir bekommen soll, dann niemand anderen als dich. Es kommt nicht in Frage, darauf zu verzichten. Man muß es nur wollen, mein Schatz. Willst du Emir sein?«

»Ich will.«

»Sehr gut. Dann müssen wir nur noch etwas zuwege bringen, das sie unter keinen Umständen anfechten oder herunterspielen können. Etwas Aufsehenerregendes, etwas, das Furore macht und ihre Einwände wie ein Orkan hinwegfegt. Unterbrich mich nicht. Wenn du vorankommen willst, hör mir zu.«

»Ich höre.«

»Es heißt, daß Abou Talha* Massaker großen Stils liebt, daß seine Stimmung mit der Anzahl der Opfer steigt. Nun denn ... Ich habe eine Idee, wie sich das bewerkstelligen läßt. Schon mit Abdel Jalil wollte ich darüber reden. Jetzt mache ich dir den Vorschlag. Kennst du das Dorf Kassem?«

»Wo die AIS ihr Lager hat?«

»Genau. Sie haben die Waffen abgelehnt, die die Taghout ihnen angeboten haben. Sie denken, die Boughat können sie ausreichend beschützen. Aber sie ahnen nicht, daß wir sie im Handumdrehen auslöschen werden.«

---

* Beiname des Antar Zouabri, nationaler Emir der GIA. Auf Abou Talha gehen die großen Massaker und die Fatwas gegen das gesamte algerische Volk zurück.

»In weniger als fünfzehn Kilometern Entfernung befindet sich eine Kaserne.«

»Die Armee wird nicht eingreifen. Sie weiß, daß Kassem ein Islamistennest ist, und mißtraut den Leuten dort, seit sie ihnen zweimal in die Falle gegangen ist. Selbst wenn die Armee rechtzeitig alarmiert werden sollte, würde sie wieder eine Falle wittern und vor Tagesanbruch nichts unternehmen.«

»Sprich weiter, das klingt interessant.«

»Mein Plan ist unfehlbar. Wir werden diese ganze Brut vernichten. Und wenn Abou Talha erfährt, daß das Dorf Kassem von der Landkarte verschwunden ist, wird er wissen wollen, wer der Magier war, dem dieser Handstreich gelungen ist. Und dann, mein Schatz, sollte es mich gar nicht wundern, wenn demnächst die ganze Zone auf dein Kommando hört.«

»Glaubst du wirklich?«

»Ich bin fest davon überzeugt.«

Sie küßte ihn zärtlich.

»Ich werde aus dir einen *zaïm** machen, eine charismatische Figur des Dschihad. Und am Tag des Sieges werde ich an deiner Seite sein und neue Räume mit dir erobern. Im Leben, mein Emir, muß man etwas wagen. Die Welt gehört denen, die sich auf den Weg zu ihr machen.«

Nafa richtete sich halb auf, stützte sein Kinn in die Hand, dicht über dem strahlenden Gesicht seiner Frau, und bat:

»Erzähl mir mehr von deinem Plan, mein zauberhaftes Weib. Ich weiß nicht, warum, aber etwas sagt mir, daß wir in Bälde den schmerzlichen Verlust des Dörfchens Kassem beklagen werden.«

* (arab.) Führer

Nach dem Morgengebet gab Nafa Abou Tourab Weisung, die Männer zu einer Aktion von kapitaler Bedeutung zusammenzutrommeln.

»Wie viele Männer lassen wir zum Schutz des Lagers zurück?«

»Keinen einzigen.«

»Was sollen wir dann mit den Sabayas machen?«

»Erdolchen.«

Das Dorf Kassem hätte besser daran getan, sein Auge nicht auf diesen räudigen, in den Tiefen der Wälder verlorenen Hügel zu werfen. Von Gott und der Welt verlassen, sollte es seine Einsiedelei teuer bezahlen. Es war ein armseliges Kaff mit dürftigen Hütten, kreuz und quer über die Felder verstreut, ohne Wege, ohne Moschee: eine Ansammlung von Höfen, die einander den Rücken zukehrten und sich kaum von Viehkoppeln unterschieden. Trotz Sturmböen und Regen spielten zerlumpte Kinder in den Obstgärten. Ihr Geschrei vermischte sich mit dem Gekläff junger Hunde. Auf der einzigen schlammigen Piste, die zum Dorf hinaufführte, versuchte eine Gruppe von Männern, einen Traktor zu reparieren. Hier und da sah man ein paar Frauen in einem Innenhof, um den Kopf einen Lappen gewickelt. Schornsteine qualmten, ein paar Fensterläden klapperten im Wind, aber nirgends entdeckte Nafa einen Grund, seine Pläne zu ändern.

Am Himmel blähten sich kupferrote Wolken, die Abendsonne verbarg sich; was sich da vorbereitete, schien sie nicht zu betreffen. Ein Blitz zuckte, gefolgt von dumpfem Donnergrollen. Ein Wolkenbruch ging auf den Ort nieder und vermochte ihn doch nicht wachzurütteln ...

»Ihr sollt weder ihre Bastarde noch ihr Vieh verschonen!« schrie Zoubeida.

In vier Gruppen aufgeteilt, kreiste die Katiba das Dorf ein. Den Bauern an ihrem Traktor blieb keine Zeit zur Flucht, die ersten Axthiebe spalteten ihnen den Schädel. Die Kinder hörten zu toben auf. Sie begriffen schlagartig ihr Unglück und flohen zu den Hütten. Doch es gab kein Zurück. Nichts konnte den Lauf des Schicksals jetzt noch aufhalten. Ungeheuern gleich, einer finsteren Nacht entsprungen, stürzten sich die Krieger auf ihre Beute. Der Säbel hieb drein, die Axt zerteilte, das Messer schlitzte auf. Das Schreien der Frauen und Kinder übertönte das Heulen des Windes. Die klapprigen Türen der Hütten zerbrachen beim ersten Fußtritt. Die Männer mordeten – mühelos, gnadenlos. Ihre Schwerter schnitten fliehenden Kindern den Weg ab, spießten die Seelen der Gefolterten auf. Bald stapelten sich die Leichen in den Innenhöfen, färbten sich die Pfützen blutrot. Und Nafa schlug und schlug und schlug, er hörte nichts mehr als das rasende Pochen in seinen Schläfen, er sah nichts anderes mehr als die Todesangst in den gemarterten Gesichter. Er schrie, er raste – er hatte den Verstand verloren.

Als ich wieder zu mir kam, war es zu spät. Das Wunder hatte nicht stattgefunden. Kein Erzengel war mir in den Arm gefallen, kein himmlischer Blitz hatte mich gelähmt. Da stand ich, mit einem Schlag ernüchtert, und hielt ein blutüberströmtes Baby in den Händen. Bis in die Augen war mir sein Blut gespritzt. Und vor mir stand eine Mutter, die schon nicht mehr flehen konnte. Sie hielt sich den Kopf in beiden Händen, ungläubig, versteinert in ihrem Schmerz.

Imam Othmane saß weinend auf einem Felsen.

»Wenn nichts in deinen Augen von Wert ist, so sage dir, du bist selbst nicht viel wert«, psalmodierte er.«

»Was faselst du da?«

Er deutete in fassungslosem Entsetzen auf den brennenden Weiler:

»Unser Meisterstück bedarf keines Kommentars.«

»Wir sind im Krieg.«

»Wir haben ihn soeben verloren, Emir. Ein Krieg ist verloren, sobald Kinder ermordet werden.«

»Steh auf!«

»Ich kann nicht.«

»Steh auf, das ist ein Befehl.«

»Ich kann nicht, ich sag's dir doch.«

Ich richtete meine Pistole auf ihn und drückte ab.

Wir schlugen uns in die Wälder, marschierten die halbe Nacht hindurch und rasteten in einem Flußbett. Und da, als ich das Dickicht vom Rasseln unserer Klingen erschauern hörte, habe ich mich gefragt, wovon die Wölfe träumen, tief in ihrer Höhle, wenn ihre Zunge zwischen zwei satten Rülpsern im frischen Blut ihrer Beute schwelgt, die noch so fest an ihren Hauern haftet, wie das Phantom unserer Opfer uns im Nacken saß.

Am nächsten Morgen, vermutlich von ihrer eigenen Barbarei verschreckt, hatten sechs meiner Männer sich abgesetzt.

Unser Lager sollten wir nie wiedersehen.

In einer Lichtung fiel ein AIS-Trupp über uns her. Das Gefecht dauerte mehrere Stunden. Wir mußten am Ende flüchten.

Nicht lange danach wurden wir auf einem Bergkamm von zwei Hubschraubern gestellt, die uns bis zur Ankunft der Taghout festhielten. Ich habe eine ganze Saria geopfert, um die übrigen zu retten.

Als wir die Anhöhen über unserem einstigen Revier erreichten, sahen wir dichte Rauchwolken aus unserem Camp aufsteigen, wo es vor Soldaten nur so wimmelte.

Wir versuchten uns in ein Dorf durchzuschlagen, um uns mit Lebensmitteln und Trinkwasser zu versorgen, aber die Gemeindewachen bereiteten uns einen grimmigen Empfang.

Wie gehetzte Schakale irrten wir durch die Wälder, Tag und Nacht, ohne die kleinste Lücke zu finden, durch die wir dem feindlichen Netz entschlüpfen konnten.

Chourahbil rief mich über Funk.

»Ich versuche schon seit Tagen, dich zu erreichen. Wo steckst du nur?«

»Weiß ich selber nicht.«

»Was ist das da für ein Armeeaufgebot in deinem Sektor?«

»Die sind hinter mir her.«

»Was ist passiert?«

»Ich habe das Dorf Kassem liquidiert.«

»Was? Du warst das? Was ist bloß in dich gefahren, du Esel? Wer hat dir diesen Befehl erteilt? Du hast es gewagt, dich über meine Autorität hinwegzusetzen. Was glaubst du eigentlich, wer du bist? Ich hatte dir gesagt, du solltest warten, bis der neue Emir da ist. Durch deine Schuld ist er unterwegs umgebracht worden. Was wolltest du denn beweisen, du Idiot? Es ging dir alles wohl nicht schnell genug, was?«

»Ich dachte, die Gelegenheit sei günstig.«

»Trottel. Wie hoch sind deine Verluste?«

»Sehr hoch.«

»Ich will Zahlen hören.«

»Einundzwanzig Tote, sieben Verletzte und sechs Deserteure.«

»Oh nein, das ist doch nicht möglich! Das kannst du mir nicht antun! Nicht mir! Nicht jetzt! Das ist Verrat! Ein abgekartetes Spiel! Das werde ich dir niemals verzeihen. Ich will dich auf der Stelle im Hauptquartier sehen, auf der Stelle, verstanden ...«

Der Funker wurde bleich. Er sah mich schon als toten Mann.

»Laß dich nicht fertigmachen!« sagte Zoubeida ungerührt.

»Es ist alles deine Schuld.«

»Jeder von uns trägt seinen Teil Verantwortung. Dazu müssen wir jetzt stehen. Der Plan war gut. Ohne diese Schweinehunde von Boughat hätten wir uns rechtzeitig aus der Gegend absetzen können. Und mit der Flucht unserer Männer war auch nicht zu rechnen. Sie sind es, die uns verraten haben. Wir haben eine Partie verloren, aber nicht das ganze Spiel.«

Ihre Kälte erschreckte mich.

Sie nahm mich beiseite und vertraute mir an:

»Abdel Jalil hat in der Zeit, als er die mobile Einsatztruppe befehligte, ein Vermögen angehäuft. Ich weiß, wo er es versteckt hat. Genug Geld und Schmuck, um unsere eigene Katiba auf die Beine zu stellen.«

»Ich werde zu Chourahbil gehen. Ich werde ihm alles erklären.«

»Er wird dich liquidieren, so oder so. Ich bitte dich, verlier jetzt nicht die Nerven. Abdel Jalils Kriegsbeute ist von unschätzbarem Wert. Das reicht locker aus, um zwei oder drei Sarias auszurüsten.«

»Chourahbil wird uns vernichten.«

»Dann laß uns nach Blida oder Algier zurückkehren. Mit unserem Geld können wir mehrere Verstecke einrichten und unsere Gruppen von da aus auf die Ministerien loslassen.«

»Sei still! Um Himmels willen, laß mich erst mal einen klaren Gedanken fassen.«

Ich verkroch mich über Nacht in einer Höhle.

Am nächsten Morgen waren alle meine Männer verschwunden. Vermutlich hatte der Funker sie von Chourahbils Drohungen in Kenntnis gesetzt, und sie hatten es vorgezogen, sich ohne mich zum Hauptquartier aufzumachen. Sie hatten sich nichts vorzuwerfen.

Es blieben nur Handala, dessen jüngerer Bruder Asthma hatte, weshalb er ihn unversehrt nach Hause zurückbringen wollte, dann Ali und Rafik, Cousins, die erst vor kurzem zu uns gestoßen waren, schließlich Doujana, der Anführer der Saria, dessen Kopf zusammen mit meinem rollen würde, und Zoubeida.

»Abou Tourab, mein bester Freund, hat mich also auch im Stich gelassen ...«

»Er ist nicht verschwunden«, widersprach Zoubeida. »Er sitzt irgendwo dahinten, am Hügel.«

Abou Tourab lehnte an einem Baumstamm und warf Steine ins Gras. Es war die Geste eines Mannes, der sich aufgegeben hat.

Ich kauerte mich vor ihn hin.

Er weigerte sich, mich anzusehen, und warf seine Steine in eine andere Richtung.

»Ich dachte schon, du wärst auch weg.«

»Wo soll ich denn hin?«

»Es ist noch nichts verloren.«

»Das glaube ich kaum.«

»Wir kehren nach Algier zurück. Zoubeida hat mir von einem versteckten Schatz erzählt. Sobald wir ihn haben, gehen wir nach Hause. Mit dem Geld können wir Verstecke finanzieren und unser eigenes Team auf die Beine stellen.«

Er sah mich verächtlich an.

»Das ist alles, was du im Kopf hast: weiterkämpfen.«

»Der Kampf ist noch nicht vorbei.«

»Für mich schon.«

»Willst du dich etwa ergeben?«

»Den Taghout, diesen Hunden, die aus mir ein Monster gemacht haben? Nie im Leben. Ich werde zusehen, daß ich Papiere bekomme, und dann verschwinde ich aus diesem Land. Es ist nicht mehr meins.«

»Das ist doch nicht dein Ernst.«

»Ich war noch nie sonderlich ernst, das stimmt. Jetzt bin ich es.«

»Hast du eine Ahnung, wo du hingehen willst?«

»Wird sich finden. Vorläufig bin ich noch meilenweit davon entfernt.«

»Wir werden weiterkämpfen, Abou Tourab. Der islamische Staat steht vor der Tür.«

»Hirngespinste! Sieh dich doch mal um. Der Tempel liegt in Trümmern, und das Volk will nichts mehr von uns wissen. Wir sind zu weit gegangen. Wir waren ungerecht. Höllenhunde, losgelassene Bestien, das ist aus uns geworden. Wir schleppen die Schatten Tausender von Toten hinter uns her; wir zerstören alles, was wir berühren. Sogar die Verdammten in der Hölle werden den lieben Gott bitten, daß er uns in eine Hölle schickt, die himmelweit von der ihren entfernt ist.«

»Keine Gotteslästerung, Abou Tourab!«

»Verrückt, wie du dich verändert hast, Nafa. Der Ehrgeiz hat dich blind gemacht. Alles, was glänzt, ist in deinen Augen Gold. Du willst genauso gehätschelt, bewundert, gefürchtet werden wie *sie*.«

Ich erhob mich.

»Ich verbiete dir, in diesem Ton mit mir zu sprechen. Ich sollte dir eigentlich den Kopf abschlagen.«

»Worauf wartest du noch?«

Ich beruhigte mich wieder.

»Du bist der einzige Verbündete, der mir noch bleibt.«

»Siehst du, du denkst nur an dich!«

Wir packten die wenigen Sachen zusammen, die die anderen uns gelassen hatten, und marschierten, was das Zeug hielt. Von Feinden umzingelt und ganz auf uns gestellt, bewegten wir uns auf heißem Terrain. Wir mußten so schnell wie möglich aus Chourahbils Machtbereich heraus. Zoubeida war unsere Führerin, so wendig wie eine Indianerin. Tagsüber ruhten wir uns aus, abends ging es weiter, in wohlüberlegten Etappen und in großem Bogen um die Orte herum, an denen wir mit einem Hinterhalt rechnen mußten. Ein harmloses Knacken lähmte uns mitunter stundenlang, und wir witterten wie wilde Tiere, ob die Luft rein war. Nach einer Woche Gewaltmarsch fielen wir, stolpernd vor Hunger und Durst, auf der Suche nach etwas Eßbarem über einen Bauernhof her.

Am Abend des achten Tages endlich lag Chréa vor uns. Wie groß war unsere Freude, als wir die Lichter von Blida funkeln sahen. Die Zivilisation! Wir tauchten aus der Nacht der Zeiten auf. Die ersten Häuser, die sich so winzig am Fuß der Berge duckten, kamen uns höher als der Turm zu Babel vor. Ein märchenhafter Anblick, so unglaublich, daß wir meinten, den Verkehr in der Ferne rauschen zu hören.

Wir nächtigten unter freiem Himmel.

In dieser Nacht habe ich von meinem Vater geträumt …

»Nafa!« Abou Tourab rüttelte mich wach.

Es war heller Tag. Blau dehnte sich der Himmel über uns. Abou Tourab aber verzog mißmutig das Gesicht.

»Zoubeida ist verschwunden.«

Wir suchten den ganzen Vormittag über nach ihr. Alles, was wir fanden, war ihre Tasche, die sie in einer Kuhle des Flußbetts liegengelassen hatte, mit ihrer Drillichuniform und ihren Leinenschuhen drin.

»Sie hatte garantiert Zivilkleidung in der Tasche. Die hat sich umgezogen und davongemacht!« grollte Handala.

»Mit ihrer Geschichte vom Kriegsschatz hat sie uns nur geködert, damit wir sie bis in die Nähe der Stadt begleiten. Die ist jetzt bestimmt schon weit weg.«

»Soll sie doch zum Teufel gehen!« brüllte ich.

Aber keiner glaubte mir.

Es konnte keine Rede davon sein, so, wie wir aussahen,

nach Algier zurückzukehren. Die Sicherheitskräfte hätten uns im Nu gestellt. Erst mußten wir uns rasieren und unsere Afghanenkutten loswerden. Wir fanden ein verlassenes Haus, und darin einen Schrank mit Spiegeltür. Fast wäre ich vor mir davongelaufen. Ich erkannte mich nicht, mein Spiegelbild hatte nichts Menschliches mehr. Ich sah ein wildes Tier, das einer kranken Fantasie entsprungen ist.

Wir rasierten uns die Bärte ab, schnitten uns die Haare und nahmen ein Bad in einer Viehtränke. Unsere unnatürlich bleichen Wangen stachen von unserer Sonnenbräune ab. Algier würde sich gedulden müssen. Während wir warteten, daß wir wieder wie Menchen aussähen, errichteten wir auf kleineren Landstraßen in Sekundenschnelle Straßensperren und nahmen den Reisenden Geld, Schmuck und Kleidung ab. Einmal war sogar ein Handy dabei. Bei einem unserer Beutezüge stach uns eine fette Limousine ins Auge. Ein Mann hatte gerade einen Reifen gewechselt. Als er den Wagenheber wegzog, fiel sein Blick auf uns, die wir ihn umstanden. Verdutzt hob er die Hände hoch und trat ein paar Schritt zurück.

Es war ein riesiger Schwarzer von kantiger Statur mit eingedrückter Nase und Gladiatorenstirn.

»Wie klein die Welt ist!« sagte ich.

Er riß die Augen auf.

»Nafa?«

»In Fleisch und Blut, Hamid. Was tust du denn um diese Zeit in so einer Gegend?«

Er fragte sich, ob er die Arme wieder sinken lassen konnte oder nicht.

Ich half ihm nicht aus seiner Verlegenheit.

»Wir kommen von Madame Rajas Beerdigung. Die arme Frau ist gestern gestorben. Sie hatte sich gewünscht, in ihrem Geburtsort begraben zu werden.«

»Sie war eine anständige Frau.«

Im Wageninnern döste ein Mann vor sich hin.

Mit dem Kolben meiner Pistole klopfte ich gegen die Scheibe, um ihn aufzuwecken. »Dieser verdammte Junior«, spottete ich. »Immer voll das fette Leben«.

»Es hat ihn furchtbar mitgenommen.« Hamid versuchte mich milde zu stimmen.

Ich riß die Wagentür auf und zog Junior von seinem Sitz hoch. Er war völlig konfus, schlug um sich, zwinkerte nervös, noch halb im Schlaf, und wurde blaß, als er unsere Kanonen sah. Sein alkoholisierter Atem haute mich fast um.

»Wo sind wir?« stammelte er. »Wo hast du mich hingeschleppt, Hamid?«

Dann erst wurde ihm der Ernst der Lage bewußt, und er hob beide Hände hoch.

»Tötet mich nicht, ich flehe euch an.«

»Ich bin es, Nafa. Erinnerst du dich nicht an mich?«

Seine Augenbrauen zogen sich so stark zusammen, daß sie fast nicht mehr zu sehen waren. Endlich fiel ihm wieder ein, wer ich war, aber er wußte nicht, ob er sich jetzt freuen oder fürchten sollte.

Auch ihm half ich nicht aus seiner Verlegenheit.

»Wirst du uns umbringen?« fragte Hamid.

»Was spräche dagegen?«

Junior wankte, klammerte sich an die Wagentür.

»Auf die Knie mit dir!« fuhr ich ihn an. »Heute abend bin ich der Boß.«

»Ich flehe dich an, Nafa. Wir waren doch mal Freunde. Erinnere dich an die guten Zeiten, die wir miteinander hatten.«

»Welche? Die, als dieser Mistkerl mich für sich schuften ließ? Als ich nichts weiter als ein Wischlappen für ihn war, ein Fußabtreter für die Stiefel des gnädigen Herrn ...? Auf die Knie, sage ich!«

Junior richtete sich plötzlich kerzengerade auf.

»Kommt nicht in Frage.«

»Tu, was er von dir verlangt!« beschwor ihn Hamid.

»Mitnichten. Ein Raja hat sich noch nie vor wem auch immer niedergeworfen.«

»Er weiß nicht, was er sagt«, flehte Hamid mich an. »Das ist der Kummer ...«

»Auf die Knie, du Hundesohn.«

Junior beharrte:

»Da verlangst du zuviel von mir.«

»Mach keinen Quatsch, Junior!« Hamid war hochnervös.

»Ich habe vielleicht ein Gläschen zuviel getrunken, aber ich stehe noch ganz gut auf beiden Beinen. Er wird uns so und so abschlachten. Das sind doch nur blutrünstige Terroristen. Was anderes als töten können die nicht. Wenn mein Schicksal hier enden soll, dann sterbe ich lieber im Stehen.«

Ich ohrfeigte ihn.

Er wankte, doch er fiel nicht.

»Aber klar wirst du krepieren, Bébé Rose. Aber vorher, das schwör ich dir, wirst du vor mir kriechen, du wirst mir die Stiefel lecken und mich anflehen, dir den Rest zu geben.«

»Da zähl mal nicht drauf.«

»Er weiß nicht, was er sagt«, schluchzte Hamid vor Wut. »Er ist benommen vom Schmerz um den Verlust seiner Mutter.«

»Ich bin ganz klar im Kopf, kho. Hast du vielleicht Lust, in einem Land zu leben, in dem Landstreicher von diesem Schlage sich für Eroberer halten?«

»Halt endlich die Klappe!« brüllte Hamid ihn an.

Junior drehte sich zu seinem Leibwächter um, den Finger unsicher vorgereckt, und lallte mit schwerer Stimme: »He, du sprichst mit einem Raja.« Dann, wieder mir zugewandt: »Ich habe dich nie wie einen Scheuerlappen behandelt. Du warst der Chauffeur, ich der Boß. So ist das Leben. Elend und Wohlstand sind nichts als Fassade. Jeder schleppt sein Unglück mit sich herum. Ob in Seide oder Blütentau gekleidet, ändert nicht viel an deinen Sorgen. Der Beweis«, er breitete die Arme aus. »Die Armen klagen die Reichen an, schuld an ihrer ganzen Misere zu sein. Und die Reichen meinen, die Armen müßten die Schuld bei sich selber suchen. Das ist nicht wahr. Die Welt ist so, wie sie ist, und niemand ist daran schuld. Man muß lernen zu leiden, ohne zu klagen. Das Schicksal wäre ein Dilettant, wenn es mit offenen Karten spielte. Die Welt wäre der ganzen Mühe nicht wert, wenn sie sie einem nicht zurückzahlte. Man glaubt zu wissen, und man weiß nichts. Wenn man sich weigert, das zuzugeben, dreht man am Ende durch.«

Abou Tourab zückte sein Messer.

Hamid knallte ihm seine Faust ins Gesicht, umklammerte ihn, riß ihm das Messer aus der Hand und hielt ihm die Klinge an die Gurgel.

»Eine falsche Bewegung, und euer Kumpel ist alle. Zurück mit euch ...«

Ich gab meinen Männern ein Zeichen, zu gehorchen.

»Steig ins Auto, Junior, und fahr los!«

»Ich lasse dich nicht mit diesen Monstern allein.«

»Verdammt noch mal, hau endlich ab. Ich komme schon klar.«

Junior stieg ins Auto und gab Gas.

Abou Tourab schnappte nach Luft. Ein dünnes Rinnsal Blut lief ihm den Hals hinab.

»Ich hab's dir ja gesagt, Nafa«, rief Hamid mir zu. »Junior ist mein ein und alles. Ich dulde nicht, daß jemand Hand an ihn legt. Zurück mit euch ...«

Er schaute nach rechts und nach links.

»Wenn ich bedenke, Nafa, daß du deine ganze Zukunft wegen einer bedauerlichen Overdose hingeschmissen hast.«

Er schleppte Abou Tourab bis an den Grabenrand, stieß ihn hinunter und sprang hinterher. Wir konnten nicht auf ihn zielen, ohne unseren Kameraden zu gefährden. Hamid nutzte das und verschwand im Slalom im Wald.

Handala rief seinen Onkel an.

»Der ist absolut zuverlässig. Er hat einen Sohn im Maquis verloren. Er wird uns solange bei sich aufnehmen, bis wir wissen, wie es weitergeht.«

Abou Tourab war nicht einverstanden, aber er hatte auch keinen besseren Vorschlag zu machen.

Handalas Onkel sammelte uns nach Einbruch der Dunkelheit auf einer Landstraße ein. Unter der Plane eines

Kleinlasters versteckt, brachte er uns in eine Vorortsiedlung. Die Wohnung war klein, und sie lag im dritten Stock.

»Ich muß auf einen Sprung bei meiner Alten vorbei«, sagte ich.

»Warte lieber ein paar Tage«, riet mir Abou Tourab. »Wir sind noch nicht richtig angekommen.«

»Es dauert nicht lange.«

Dann, an Handalas Onkel gewandt:

»Kannst du mich da absetzen?«

»Ich stehe ganz zu eurer Verfügung.«

Amira machte mir auf – oder besser, was von ihr noch übrig war. Ihr abwesender Blick sah durch mich hindurch.

»Du bist dicker geworden.«

Das war alles, was ihr einfiel, nach über zwei Jahren Trennung.

Sie ging ins Wohnzimmer zurück. Sie war nicht frisiert und sehr bleich, und sie hing förmlich in ihrem schwarzen Kleid. Nicht mehr als der Schatten einer fernen Schwester. Sie verschränkte die Füße auf einem halb zerrissenen Sessel und nahm ihr Strickzeug wieder auf. Es war nicht ihre Art, mir den Rücken zu kehren. Sie war nicht *normal*, Amira.

Das Wohnzimmer war nicht aufgeräumt. Kissen lagen am Boden. Die Polsterbänke hatten ihr Gedächtnis verloren. Von drei Glühbirnen an der Deckenlampe waren zwei kaputt. Es war dunkel in der Wohnung.

»Bist du allein?«

»Bin allein.«

»Wo ist Mutter?«

»Nicht da.«

»Wann kommt sie zurück?«

»Kommt nicht zurück.«

Sie strickte weiter. Achtete nicht auf mich.

Dann leierte sie mit monotoner Stimme herunter:

»Sie ist mit Nora Sandalen kaufen gegangen. Auf dem Markt ist eine Bombe explodiert. Von Nora haben wir nur den Haarreif gefunden.«

Sie strickte und strickte.

Als sie das Strickzeug aus der Hand legte, schien sie erstaunt, mich noch sitzen zu sehen.

»Ich dachte, du wärst schon gegangen.«

Im Kleinlaster fiel mir ein, daß ich gar nicht nach Souad gefragt hatte.

»Hey! Aufwachen!«

Rafik zog mich aus dem Bett.

Handala und sein jüngerer Bruder standen im Korridor. Sprachlos.

Es war noch Nacht.

»Was ist denn los?«

»Da geht was vor im Treppenhaus«, sagte Abou Tourab und zog die Pumpgun aus seiner Tasche.

»Wo ist dein Onkel, Handala?«

»Keine Ahnung.«

Ali horchte an der Tür:

»Hört sich so an, als ob sie das Gebäude räumten«, flüsterte er.

Er versuchte, durchs Schlüsselloch zu schauen, dann durch den Spion. Ein Schuß, und sein Kopf zersprang.

»Gottverdammt!« fluchte Doujana. »Wir sitzen in der Falle.«

Giles Foden
Der letzte König von Schottland
Roman

*Aus dem Englischen
von Ulrich Blumenbach*

*429 Seiten. Gebunden
ISBN 3-351-02916-0*

Ein britischer Arzt spielt mit im politischen Roulette und erkennt zu spät, daß er selbst Teil des Schreckensregimes von Idi Amin geworden ist, zum Mitwisser und Komplizen, zum Verräter seines Heimatlandes und vor allem: zu einem Gefangenen in Uganda.

»Der letzte König von Schottland« wurde 1998 mit dem »Whitbread First Novel Award« ausgezeichnet, dem renommiertesten britischen Literaturpreis. Hellsichtig und sinnlich zeigt diese intelligente Fabel über die Macht, daß es kein richtiges Leben im falschen geben kann.

»Eine wahrhaftige Meisterleistung der Imagination.«
Daily Telegraph

»Giles Foden zieht mühelos alle Register von der Farce bis zur grausigen Tragödie.«
Times Literary Supplement

»Eine wunderbare Lektüre, meisterhaft geschrieben ... ein Kunstwerk.«
The Spectator

Aufbau-Verlag

Literarische Spaziergänge mit Büchern und Autoren

Das Kundenmagazin der Aufbau Verlagsgruppe
Kostenlos in Ihrer Buchhandlung

Aufbau-Verlag   Rütten & Loening   Aufbau Taschenbuch Verlag   Gustav Kiepenheuer   Der >Audio< Verlag

Oder direkt: Aufbau-Verlag, Postfach 193, 10105 Berlin
e-Mail: marketing@aufbau-verlag.de
www.aufbau-verlag.de